一九九四年二月五日，一名男子利用神的玩具催眠全人類，不容許再發動戰爭，他祝福全人類即時學會了英文和中文，然而神的玩具沒有保佑這名男子，他沒完全完成自己的願望就斷氣了。

第一章｜追求

1

很多年過去了。

「阿幽，老師叫你答問題，」鄰座小楓提醒道。

幽連忙站起來，說不知道。

「你‥為什麼站起來？有什麼問題嗎？」老師說。

幽這才發覺比他年輕兩年的鄰座在耍他，幽也覺得奇怪，雖然他一直在冥想，但有人叫他的名字的話他不會不知道的。幽對著老師搖頭說沒事後就連忙坐下，雖然看到周圍的同學都在笑，但他一點也不在乎，也懶得「回報」小楓，這些乏味的校園生活就像安眠藥一樣。因為還剩下半年不到就要應考公開試了，每天都在補課，幽感覺自己悶得快要長眠了。

幽就讀在本區第一的中學，位置偏僻，旁邊有一個小森林。幽和他的姊姊住在森林中唯一一座房子，徒步走十多分鐘左右就到學校了。這段時間他通常都會跟女朋友通電話，享受這短短的十分鐘。

終於放學了，幽很快就從課室離去走回家中。不知怎的今天他特別留意周圍的樹木，森林的樹木種類繁多，但他只能分辨出其中一種：南洋杉，是他的姊姊告訴他的。

走了十分鐘後他看到自己的家了。幽的房子只有一層高，面積約一千五百平方尺，雖然它位於森林中，但它的牆壁和地板都是用水泥做的，除了水電齊全外，連上網用的光纖也有，幽不知道這座房子到底是如何建成的。回到家，洗個澡，睡半小時，是幽的生活習慣。醒來的時候會是六點正，剛好是播新聞的時間。幽把電視開了，他喜歡留意新聞簡介，今天的是幾宗殺人案及幾宗交通意外。

這幾天沒有特別事發生呢。

開門的聲音，大概是幽的姊姊一靖回來了。

「姊姊！」

「嗨！能幫我拿一下嗎？」

幽連忙跑去門口幫她拿好她剛買的衣物和高跟鞋，幽十分喜愛姐姐，她總會耐心地告訴幽許多重要的時事。

「離你的公開試只剩下四個月了吧？有信心不？」

「還有這麼多的時間，根本未需要著急呢哈哈。」

「又在看電視嗎？」

幽苦笑說：「看這議員，他說一個人一星期工作七十小時也不過份，因為每天有十四小時的休息時間。」

「那麼你要取代他嗎？」

「我沒有錢呢！」

「可是或許你能設計出一個完美的勞工政策呢，你時間那麼多。」

「實際而可行的政策不是我這種不熟悉法律的人能制訂出來吧。」

「比較認真的回應呢，你有想過從政嗎？」

「不管有沒有想過，現在都決不會走那條路了。」

「真可惜不能騙你去努力溫習呢。」

幽在十歲時得到了一個怪病，他隨時會突然作嘔，進食後會特別嚴重，十分辛苦。因為學校怕學生會將傳染病帶回學校，有嘔吐病徵的學生是不能回校的。

那時幽的父母帶他去看過很多醫生，可是醫生都以為幽是為了病假紙才來的，就沒有用心為他診症，結果都找不出病因，幽有驗過血、去過照胃鏡腸鏡也沒找到病因。

幽的父母眼見幽不能回校休學了兩年，不但沒有好好照顧他，反而是怪責他未能唸好書。

從那時起，幽就極不喜歡溫習。

幸運的是，幽有一個姐姐，當時靖因為看到弟弟不停受苦，日夜想辦法去為幽解愁，不停陪幽玩和聊天讓他能放鬆自己。

直到有一天，靖儲起了零用錢自己帶幽去看一位朋友介紹的針灸醫師，那醫師好像用一天就治好了幽，詳情是怎樣幽自己都不太記得了。

2

幽正拿著剛才被他徒手制伏的恐怖份子背著的長槍，是一把自動步槍，坦白說它有點重，幽不確定自己有能力駕馭它。

但沒有辦法，還有很多同學被脅持著，必須要把他們救出。

幽戰戰兢兢地走出洗手間，想靠近人質被關在的地方—禮堂。在樓梯間他有仔細數清楚：一個、兩個···然後毫不留情地把子彈送進這群蒙面人的腦袋裡。

　　儘管情況依然嚴峻，幽還是微笑了一下，心想著果然自己果然不簡單。

　　就是這樣囂張了一秒鐘的時間，眼前突然跑出了一名持搶匪徒，還沒有反應過來，已經被開槍打中頭部。

　　腦子莫名其妙地在顫抖，眼前的畫面已是漆黑一團。

　　這時幽終於驚醒了，看看手提電話，才六時半，還不用準備上學。

　　他總是把夢的情形都記得很清楚，甚至有自信能畫出屬於他夢裡的學校、商場，和現實是有點相似，面積通常比較大一點吧。

　　今天是星期五，幽很懷念初中的生活，因為初中時星期五已經是最後一個上課天了，不像現在星期六也要回校補課。

　　剛回到課室，幽的女朋友習慣性地走來。

　　李詩月，是幽多年的同班同學，大約一點六米高，皮膚白白的，外貌未算出眾，一切都算平凡吧，除了那雙眼，那雙動人的眼，也許不算很大，但那雙棕色的眼珠無時無刻也包含著晶瑩剔透的水分，雙瞳翦水大概就是這樣了。

　　「每天也是這樣，剛回來就一臉倦容，你這樣能專心上課嗎？」

　　「早安呀，哈哈當然沒問題，妳成績有好過我嗎？」

　　就這樣她沒趣的走開了。

　　雖然幽沒太用功，但他在校內成績仍然不錯，在「精英班」內能考出一個頭十的名次。

　　即使這樣，幽對現況還是毫不滿足，他知道單靠學業是完成不了他的願望，他還未找到可靠的方法。

　　今天的化學課需要做實驗，有很多學生都喜歡實驗課，因為不用坐在座位上默默地聽老師講解，幽卻沒有那種感覺，他更因為通常會遲下課而不喜歡實驗課。幽和小楓、弦、健山一組。小楓是幽的鄰座，出身自富有人家，卻是最努力讀書的那個，成績比幽還要好。弦在小學六年級已經是幽的知己，學業成績雖不怎麼樣，但幽覺得弦和自己一樣心思較細密，他們倆總是能猜到班裡有那對好朋友在旁人眼光雖然非常要好，實際卻早已產生裂縫。健山的家庭在他年幼時破裂，他現在跟媽媽住在社會俗稱的「劏房」，是由一個單位分間成多個獨立的小單位而成，有些就只有一百呎，每月租金卻要四千元。健山須要替小學生補習賺取金錢，他也會主動上繳給母親。

　　小楓說：「你們今早有看新聞嗎？有名休班警員前天晚上在我們校外涉嫌性侵犯了一個中年女子。當然，他否認控罪。」

　　幽說：「大概沒有人證吧？這裡在夜晚沒有半個人影。」

一向喜歡討論時事的健山竟然說：「這些案子不值得留意吧。」

小楓想繼續聊下去：「然後那女子昨天晚上在天橋跳下到馬路被車輾過了。」

幽開始覺得小楓又是在故扯，就哦一聲敷衍他。

今天的實驗較簡單，幽那組在三時四十五分就完成好所有實驗、收拾儀器的工作，可以休息一下，慢慢等待四時正開始的數學補課。正當他們從實驗室返回課室的時候，李副校長擋在健山的面前，說：「我有兩件事情要說，一：你要到校門外跟記者說整個事件只是一場大誤會；二：你要告訴他們校方有給予你最大的援助。」

幽、小楓、弦互相對望，看來大家都不知道是什麼事情，但幽覺得事情似乎不太妙。

健山就點頭並走往校門方向，他的三位組員也跟著他。

「大…大家好。我是陳健山，我希望大家讓我把整件事完完整整的說一次，不要打斷我。我的母親以前和她的前夫經常在事發地點玩耍，雖然他們已經分開了，但直到今天，她還是很愛到那裡散步，這是她會到那裡的原因。我……我的母親亦是一個誠實的人，她說了是該警員有罪，我就深信該警員有犯案。」

「那你是說警－」一位記者衝口而出地打斷健山。

「你別吵！」健山怒喊，再改回平靜的語氣說：「休班警員知法犯法，也許是個別事件，但絕不是新鮮事，上月才有警員涉及偷車的事件，不過這不是我今天想說的。剛才我出來見大家之前，校方第一次主動跟我談這件事，副校長沒有問清楚我警員是否有錯，就叫我對大家說整個事件是一場大誤會，更叫我對大家說校方有提供援助予我。本是作育英才的地方，為了校譽教唆我說謊，偏偏這是本區第一的學校。」

幽知道健山的話沒有錯的地方，但他從沒想過健山會這麼勇敢，在這種時候大聲說話。弦就握緊拳頭，好像想教訓副校長似的。

健山繼續道：「你們不覺得這世界已經瘋了嗎？我有一位朋友常常看生物學的書，他曾經告訴我，多數哺乳類動物的壽命有它生長期的五至七倍長，人大約到二十多歲才停止生長期，依照這種計算方法，一個人要達到一百歲並不困難。但事實為什麼這麼少呢？我今天終於明白了，因為人經常渴望生命能早點結束。你問問身邊的人，有誰未曾有過自殺的念頭？有幾多人被社會騙了，說什麼堅強地生存下去，那是有財富、權力的人的騙局，實際是要你們當低下階層，為他們提供勞動力。一個高中畢業的學

生每月只能賺到八千塊，一層四百尺的樓要五百萬，你告訴我一般人要怎樣才能置業？我母親學歷不好，我倆相依為命多年都是住在一百呎的劏房，她時常說，日捱夜捱不要緊，只要我幸福也足夠了。這麼偉大的她卻被一個叫陳永春的賤人侵犯了，她也終於捱不下去。說實話，我這些年都很不快樂，我沒有真的去自殺，只是因為我不願辜負母親的期望，她卻已經不在了。社會說自殺是一個自私的行為，要想想那些在乎你的人，我有相反的想法，自殺是無私的行為，為什麼？因為你自殺了，那些你在乎的人就少了一個在乎的人，就更能自殺了。明明大家都不好過，不如早點一起死掉。我在這裡呼籲看不到美麗將來的大家，盡早放棄無謂的掙扎，解放自己吧！」

說完後，他在褲袋了抽出一把剪刀。

幽和弦此刻才打算衝過去阻止他們的朋友，而小楓則用手掩住雙眼，肯定的是誰都沒有意料到事情會變成這樣。

那把剪刀穿過了健山的頸。

3

今天是星期天，弦在昨晚校好鬧鐘，今早也順利六時正就起床了。弦不確定自己昨晚有沒有入睡，他相信很多人都跟他一樣，被前天健山的事嚇倒了。

身為健山好朋友的弦當然也感到傷心，只是他也不知道該怎麼反應。

弦有想過出於對健山的尊重，好好悼念一星期，可是又有點覺得這只是個讓自己休息的藉口，結果暫時決定什麼也不變，先溫習公開試。

他吃過麵包後看看時鐘，剛好六時半。

弦決定做一份為時兩小時的語文科試卷。

可以的話，他是想做為時三小時的化學科試卷的，但是因為他知道家裡下午不適合溫習，所以他正必須在九時前趕到圖書館的自修室。

兩個小時過去了，他剛好做完，沒時間重頭看一次。他認為自己可以做快一點，有點埋怨自己不夠聰明。

他換好衣服就揹上裝滿溫習課本的書包徒步走去圖書館。

一路上，弦都看著地下，想著為什麼健山沒有跟他們說任何事情，弦知道自己不可能做什麼，但小楓的家庭有財有勢，說不定小楓能幫助他。

突然在一個路口上，他聽到身後有人大喊：「有小偷呀！幫我捉拿他！」

弦向右邊轉身頭望去後面的聲音來源，他看到大喊的是一位穿著紫紅色花裙，身材肥胖的婦人，此刻他感覺到有人在他身邊跑過。

足足花了兩秒的時間弦才驚覺在他身邊越過的人就是小偷。

那位婦人對弦說：「快幫我追他！」

弦把書包交給婦人，並說：「先替我保管著這個，放心好了，我以前是田徑比賽冠軍！」

說完後他就開始向小偷跑去，弦看到他雙手抱著一個女裝手袋，大概婦人被偷的就是那個吧。

弦花了不到十秒就追到了犯人，他把右腳放在小偷腳前，小偷就摔倒在地上，把手上的手袋到地上。

弦慢條斯理走過去把手袋拾起來，卻發覺小偷已經轉身逃去了。

弦沒有打算追的意思，只是用手把手袋沾到的塵掃到地上。

那婦人急步走來，笑說：「哥哥你跑得很快啊！果然是田徑隊的人呢！」

弦回應道：「謝謝！但我已經不是田徑隊的人啦，我要專心讀書呢。」

婦人說：「你是應屆考生嗎？緊張嗎？」

弦禮貌地說：「還可以吧。這是你的手袋。」

婦人急急地接過手袋，並細心檢查，然後暴怒說：「怎麼這裡有裂痕？」

弦慌忙地說：「哎，抱歉，可能是剛剛小偷倒在地上時造成的。」

婦人的聲音放得更大：「那你怎麼讓他逃走了？那這條裂痕你要賠給我嗎？」

「什麼？我是好心才幫你追小偷的，責任怎會在我？」

「要是你輕輕把犯人捉拿就好，你偏要絆倒他，賠！」

「我只是一名中學生，我看到你被搶東西沒坐視不理是出於好心，你怎能因我沒法完美地取回手袋就要求我賠償？下次你報警好了，最多我給我父親的電話你。」

婦人尖叫一聲，說：「哼！原來是警察的兒子，真威風。那算了！不賠就不賠，你都把自己的身份說出來了！」

弦說：「我不是那個意思一」

婦人打斷：「閉嘴！真倒霉，碰到小偷和智障。這是你個書包！」

她狠狠地把書包丟到地上並轉身離去。

弦很想問婦人打算怎樣賠償她對他的書包做的好事，不過算

了。

他檢查自己的書包，發覺入面的筆盒分成兩半了，文具四散在書包內。

弦細心地把筆盒砌好，再把文具放回筆盒內，再前往自修室。

當弦走到了圖書館的時候他發覺自修室前沒有人排隊，他暗想真幸運。

可是到他到達自修室門口時，卻發覺自修室入面已經滿了。他看看圖書館的時鐘，原來已經九時五分，大概是他幫忙捉拿小偷時浪費了一些時間。

弦憤怒地作勢想向牆踢去，卻不想毀壞公物，只好無奈地回家。

4

接下來的一星期是備戰校內大考的重要日子，學校沒有為健山的事情作出任何調動，只有發表「校方對事件感到惋惜和遺憾」的官腔話語，記者就大肆炒作事件，說健山是被學校逼死的。

幽這星期一直都沒有上學。

一向自以為觀察人較強的他完全沒有好好理性地分析健山的臨終演說，停留在他腦海畫面的是剪刀穿過好朋友的那一幕。

靖很明白幽即使上學也不能專心學習，所以未有管教他，只是她很擔心，因為自健山的演說被報導後，短短一星期這座人口約八百萬的城市已經有五百多人自殺，跳樓、燒炭、跳軌，各種花樣也有，年齡分佈也是誇張，從八歲至八十歲都有，沒錯，最年輕的只有八歲。靖很擔心自己的弟弟會加入他們。

但靖沒有打擾幽，她知道幽不想有人打擾，她也不是很會開解人的類型。

幽的女朋友詩月卻不這樣想，她認為幽需要她的陪伴，她願意暫緩溫習計劃，這一星期不間斷的邀約終於說服到幽陪她出去暢遊一下。

「詩月，怎麼了？」

「沒，吃太多了吧哈哈。」剛才面上不太好看的她換上了一個滿足的笑容，

大概是很高興吧，幽在關心她。

詩月正努力想辦法讓幽忘記了健山的事情。他們正身處火炭的安特廣場，剛享受過自助餐，現在手牽手漫無目的地周圍蕩來蕩去，詩月認為正正是這種平凡的生活感覺份外幸福。

安特廣場不是一般的廣闊，面積約有十多個足球場，除了五

條直達廣場中心的大街外,設計師採取中式園林的元素設計,迂迴曲折。它的前身是工業區,以前的火炭絕對不是一個能夠消遣的地方,人流也不多。這絕對不是一個賺錢的項目,而是一位富翁一時興起的產物。

「咳咳咳。」

幽和詩月一同望向傳出咳聲的地方,看到一個面色蒼白的中年女人扶著在手錶鋪前面的電燈柱咳出血絲,快要倒下了。

幽立刻急步跑過去扶著她,說:「你沒事吧?要叫救護車嗎?」

她以極小的聲音回應:「不用了,店內的老闆已經替我叫救護車了。」

詩月也走到過來了,說:「那你為什麼不進去休息?」

幽進去手錶店內看到還有空的座位就對店長說:「抱歉,門外有位女士很辛苦,能讓她進來休息一下嗎?」

店長回應道:「不要讓她進來。我三十秒前看到她時已替她報警了。」

幽說:「可是救護車還沒有來,我怕她情況惡化。」

店長好像特意讓所有顧客都能聽到地大聲說:「你聽著,我不知道她的病會否傳染給我的客人,也怕她再嘔血弄髒我的貨品。」

「可是一」幽急切地想回應卻被打斷了。

「她穿的連身裙也不是什麼名牌,我幫了她有好處嗎?我替她叫救護車已經是善良的表現了。你要購買手錶嗎?不是的話請你也出去好了!」

幽被這番過份的話嚇一跳,他想著原來有些人真的能如此醜陋還以為自己善良的。

他回到店外看那位婦人,幸好有詩月的安撫那位婦人好像已經放鬆下來,靜坐在地下。

婦人看到幽回來就說:「謝謝你們,你們真是好人。對了,我患的是肺癌,別擔心,那不會傳染的。」

幽和詩月靜靜地陪婦人等到救護車的來臨。

救護車終於來到了,婦人對幽說:「好好照顧她,她是個好孩子。」

詩月笑說:「聽見沒有?」

幽回應道:「放心吧。你也小心身體!」

救護車走後詩月就問幽剛才在手錶店內發生了什麼,幽也如實地告訴詩月一五一十。

詩月就說:「這地球真是沒有人情味。」

「唉，別再說了，我們繼續走吧！」

「嗯！」

走了五分鐘後，幽看到詩月望向雪糕店的眼神。

「抹茶味對吧？」

詩月又開心地說：「嗯！」

幽說：「等我一會，馬上去買！」

幽買了兩份抹茶味雪糕回來和詩月站在路邊吃。

「鈴！！！」這是警鐘嗎？

「怎麼了？」詩月說。

幽從她的語氣可以看出，她完全不緊張，大概她跟自己一樣很清楚，在這都市，在這種大型廣場，沒有什麼壞事能夠發生，至少不會有能威脅到他們生命的可能。

反而她好像有點怨氣，專誠找天不溫習陪伴男朋友卻遇到這種事。

「沒辦法，走吧。」

他們跟著廣場的逃生路線圖慢慢地走，其他人也是一樣，沒有誰想要慌忙地離去，情況就跟一大群蝸牛搬家一樣，周遭的店員也是慢條斯理地鎖好店門才離去。

走了五分鐘，快要到達商場的邊緣。

這時上空出現了個黑影，是一架直升機。

機上的人利用擴音器，好像也連接了商場的廣播系統，慌忙的喊著：「你們做什麼呢？還不跑？」

有什麼撞上了那直升機，變成了一團大火球，碎片悠然地散落。

商場的人看到這幕先是呆了半秒，然後人群的尖叫聲便響起了。

剛剛大家的緩慢動作都消失了，並一起向後跑，情況相當混亂。詩月也不停拉扯幽的手，示意快點一起逃走。

幽剛想起步就被後面的一隻手抓著，他轉身看到眼前的是一位婆婆。

婆婆哀求道：「我的孫女剛往那邊跑了，能幫助我嗎？」

幽想也沒想就回應道：「當然。詩月，你先逃吧，我會跟上的。」

詩月雖然不想和男朋友分離，可是又害怕又混亂，就自己先跑。

就這樣，幽單人逆著避離者奔跑的方向前進。

跑了五分鐘後附近已經沒有其他人了，幽還是沒看到一位小女孩。幽盡量忍著不喘氣，慢慢地小心前進。

又這樣走了五分鐘，還是什麼都沒有遇到，快到安達廣場的其中一個保安處了吧，應該會有人在那兒。但其實一般的保安人員不會能應付能擊落直升機的惡徒吧，也許也撤離了。

開始聽到人聲了。是兩個男人的對話。

「這・・・是你做的嗎？」

「白痴呀你，這女生會能對付十五名男人嗎？」

「可是你看・・・這附近沒其它人了。」

第三把聲音加入了：「也許恐怖份子已經走了吧，但她沒有被殺的確有點嫌疑，帶她走吧。」

幽再靠前一看，有三個背對著他，穿著軍服的成年男人在用長槍指著一個貌似二十歲的女孩子，現場還有很多人，只是大概都斷了氣、滿身鮮血的躺在地上。幽想著反正自己是本地的學生，也有身份証明文件，被軍人發現也不會有事，說是迷路好了，幽這樣想著就繼續向前走，想看清一點。

「其實你身材不錯呢！來！」剛才第二個說話的男人說道，附帶著奸笑聲。

幽低聲說道：「又是這樣的色心。」

幽手中突然出現了一把自動步槍，他不假思索地把槍舉起了對向那男人的頭部開了數顆子彈。

「砰砰砰」那人應聲倒地。沒想到的是，幽也一樣，步槍的後座力比他想像中猛。

幽深知不妙，試圖爬到柱子後面，逃過那另外兩名軍人的追捕，幽這才開始想他為什麼會這麼衝動對軍人開槍，這下要被當成恐怖份子了。幽發覺腰好像拉親了，使不出勁，幽絕望地回看那兩位軍人。

咦？死了？整個廣場站著的就只剩下那拿著一把沾上鮮血的匕首的少女。

少女的目光移到幽的身上。

5

這裡周遭黑暗，房間有大約百多平方米吧，頭上有一盞殘舊的油燈和抽風機，沒有窗戶，家具就只有幽正在躺著的單人床和一張款式簡單的桌子。

幽坐起來，開始努力回想自己是怎樣來到的。幽想起了自己槍殺了一個軍人，咦，槍是從哪裡來的？

「醒了吧，過來吧，去見首領。」

房內唯一通往外面的門傳來的聲音。是那少女。

幽記起她瞬間用短匕殺了兩個軍人，大概把幽搬到來這裡的

也是她，憑幽這種學生是不能不服從她的話吧。近看原來她真的挺漂亮，看那雙淺啡色的眼睛和精緻的臉龐，幽猜想她應該是混血兒吧，她那純黑裝扮有點像特工？幽站起來，身體卻比想像中無力。

「至少給個名字吧？我會合作一點。」

「你敢不聽嗎？溫紫幽同學。」

幽連忙摸摸股後的褲袋，錢包被拿走了。

「思考的速度不錯嗎？還給你好了。」

她把幽的黑色錢包給拋回來。

「隨便搜人東西不是好習慣呢，」幽一邊在說，一邊在看銀包裡有沒有東西被拿走了。

確認過沒有任何損失後，他才離開房間，走進一條漆黑的走廊，天花有微弱的電燈，兩邊有的是更多的房間，可惜門都是閉著的，讓幽猜不到這是個什麼樣的地方。

幽和少女走到了一個大廳，大概有一個標準的足球場那麼廣闊吧？幽估計有百多人坐著吧，他不確定，因為光線實在太微弱了。

「走快點吧。」

「抱歉。」

他們明明在這大廳的正中間穿過，卻沒有多少人有留意幽，大多數都在互相交談，較接近大廳中央的好像在跟旁邊的空氣說話似的，幽還是刻意走慢點想看清楚。

「先見首領吧，待會你又暈倒，」這次她的聲音很認真。

「嗯。」

走出了大廳，又回到一條同樣的走廊，幽猜想這裡可能比安特廣場更大。

幽有想過這裡可能是安特廣場的地下，但從氣溫估計也不太像，這裡太冷了。

走了二十多分鐘，兩側還是一排門，這路程有夠無聊的，這下幽可明白剛才為什麼這少女想幽走快一點。

「還要走多久呢？」

「到了。」

幽這才發覺自己已經走到了一道大門前，大概幽剛才太漫不經心吧，這道大門別具風格，刻著紅色的天空下有一座大島。

少女又很認真地說：「進入後別亂說話，也不要胡亂使用你的能力，雖然你大概不知道自己能做什麼。」

幽這才把注意力放在那無中生有的步槍，這裡有答案嗎？

門自己開了。

6

弦的大哥名字是曾浩麒，他比弦年長十年，可是他算是和弦關係最好的那一個。

今天難得擔任警司的麒放假又沒有節目，邀約了弦一起在家附近跑了差不多二十分鐘。

還有氣的弦坐在地上大叫：「爽！」

麒把一樽運動飲料拋往弦胸前，叫道：「接！」

弦覺得和這大哥相處完全沒難度，像接下這飲料一樣，皆因大哥控制的力量和角度都是恰到好處。

在弦接下飲料時二人同聲說：「漂亮！」

麒開口道：「愉快吧？」

弦不知道自己有多久沒流汗了，爽快地答道：「當然。」

「那麼接下來，我必須要跟你談一些不愉快的事。」

「在這家裡關心我的就只有你一人呢！」

「怎會，其他人也關心你的，只是表現的方式不同。」

弦不能同意，只是靜靜地喝幾口運動飲料。

看到這反應的麒也沒打算替其他人辯護，只想繼續自己本想說的話。

「雖然你沒說些什麼，但我能留意到，王健山是你的好朋友吧。」

「噢，你怎樣知道的？」

「我從你社交網站的相片能認出他。」

「噢。」

弦有一刻握緊了拳頭又鬆開。太快了，此刻他還未能談論這件事。

麒問道：「你不會想步他後塵吧？」

「不會，謝謝。」

「看來你不太想說些什麼呢，那麼，你想聽我說些話嗎？」

弦點頭。

「這幾天自殺的人真的太多了。我也看不下去。警隊也是非常懊惱呢。」

「此話怎說？明明是有警員犯法了。」

「我不是說關於陳永春的事，我是在說關於自殺潮的事。」

「噢，抱歉，我知道你是一名好警察的。」

麒微笑一下，再繼續說：「我已經是警司了，不用負責戶外的工作。可是普通警員呢，就沒有那麼幸運。最近經常要做的工

作呢，就是撿屍。撿屍也太好聽了，要撿的通常是個別的肢骸。」

「什麼？」

「人跳樓或跳軌時屍體很多時不是完整的，把所有部份都拾起是警員的工作。」

弦露出難看的表情。

麒說道：「放心，我不會分享那些噁心的內容。只是，我只想說警員的工作也是辛苦得難以言喻。」

「噢，我確實沒想過會這樣呢。」

麒深思數秒後再開口：「其實我想說的是，不要再為健山的事太難過，也不要像他一樣對世界恨之入骨。」

「我不明白警員的工作和這結論的關係在哪呢哈哈。」

「好像是呢。」

麒這時才扭開自己的運動飲料，痛快地喝了三份一枝。

弦不太喜歡這沉默的數秒，就隨便開口道：「有夠好喝吧？特別是在運動後。」

「我想說的是自殺潮對很多人的衝擊都是非常龐大的，然而，自殺潮的開端不是王健山，不是他的母親，不是陳永春。」

「那是誰呢？」

「不是『誰』，是整個殘酷的社會吧。」

這個答案好像讓弦豁然開朗。

「真有道理呢，謝謝你。」

「噢，我會記住你這個笑容的，希望你也記住它。」

「是時候跑回家了。」

「嗯，再不跑身體就會變冰冷。」

「那麼，用比剛才快的速度跑吧！」

「好！」

7

果真是首領的房間，房間有一千多平方尺吧，主要有一盞很大的吊燈和幾個比幽還要高的書架，旁邊有一部電腦配上三個螢幕，正中央還是一張堆滿了文件的辦公桌，有一個人在後面坐著。那人身穿一套黑色西裝，十分整齊，像個政府官一樣，他站起來，說：「難得這天我比較空閒，我就禮貌點吧。歡迎來到頭鷹會的地下城，我是本會的首領仁德。」

幽沒被他的客套說話吸引，還在四周張望。一張沙發、一張按摩椅、有另一扇門，但果然也沒有窗戶。

「玲你沒有錯，他的確是一位追求者。」

這句話吸引幽的注意了，幽回頭打量這位首領，他有一雙淺

綠色的眼睛，架著一副金絲眼鏡，外表斯文。幽不清楚對方是否有化妝，但皮膚給人的感覺不到四十歲，右手食指戴著鑽戒，手掌好像在撫摸一個小朋友的頭一樣，除了他的手下面沒有任何事物。

「你・・・」幽才吐出了一個字就被打斷。

「長話短說，這地球上有少部份人能直接使用靈魂的力量，雖然每個人都擁有珍貴的靈魂，但靈魂的力量是很難控制的，即使是我們，也不能隨心所欲，據玲所說，你能憑空變出物品吧。」

幽完全想不到怎樣回應他。說笑嗎？

幽第一個想法是自己是否在做夢，但實在不像，這裡太多細節了。幽剛的確憑空把步槍拿出來了，幽也不知怎樣來的，他記得自己看過一本書有提到靈魂的力量，那個作者認為每一個人的內心和意志都能改變周遭的世界。

仁德知道他的客人需要慢慢思考，就坐下來玩他的羽毛筆。

幽很想反駁他，但他說的話好像比幽其它的假設較符合邏輯，幽也希望自己真的有超能力，除了有點天馬行空外。

幽點頭示意讓仁德繼續說：「頭鷹會已經有超過千年的歷史，當初成立的目的是防止壞人壟斷世界，我們當中有追求者，有平常人。」

「說到底那直升機的機師有點可憐，」幽隨便地回應，實際在想著自己能否信任他。

「他不是我們的目標，但他一直想向我們開槍，我沒有其它選擇，」少女說，也就是玲吧？但幽沒聽到槍聲。

幽還沒敢質疑這疑似恐怖份子的做事方式，就沒再追問那直升機的事，他倒是好奇關於追求者的事情：「你說我們能運用靈魂的力量吧？那是怎麼回事？基因突變嗎？」

仁德笑一聲並搖著頭認真地說：「哈哈不是，所有人類都擁有自己的靈魂，但這可不代表每個人都能使用他。就好像我現在提供石油或煤炭給你，沒有發電機，你也不能利用它們發電。至於是什麼令到我們的肉體能發揮靈魂的力量呢，答案很簡單也很複雜：我們所做的每個決定，甚至是每個念頭，都會令我們的靈魂進化。」

幽答道：「也就是你們也不知道嗎？」

仁德的語氣變得更嚴謹：「不，我已經回答你了。你的腦袋怎樣思考，令你怎樣行動就是關鍵，這些知識是由千年以前傳下來的。要是你不相信的話，我可以告訴你另一個追求者的共通點：追求者這名字的由來是這些人總是覺得世界欠了某一樣東西，他們追求這東西令世界變得合自己的意。這樣東西可以是任何事

情，人人不同，我想知你想要的是什麼。」

幽的腦袋的確在聽到「這世界欠了某一樣東西」時就想到了三個字，但這時候他不應該誠實地答話，而是應該答什麼才能保住性命。

仁德站起來把一直垂下的左手放到他自己的右肩上，再一下快速地對著幽揮下來。

幽的心臟被一把紫色半透明的火焰包圍著，火焰一時燒得很猛烈，一時卻很沉穩。

不知怎的幽好像知道這火焰不會燒到自己，而事實上也是，他完全沒被燒傷，他抬起頭望著仁德。

仁德說：「雖然我沒有讀心術，但我能展現別人的靈魂之火。來吧，回答我的問題，我能從你的火焰看出你有沒有說謊。」

幽很冷靜，他好像被自己的火焰補充了自信，說：「同理心，如果如果社會有關懷我好朋友健山，可以減少許多的負面情緒，他就不會自殺。」

那紫色的火焰沒有任何變化。

仁德的臉上也露出了笑容，換回了較友善的語氣說：「別以為我在嘲諷你，但有很多人將自己的不幸投影到世界上，你很想別人可憐你是孤兒嗎？」

幽想自己的身世已經被查清了，也誠實回答：「把自己的問題投影到世界上是人的本質，的確我以前很想有人同情我，但我當時只是想父母對我好一點。」

仁德就說：「那就是你想父母同情你有病吧。」

玲：「我不太想聽這個對話，他至少是一位正人君子吧，他殺掉了一個無恥的軍人。」

仁德說：「這個嘛，我不能完全同意你。在大部份國家中，意圖非禮都不會被判死刑的。不過，若你想的話，還是可以讓他加入你的小組。」

幽半信半疑地說：「不可能吧，你們可是會擊毀直升機的組織，這樣就可以相信我了嗎？」

仁德大笑並坐回他個椅子上，示意幽也坐下，同時間幽身上的火焰也消失了。

幽坐在仁德的對面，而玲就坐到旁邊的沙發上。

仁德再解釋：「我很明白你為什麼會那樣想，就讓我慢慢解釋吧。頭鷹會並不是什麼武裝組職或恐怖份子。我們只是聚合了為社會著想的人，互相提供幫助，希望能保護世界而已。我們會內呢，大概分成兩派人士：著重守序的『鞋』和支持在不使用暴力手段這個原則下守護社會的『藥』，而你看到的直升機事件是

這位玲隊長屬下小隊的所作所為，玲所帶領的隊伍是我們會內唯一較激進的行動組，大概佔我們組織人數的百份之一吧。頭鷹會是進行獨立制的，你聽玲的指示就行了，同時間兩大派的人不能指示你做什麼，卻也沒義務協助或保護你。」

幽嘲笑道：「我好像明白了，『鞋』就是會使用暴力的，『藥』就不會，對吧？」

玲冷笑一聲。

仁德沒理會幽的冷嘲，繼續說：「至於關於信任的問題，我們比你想像中更了解你吧？我們組職最強的就是黑客網絡，你也明白才對。順帶一提，我們知道你曾經在兩年內看了接近三十個不同的醫生。」

玲說：「私家醫生的病人記錄都是獨立儲存的，我們能知道你看過多少個醫生是因為所有的網絡都被我們入侵了。」

幽：「真可怕呢！你們在其它技術層面也一樣高級嗎？」

仁德：「怎可能。抱歉但剩下的就由玲講吧，我有其它事情要處理。」

玲向幽走過來。

8

轉眼間，幽和玲回到了起初那空空如也的房間。

「來張椅子吧。」

幽知道她現在想幽運用他的能力。

「即使你這樣說，我也不知道怎樣做。」

「集中就可以了。」

幽看看這空空如也的房間，就試試好了。幽想起小時候在街上看到一張很順滑的沙發，坐上去能很涼快，那時他差點不想離去。

幽把雙手伸出去，集中精神。

什麼聲音也沒有，但眼前真的出現了那張沙發。

幽想坐下去時看到玲已經立刻躺上去，並說：「還不錯嘛。我們多說一點才把你送回家吧。」

這張沙發明顯被霸佔了，幽只好再次集中。

過了十秒，還是什麼都沒有出現。

「還未熟練不太能連續使用，勉強會有嚴重消耗體力的可能性，」玲囂張地說。

其實她的態度還挑釁的，但幽對自己擁有的能力非常感興趣，唯有謙卑地請教她。

「告訴我多點吧。」

玲換了模仿老師的語氣說：「好呀，這沙發也太舒服了。這能力能夠被強化的，靠練習就好了。除了能更頻密使用外，能力也有可能出現變化，例如我一開始只能傳送自己而已。」

「還有，當你習慣使用這能力後，你會得到一位一般人看不見的夢伴，你剛在大廳以為有些人在自言自語吧，其實他們都在跟夢伴談話，只是你看不見。夢伴以動物的形態出現，例如首領的夢伴是一隻黑貓，它會一直在你身邊。有些夢伴有著其它的能力，但不會能對主人以外的人產生任何影響吧。到你的追求者能力得心應手的時候，你就能看見其它人的夢伴了。」

「那你的夢伴是什麼？」

「自己猜猜吧。」

「為什麼需要這樣輕率地招攬我？」

「據我所知從古至今頭鷹會都只有『藥』和『鞋』兩派，可是呢，首領覺得今天人類的社會不只是不完美，而是極度惡劣，所以才准許我開創這個……我沒給自己的作風起名字，總之我就會積極干預社會吧，而我們這派真的很缺人吧。」

「『藥』和『鞋』會做什麼？」

「這個我現在不可以告訴你。雖然你想加入，但你未有貢獻我也不想說那麼多。」

「什麼也不知道怎樣作出貢獻？」

「很多人都是靠自己的方法保護社會開始的，例如以前有兩個人想加入『藥』，他們的傑作是關於有黑心商人以頭髮作醬油。那時候他們本身資源也沒有，只是靠他們的攝錄機及勇氣合力搜集證據。將黑心商人罔顧他人安全的片段公諸於世。當然，總有奸商會賄賂當地政府，到了那時候我們就須要採取更逼切的手段了。而那兩個人就能被認同作出了貢獻，貢獻的價值是由首領判斷的，當他認為你做的事情夠多了，你就能領取薪金了。」

玲再說：「而你呢，你不用搜查有沒有奸商了，因為你已經殺了一個低賤的軍人，你可以被納入了我的隊伍啦！」

「關於那件事，仁德也說了吧，他罪不至死，你不這麼認為嗎？」

「看他的樣子絕對不是初犯，套用你的說法，他為這地球帶來了多少負面情緒你知道嗎？」

「請問，你殺過多少人了？」

「不清楚，但我殺的都是罪有應得的人，不要問我拿什麼作準，我喜歡用自己的道德觀作準，我就是那麼主觀的人，就是這樣我的靈魂才比別人強。」

幽有點被嚇到了，沒想到這位少女是位強者，在這刻他甘拜

下風。

「但我開兩發子彈就倒下了，我不覺得我能做什麼。」

「你還未有接受訓練而已，追求者的意志不是浪得虛名的，你一定想為世界做些什麼吧。好友自殺的打擊並不會使你變得冷漠，反而只會激起你的鬥志。而且呢，你聽了這麼多的資訊表現得有點冷靜，更不用說你殺了人。單憑這一點就能看出你非常適合幹我們的活。」

幽的確沒太把自己殺了人放在心內。

玲再說：「你現在先回家吧，並訓練好自己的能力，別擔心太多。」

「我怎樣回去？」

玲走過來把右手搭上幽的右肩。一眨眼他們已經在幽的家外。

「我的錢包好像沒標明我家在哪裡吧。」

「別小看我們了。」

「你常常這樣使用能力沒問題嗎？」

「別小看我了，才運送一個小男孩。」玲說完就消失了。

幽回到家中坐上那張殘破不堪的沙發，不少位置的皮都破穿了，有些地方還會令皮膚感到刺痛，他有點想立刻換過一張，然後在他想這些無關重要的事情時他才醒覺自己沒有聯絡玲或頭鷹會的方式。

幽知道新聞會提及很多他不想聽見的自殺案，所以他這天沒收聽，而是去專心想自己該做什麼。要讀好書嗎？還是要訓練自己的身體？還是要訓練那能力？但其實他的目標是什麼？他真的想參與要殺人的任務嗎？但肯定的是，他不會讓健山的悲劇重演。他想要人們快樂。

9

明天就開始校內最後一次大考了，這是被視為公開試前的最後一次模擬考試，一般的學生們都非常緊張。

弦吸收了上次有突發事件出現的教訓，他昨晚把鬧鐘校早了三十分鐘，今天五時半就起床了。

他如常地吃麵包早餐，如常地做一份兩小時的語文卷。

然後在八時正出門前往圖書館。

這天弦戴上了耳機，聽著流行曲，希望不要遇到什麼意外。

可惜的是，他在同一個路口上隱若聽到了呼救聲「有小偷呀！」，耳機不夠大聲嗎？

弦向後望去，又看到一個身穿黑色裙的女人。這次的女人明

顯較年輕，身型也偏瘦。

弦四周張望尋找小偷的身影，他在女人的後面，正往圖書館的反方向跑去。

治安真差呢。

弦本能地提起了右腳，然而此刻他卻停下步伐，心想著：要是我花太多時間幫她而又太遲到達自修室那怎樣？要是又因無法溫習而考試不合格那怎樣？要是她像上次那個婦人不會感恩那我還應該幫助她嗎？說不定會有別人幫助那女人吧？

就這樣，弦強逼自己放下右腳，調高流行曲的音量，繼續往圖書館的方向走去。

順利進入自修室了，更佔到一個好位置一角落位。

雖然弦心底裡非常難受，他怕最後沒有人幫助那位女士，但他知道自己現在必須專心！

弦卻又想起健山大概也覺得自己不會幫他才沒有說出自己的苦況。

他再次低聲對自己說：「專心做卷就好了！」

弦把手錶放在枱上，現在是九時一分，在十二時一分要完成好眼前的物理科卷，然後花三十分鐘去吃午餐和改正，然後下午還可以多做兩份三小時的卷呢！

弦奮力開始做，遇到不會的先做下一題。

做到第三題了，可笑的是第三條問題是問一個跑得較快的人在落後二十米的情況下要多久才能追上前面那個跑得較慢的人。

弦看到這題停下來了，他是會做這條的，是用向量，可是他停下來了。

「可惡，可惡可惡！」

他停下來五分鐘，而坐他附近的一男一女已經完全失去溫習的耐性。

男對女的說：「很無聊呀！」

女的對男說：「那你想怎樣？」

弦小心奕奕地看過去，他看到男的把手放在女生的背慢慢掃下去。

男的笑說：「這樣。」

女的說：「哈哈很舒服。」

然後女的主動吻去男的臉，接著是接吻。

弦對年青人談戀愛倒是沒意見，但他想到上星期被這些人佔用了自修室而無法溫習就想發怒，他很想跟他們說不如去酒店別在這裡親熱，但弦回想起了自己也是一個沒幫助途人的敗類。

弦忍住了自己的脾氣，繼續溫習。

可是接吻的聲音不停傳入他的耳朵，他完全沒法專心。

到底怎樣才可以專心溫習呢。

想著他現在不能專心以及或者其他人能比他更好地利用這自修室的位置，弦毅然離開，並走到成人圖書館找哲學類的書籍看。

有一本吸引到他的注意呢，書名叫做＜＜擺脫不快＞＞。

四個字，有夠簡單呢。

弦隨手揭到目錄看看，有一個子標題是鼓勵大家別親近不愉快的人。

弦再揭到該部份細閱。

不愉快的人只會為身邊的人一起不愉快。

千萬別以為自己能使不愉快的人變得愉快。

有些人生出來就陶醉於不愉快，多愁善感像是絕症一樣，是無法醫治的…

弦憤怒地蓋上這本書。

那本書的作者到底有多自私。多愁善感是絕症？作者單憑一句話冒犯了多愁善感和受過絕症煎熬的人們。

弦握緊拳頭對自己說：「千萬別掉下健山，他走後我也不會掉下他。」

10

幽還是很在意玲帶他回家的情況。

畢竟他的家這麼偏僻，附近又沒有鏡頭，擁有黑客網絡也不會有這裡的照片吧，難道玲的能力是無敵的嗎？

還是她只要碰到別人就能把他傳回家中。

幽決定還是先放下這百花齊放的猜想，把集中力放在自己身上，回到自己房間並鎖好房門，以防姐姐突然回來。

他開始思索自己有什麼值得變出來的物件。

幽想再次拿出一枝步槍的時候，他想到了一個很大的問題，變出來的槍該放在哪裡。

雖然幽家位置偏僻，但如果被人發現家中藏有這種重型軍火，大概是要判囚的，就先變合法的東西出來好了。

幽把雙手伸直，想要變出在夢中的學校見過的教師桌。

這下幽成功了，古典的棕色配上幾個喜鵲的圖案，這桌子有點大，差不多把幽的房間擠滿了。

幽想要把它搬出去但如果姐姐回來看到該怎麼說，找個借口能勉強瞞過她一次吧？但以後的又怎麼樣？該棄置出屋外嗎？好

像有點重，該一早在屋外使用這能力嗎，但被人看到了又能怎麼辦？

如果能找個有經驗的人問一下就好了，幽坐在這桌子上，心裡埋怨頭鷹會沒留下聯絡方式。

開門的聲音，姐姐回來了。糟糕！幽還未把這笨重的桌子處理掉，幽才想開口說句該死，那教師專用桌就消失了，幽隨即狠狠地跌到地上。原來只要想它消失，它就會立刻消失，還真是方便的能力。

幽找出一本新的記事本，好像是某年第一個學期僥倖獲得全班學業成績前列三甲的獎品，寫下自己第一次拿出步槍、第二次變出沙發和第三次拿出教師桌並使它消失的過程，幽知道自己對這能力還未夠熟悉，必須要作好記錄，以便日後參考。

寫完後幽在想應該藏在哪，但反正別人找到也不會當是真的，就隨便的放在最當眼的書架上，也方便拿出來。

幽打算小睡一小時，等待晚飯。

幽睡醒後，回到客廳，看到餐桌上的披薩大餐感到有點驚訝。

「今天是什麼日子？」幽問道。

「你女朋友來了。」姐姐答道。

幽這才醒覺自己竟然忘了詩月，幸好她沒事。

幽環顧四周，卻找不到她的身影。

「她在洗手間。她剛剛一直在偷看你睡覺啊，難為你還能睡那麼熟。」

幽這次沒理會姐姐，走到洗手間外等她。

詩月開門出來了，幽立刻抱緊她。

「沒事吧，我想打給妳的，真的，但是‧‧‧」

「電話服務暫停了嘛。」她也抱緊幽。

「什麼？」幽其實沒留意自己的電話。

「軍方做的好事，說要截斷恐怖份子的通訊，難道你的電話沒事嗎？」

幽連忙說謊道：「有，只是我不知道原來是軍方做的。妳沒有答我吧？妳沒事吧。」

「嗯！」她離開了幽的懷抱並露出一個幸福的笑容。

「嗯！」幽假裝詩月的語氣。

「其實你到哪裡去了？我有在廣場外等你啊！」詩月再問。

「我跟妳失散後找不到那女孩，反而遇見一個七、八十歲的伯伯，因為去了幫助他，所以很晚才走得出來，我還跟他去醫院了。」幽說完後覺得這個謊話不夠好，因為說到底幽還是在那

種危險的情況下拋低了她，他也從詩月的眼神看出詩月有多擔心他。

他們仨一起到餐桌用餐，靖看到詩月有點不開心，就先開口了：「我明天開始和男朋友去巴黎玩一個星期！你們有什麼想要嗎？」

「明天那麼急？怎不早點告訴我。」

「嘻嘻，俊傑今天才告訴我，是個驚喜來的，嘻嘻！」

「真是幸福，我要普通的明信片好了，」幽沒趣的答道，這一星期要自己準備晚餐呢。

「詩月呢？我不在，你可以住在這裡呀！」她加上一個成熟的笑容令詩月一時不知道如何回應她。

詩月開口說：「為什麼是由你開口呢？」

幽笑說：「你也要溫習吧。」

詩月立刻露出不滿的表情：「我現在回家了。」

幽聽完後面上就掛上一個失望的表情，再說：「我也想看多妳幾眼呢，送妳回家吧。」

她終於再露出那個幸福的笑容。

幽和詩月家相距足足一小時的車程，送完女朋友自己再回到家時幽已經很累，打算往後幾天才練習了。

11

這天晚上詩月突然致電給幽。

「幽，你有看電視嗎？」

「沒有真正看，怎麼了？」

「那你快點看吧！」

「警察涉嫌強姦後一名中年女人的案件因為證據不足，警方決定放棄起訴犯人，並宣佈他已經復職。」

幽聽到後腦袋麻木了，然後幽看到有兩個人出現在家裡面，因為他們站在陰影位置，幽看不清他們的臉，但幽推算是因為跟他在安特廣場擊殺了一個軍人的事有關。

「有人說因為那警員的父親是個大人物，所以提早釋放他，連上庭也不用。」

「詩月，我明天再找你吧。」幽就掛線了，希望她聽不出他聲線中的緊張，只認為他純粹難過得聽不下去。

幽等待兩位訪客先說話。

「幽，這是副隊長一拳。拳，這就是幽。幽，你想念我不？」

原來只是玲，他鬆一口氣，說：「有必要站在陰暗的地方嗎？我還以為你們是政府的人。」

「什麼政府的人？我怎知道傳過來的位置會這麼陰暗。拳是來訓練你的，他能召喚動物，和你的能力相似，你要多聽他話。」

「還以為你忘記我了，能留個聯‥‥」

幽眼前只剩下一個身影，先記下玲不知道她閃來的位置的光暗，然後嘆道：「唉，這樣的隊長。」

「嗯，她就是這樣的。」這粗獷的聲音，他終於走到來吊燈的下面。

和幽和玲不同，他滿臉滄桑，大概不只四十歲了，一把深灰色的頭髮，一對小小的眼睛，左邊面龐有一條長約兩吋的刀疤，像一個位階高的軍人。

「你還真的很年輕。」

「隊長也很年輕，只有你較成熟吧。」

「不，只有你跟隊長很年輕，難怪她要我來訓練你，年紀這麼輕便覺醒了，有很長的時間練習，也就是有很大的進步空間。」

「覺醒了？」

「就是說會使用靈魂的力量。隊長跟我說明了你拿出步槍的經過，我必須先確認一件事，你當時有十分明確地想變出一枝步槍嗎？」

「沒有，不過我當時很憤怒。」

「那你必須要聽清楚我的話，否則會很危險。在追求者未知道自己的能力時，靈魂會誘導你去幻想自己能做出你能做的事，可是大部份人仍需以堅信自己能做的心態去嘗試才能覺醒。當年我是深信自己能召喚出動物，大膽嘗試才覺醒。有少數人像你一樣，不經意就覺醒，請你找到自制的方法。若你在公眾場所無意中變出了什麼也好，被別人看見就可以跟正常生活說再見了。」

他的口吻像一個和藹可親及可信的教官，幽感到幸運，也許能好好鍛鍊自己了。

「好的。」

「這段時間你自己練習成怎樣？」

「我有寫下自己過去幾天的練習過程，我去拿給你吧，但我有個問題先想問，那天玲殺人的時候我在現場，你們有毀滅證據嗎？」

拳冷靜地說：「當然。」

拳看過幽的「日記」後對這年輕人另眼相看，他沒有想過幽會把變出過什麼、維持了多久、使用能力的間隔幽有一一寫下，他看得出幽有好好評估自己的能力。

「玲的夢伴是什麼動物呢？能做什麼？夢伴真的那麼重要嗎？但我喜歡獨處呢。」

「別一次問那麼多問題，不過以上三條問題的答案是一樣吧：待你成為玉器的時候你就知道了，也別給我喜歡獨處這種無聊的藉口了。」

他舉起了三隻手指，就有三頭銀色皮毛的惡狼在他身前出現並凝視著幽，他把手指收回了，那三頭惡狼就立刻消失了。

幽心裡很是佩服，就說：「我很想熟練這實用的能力，但有一件事情我希望你們能先為我做。」

拳覺得幽想要求的事情不會是什麼經過深思熟慮的事。

幽繼續說：「我想你們殺了一個人，他對我朋友行不義，他們兩母子因為這件事先後自殺了。」

拳吸了一口氣，看著幽，他從玲口中聽過健山的故事，他認為該警察應被懲罰，而社會也不會控訴他，但頭鷹會是不會介入這種受害人就只有一名市民的案件，至起碼「藥」和「鞋」都不支持這種做法。

拳說：「依我的判斷你現在心裡存在不少怒氣，雖然我能理解你為什麼會這麼憤怒，但我不覺得現在這個貿然提出想殺掉一個人的『你』和把使用靈魂力量的經過一一記清楚的少年是同一個人。我們這一次會幫助你，我會好好留意在事成後，你會繼續因這件事而衝動行事還是能思前想後地好好為社會做事，另外我附加的條件是接下來的三天，你必須每天抽十二小時來練習，我就答應你。」

「一言為定。」幽露出了勝利的笑容，也決定了不去考校內試。

「唉⋯⋯」拳不肯定幽有沒有聽清楚他的話。

12

「弦呀弦，為什麼你仍在糾結呢弦。」弦自言自語道。

在自修室的他今次成功在三小時內完成一份生物科試卷，在核對答案時卻無法集中。

除了因為他知道自己錯了許多，他回想起大哥的話：自殺潮的開端是社會。

可是，導火線仍然是健山吧，過去三天每天都有三十多人輕生，這個數目不包括未被發現的獨居人士自殺案件。

而且，健山是他的好朋友，他失去了一位好朋友。

在健山萬分痛苦的時候他在做什麼？在做實驗。

他什麼也沒能做到，才是他最懊悔的地方嗎？

他不肯定。

　　弦拿出智能電話不停滑上滑下閱讀新聞，咦，有一張在兩分鐘前發佈圖片是有人在某政府綜合大樓上危坐。

　　那背景不就是他身處的大樓嗎？

　　弦想也不想，把所有東西掃入書包內，便開始跑往有人危坐的方向。

　　這大樓有七層高，他身在的圖書館在二樓。乘搭升降機電還是跑樓梯快？

　　到達了電梯大堂，兩部升降機都在五樓。

　　那就是跑樓梯了。

　　揹著數本書和試卷跑上樓梯比想像中困難，擅長短跑的他已經上氣不接下氣，才到達六樓。

　　弦停下來數秒再一口氣跑上去，到了！

　　他推開門就看到眼前有一名男子坐在天台邊緣，他們之間有二十步的距離。

　　男子回頭看到他，叫道：「不要過來！」

　　「我只想走近一點，我不會強行拉你回來的，讓我往前走五步吧？讓我們

　　不用大喊。」

　　那男子點點頭。

　　弦把書包放下，跟說好的一樣，往前走五步。

　　弦看清楚一點，對方跟他一樣是一位學生，穿的是其它學校的校服，書包就在他旁邊

　　看到對方無意溝通，唯有主動開口。

　　「你能否別跳下去呢？」

　　「你人生的意義是什麼？」

　　「什麼？」

　　「你聽到我的問題吧。」

　　生命的意義嗎，弦很少想這個問題呢。

　　活著是為了開心嗎？這不是靠時間能得出答案的。

　　男生催促道：「想不到吧。」

　　在想不到怎樣回覆時回答實話便可，弦答道：「抱歉，我不知道。」

　　「你知道什麼人才會時常想自己生命的意義是什麼嗎？」

　　弦搖頭。

　　「你很幸福吧？答案是不愉快的人。他們很想生命有一個意義，王健山找到了他的意義，就是死諫。你能明白嗎？他選擇自殺不只是為了終止痛苦的生活，他臨終的演說是他生命的意義。能自己賦予意義給自己，是多麼滿足的事。」

弦實在不明白。

他很幸福嗎？他又不這樣覺得。

但他至少沒健山或眼前的人般痛苦吧。

弦想著怎樣跨過健山對他留下的心理障礙，才能幫助眼前的人。

幫到了他，他就能解脫。

「你說你想要自己的人生有意義，可是你跳下去後，你的生命有沒有意義都沒關係了。」

「如果你是醫生或律師，也許我會聽你的話吧。」

「我是學生。」

弦以為相同的身份會令對方聽他的話。

男生卻沒理會他，一躍而下。

弦連忙跑往天台邊緣看男生的狀況：他倒在地上，流著血。

七樓跳下去不一定會喪命的，要是能及時得到醫治的話。

他拿起電話打算立刻撥打999，卻發覺救護車已經來到男生的旁邊了，大概早已有人報警說這裡有人危坐。

弦此時放鬆下來，想：我到底有多心急才沒聽到救護車的來臨呢。

他查看附近，拾起書包，看到有一張白紙寫上了一行字，是遺書嗎？

考試

多麼簡單的詞語，幼稚園學生也會唸。

弦拿著二人的袋跑樓梯回到地上，卻看到醫護人員已為男生蓋上白布，蓋過頭的白布。

弦不敢相信自己的眼睛，跑去把書包及遺書遞給救護人員，並問道：「不是才七層嗎？」

「他頭部最先著地。」

弦沒有落淚，而是握緊拳頭。

13

幽張開眼睛看到自己正躺在草地上，抬頭望看到的卻不是藍天白雲，而是一排排一米闊的燈管，看不到它伸延到哪裡，幽四周張望，沒有看到一幅牆，不肯定自己在室外還是室內。

「因為我很忙，所以在你還在睡的時候就帶你過來了，這裡是哪裡依然須要保密，待你完成一個任務了就會告訴你。那麼，我走了。」

「這玲隊長稍欠禮貌，幸好我穿的睡衣是運動服，這裡是地底？」幽對剩下來的拳問道。

「別這樣說，她是真的很忙。然後，是，這裡是地底。那麼開始了。這天我先會展示我能做的。」

這次他沒有豎起任何手指，大概那不是必要動作，有兩匹威風凜凜的白馬出現了在幽眼前。

「你會騎馬嗎？我們整個團隊都會騎馬。」

「有必要學習嗎？二十一世紀還在騎馬。」

「沒有，不過很容易，因為這是我召喚出來的馬，所以它會聽得懂你說話，你只須要告訴它向哪方向走，要跑多快就可以了，但你必須要展示給它看你是主人，也就是你絕不能害怕他。」

雖然幽沒有騎過馬，但幽絕非膽小之人，只是就這樣騎上馬也太無聊了，況且明明是練習能力，怎麼變了學騎馬，於是幽變出了兩根胡蘿蔔，並拿上前給它們吃。

「你使用得有夠自然的，騎上去走吧。」

幽騎上馬後嘗試了命令它快慢跑，轉左轉右，沒有遇到任何的難題，大概拳的馬的確很聽人話，也許因為難度有點低，幽開始顯得不耐煩。

「今天就訓練這些嗎？」

他看出了幽欠缺耐性，就回應道：「年輕人就是衝動，那你先想想自己的戰鬥手段。」

「戰鬥？你有嗎？」

幽無言了，眼前出現了多不勝數的獅子，每一隻都擁有著龐大的身軀和利爪，但它們沒有發出咆哮，只是低著頭望向拳。

「真是方便的能力，獅子也變得這樣聽話。」

「不，動物效忠的對象不是我。然後呢，我也會使用槍械的。」

幽好像沒聽見拳的話，但他看到獅子都有低頭的時候甚是佩服：「為什麼你是副隊長她是隊長？當然我也很佩服玲，但她好像很年輕。」

「第一：你應該要慶幸我們的隊伍不注重隊員的言行；第二：隊長的實力是我望塵莫及。」

「進度如何？」是一把女聲，是玲。

「你有順風耳嗎？」幽答道。

「沒有，快點回答我吧。」

「還未有開始訓練他的能力，為什麼這麼早回來？」拳答道。

「我很肯定憑我是不足以偷取那目標的，我需要一支小隊，最好能把幽也帶上。」

幽和拳異口同聲地問：「怎麼可能？」

　　玲不客氣地坐到了一隻獅子的背上，好像在想如何解釋給他們聽，她還沒有開口幽就已經相信真的有一定的難度了。

　　玲想好了開始說：「我能直接閃進入目標房間裡，如果那裡只有守衛事情就簡單，但目標被一個古怪的小型激光防衛網圍著，激光從地下射出來，網內沒有容納一個人的空間，我進不去。我試著把鈕扣拋進去，它被激光射得灰飛煙滅。我沒有看見附近有能關閉防護網的裝置，也許我們的科技專家能在現場花點時間解除激光防護，但單憑我一人不能好好守衛著現場。」

　　幽這才發現這組織的任務是多麼艱鉅和危險，但幽很高興隊長沒有對他保密。

　　拳用手蓋著自己的嘴細思後很冷靜地說：「我反對，幽還未有做過任何戰鬥訓練。」

　　副隊長言之有理，況且幽真的還沒有想到自己的戰鬥手段。他沒有發言，繼續聆聽著他們討論。

　　玲卻堅持：「他已經殺過一個賤人了，他也許未能在槍戰中產生任何作用，但他至少不會浪費時間後悔他殺了一個該死的人。現在我們不能保證能夠偷到目標，但只要幽能看到目標一眼，他就有機會能變出來，我們就能測試它和研究解藥。而且，我打算出動六人小組，有我們保護他，沒有問題的。」

　　「原來你想帶幽去是這個原因，但他不但不會保護自己，也不懂得在團隊是怎樣運作，他可能會打亂我們的節奏。」

　　「就是因為他訓練不足和時間緊急我才指派你這位副隊長去訓練他的！」

　　「三天還是太短了。」

　　幽心底裡清楚知道自己有機會被輕易地擊殺，但幽不想管，如果健山的仇報不了，幽會天天心不在焉，幽相信弦也會做這個決定。

　　所以幽開口打斷：「我去，但請你們履行你們的承諾，把那一」

　　玲一句打斷：「早就找到那陳什麼了，他在我們的監獄裡，你想動手就隨時去呀。」

　　拳開始提高聲量作出最後的抗議：「隊長，他還未準備好。」

　　玲望向幽，再望向拳。

　　「我是隊長，我決定了。我了解你的擔憂，我真的明白，但這任務太重要了，我需要保險策略。」

　　幽沒有聽到這幾句話，他不能描述自己的內心有多解放，幽想由他下手殺死該警察，但即使幽明白他有多下賤和該死，幽不想自己奪去太多人的性命，說：「你們動手吧，但我想在旁邊看。」

　　玲把手放在幽的肩上，轉眼間他們已經來到一個獨立的監獄倉，鐵欄後除了一個男人什麼都沒有。

　　欠缺光線的問題令幽完全看不清他的面。

　　囚犯好像被玲的能力嚇倒了，驚慌地大叫：「你們是誰？你知道我是誰嗎？」

　　玲說：「我不管你是誰，你性侵犯了一個女子，我判你死刑，如果你不跑不反抗，我可以給你兩分鐘時間說遺言。」

　　那男的大罵：「我一我是陳永春，就憑你一」

　　本來在幽身邊的玲已經‘閃’到他後面，並把短刀刺進他的心臟。幽沒有害怕這血腥的場面，他只感受到正義的存在。

　　幽走前兩步，欣賞那囚犯的眼神，他很害怕，他知道一切都將要完結了，然後，真的已經完結了。

　　幽說：「健山和他的媽媽所受到的傷害有多重，這廢物沒有還債。我記得自己和弦有奢想過長大後要跟健山、小楓住在一起，每天都能一起見面，大概真的只是個奢想。」

　　玲搭著幽的肩，在幽的左耳輕聲說：「還有很多這樣的賤人。」

　　「等一下，社會必須要知道他被制裁了。」

　　「沒問題，找天我會把他的屍體放到隨意一條天橋上的。接下來一」

　　他們回到剛才的草地，拳對玲和幽突然消失又突然回來並不感到意外，也許玲真的很愛不道別就閃來閃去。

　　拳仔細打量幽的表情，好像在鑑定幽的精神狀況。

　　拳開口說：「你將要完成的任務除了需要你的能力外，也需要團隊意識和戰鬥技巧，你需要聽從隊長和我的每一道指令。沒時間讓你冷靜了，訓練立刻開始，我不想看到你如此年輕就死去。」

　　從他的話當中幽能夠肯定拳未有完全認同幽能參加這麼危險的任務。

　　玲也感覺到，但她不想再解釋，下一秒就離開了。

　　幽沒有想太多，賤人的死、健山的死、這些暫時不能夠想了，幽要集中精神，聽從玲和拳的話，他感覺只要聽從他們的話，就能像他們一樣行使正義。

　　拳換了教官的語氣問幽：「玲跟我說你上次拿出來的是 m4a4 自動步槍，你清楚那一把槍的構造嗎？」

　　幽搖頭說：「完全不知道，只是看過吧。」

　　拳開始更嚴厲地命令幽：「嘗試變出武器來。」

　　幽沒有半點的遲疑，變出了他心中想起的武器。

　　拳蹲下檢視：「一把長劍和幾把短刀，你能靈活地使用這些刀劍嗎？」

　　幽拾起長劍卻發覺自己不夠力氣把它揮動，他再把其中一把短刀拾起來，刀身有約十五厘米長，刀柄是黑色的，印有一條血紅色的河流圖案。他很喜歡這把短刀，但他還是笑說自己根本不會使用任何武器。

　　拳從幽手中拿走那把短刀檢視，說：「這把小刀你之前有看過嗎？」

　　幽：「沒有呀。」

　　拳再命令：「那來幾把槍械。」

　　幽這次變出了幾把手槍，都是較輕型的武器。

　　拳再命令：「藥品和食物。」

　　幽變出了止痛藥和麵包。

　　拳就再問：「你能變出嗎啡嗎？」

　　幽伸出雙手閉起眼，發覺自己還是不能，就說：「雖然我知道嗎啡是什麼，但我不知道它是什麼樣子的。我想，我變不了。」

　　拳退後五步拿出一個木製的十字架吊墜跟幽說：「給我一個一模一樣的，這是塑膠製的。」

　　幽注視著吊墜再自己變一個出來。

　　他拿著吊墜感到很奇怪，就對拳說：「我變出的是木製的。」

　　拳說：「我手上拿著的也是木製的，看來你能變出看過的東西，就算你不了解它的構造也沒問題，那玲想帶你去的理由也成立了。但那短刀是怎麼回事。」

　　幽就回應道：「原來你在測試這件事。會不會因為我清楚刀的構造就能作少許加工呢？」

　　拳說：「也可能因為你有看過那把短刀只是你忘記了吧？」

　　幽想了想，說：「那簡單了，我嘗試變一把印有綠色條紋的刀就行了吧？我不相信我看過這麼多奇形怪狀的刀呢！」

　　幽說完後把手伸出來，在腦海中想像剛才自己描述的刀，想像好了。

　　什麼都沒有出現。

　　幽說：「看來是你對呢？我只是忘了那把短刀。」

　　拳就說：「未必吧，請你再變出一些東西，我怕只是你使用太多能力。」

　　幽變出了自己的灰色大毛衣。

　　拳檢視過後，說：「你以前好像不能短時間變出這麼多東西，大概是進步了，讓我們試試別的，來一匹活的馬如何？」

　　幽並沒有猶豫，但他變不出來。

拳看到幽疑惑的樣子就說：「沒關係，你也許不能變出活的動物來，那麼你給我變出一張沙發。」

幽沒思考太多，他聽到命令就執行，一張黑色的三人沙發出現了，但他隨即開始喘氣，感覺自己跑了三千米似的。

拳分析過後說：「也許你不能變出體積太大的東西出來。下次我們再去實驗，現在你先休息，先不要使用異能力。」

沒想到拳所說的休息時間只有五分鐘，拳已經叫幽和他一起慢跑去練靶場，但跑了兩分鐘後幽已經筋疲力竭，拳唯有拿出電話通知玲來接他們。

玲一出現先說：「即使是女兒身的我也能連續跑起碼一個小時。」然後才把手放在幽和拳的肩上，下一秒就來到練靶場。

玲強行塞了一把手槍給幽：「你的肌肉還未能夠使用長槍，先學會使用這基本的手槍，雙手必須伸直並緊握好它···」她的聲音被幽的連環槍聲「乓」打斷了。

幽沒有耐性聽完，但成績卻差強人意，開了三槍沒有一槍打中靶子。

幽用抱歉的眼神望向玲希望她可以重新指導幽。

她拿過幽的槍，身體稍微傾向前方，雙手伸直，把槍舉到和鼻子一樣高。

「乓！乓！」

一槍打中了靶子的頭部，一槍打中了心臟。她把槍交還了給幽，二話不說就消失的無影無蹤。

「雙手要伸直，」拳說明道。

幽開多五槍才有一槍打中人像靶子的肚，但他沒有氣餒，繼續聽副隊長的指示嘗試改進。

14

在第三天的訓練結束後，幽能看見自己的進步，包括追求者能力、體能和服從性，但明顯的是，幽還未能純熟使用槍械，他未能好好保護自己，也是這一點讓拳感到很不安。

玲又閃來了，幽看到玲就問：「是要回家了嗎？」

幽還未知道到底這裡是哪裡，每次都由玲接送的。

玲笑說：「你這麼喜歡有女生送回家嗎？」

幽就苦笑道：「沒辦法，我不知道怎回去。」

拳說：「今天還有地方要去，用走的吧，有時間。」

幽嘲笑地說：「哈哈，有人要休息吧。」

玲沒理會他。

隔了一陣子，拳打破沉默，說：「到了。」

幽覺得很奇怪，他眼前的是一間課室，為什麼要有課室，但他沒想到什麼可能性。

除了玲和拳外，幽還看到三個男人，他們看到幽立刻自我介紹。

開始的是一位身材健碩的中年男人：「我是偉。」

接著是一位比較矮小的男人，他已經有不少白頭髮了，面上很多疤痕，給人一副身經百戰的感覺，他說：「我是阿一，年青人要加把勁啊！」

幽看到最後的那位感到安心，因為那男人看起來跟幽一樣，沒有強壯的身體，但他仍充滿自信地介紹自己：「我是銳麟，是位工程師。」

玲對幽說：「你就不用自我介紹了，大家都知道你是誰。」

她接著說：「那我開始說了。先讓大家看看，這就是我們的目的地，我們兩天後就會去。」她拿出一張藍圖，藍圖正中央的房間有紅色的標記。

「那裡就是藥劑被激光保護著的實驗室，我能輕鬆把大家帶進去該房間，該房間內通常沒有人看守著，普通的閉路電視系統是有的，但我們已經準備好隨時入侵其系統了。我們的計劃是讓銳麟即場嘗試解除激光防護系統，幽負責變出銳麟臨時需要的工具和記著藥劑的模樣，其它人守衛著場面。考慮到這藥劑的重要性，我相信我們可能會遇到敵方的精英部隊，也許我們沒有太多的時間。該房間的四面牆壁都沒有被加固，相信敵人可以隔著牆壁射擊，你們必須要攜帶三塊防彈盾形成一個三角形包圍自己，我則會主動擾亂敵人，和盡量阻止他們使用爆破性武器。在我離開目標房間後，大家聽從拳的指揮，就這樣簡單，沒有特別的策略，也不要使用特別的策略，因為幽還未正式受過戰略訓練，也不知道大家會合作如何。你們有沒有問題？」

幽問：「過去兩天拳讓我變出來的就是銳麟需要的工具？」

玲：「是，但他會攜帶自己的工具，有需要時才需要你臨時變出來。防彈盾我們也會用組織提供的。」

幽再問：「我們有防彈衣嗎？」

玲答有。

幽再問：「為什麼不讓我看一眼就回來？」

玲：「我們無法肯定你能變出那藥劑，那藥劑是特別的。」

什麼特別的？幽還想問那建築物在哪裡，但他發覺只有他在發問就打消了念頭。

玲加上：「那天集合時間前一小時請幽你在家準備好，我會來接你。現在我送你回家。」

　　幽回到家後只把心機放在任務上，他不停在腦袋中模擬當天的情況，槍林彈雨，真的是他應該在的地方嗎？

　　晚上他約了詩月一起到一間普通的西餐廳吃飯，吃完過後他們去了海邊散步。

　　不知道為什麼，不管詩月有沒有說什麼或做什麼，幽每次在詩月旁邊就感到很放鬆，即使後天可能有生命危險，幽也不再感到一絲緊張，他反而笑得很自然。

　　看到幽傻傻的模樣，詩月把雙手放在幽的手上，說：「你有在聽我說話嗎？錯過了校內試就算了，我問你有沒有為公開試作準備呀，不要再為健山的事情傷心了。」

　　可是幽一早把學業忘得一乾二淨了：「我一直想告訴你，我不能這樣盲目去考公開試。我不確定那是我想走的道路。」

　　「但你不可以。因為…」詩月又想不到什麼原因。

　　幽只是在靜靜的笑。

　　詩月再開始說服幽：「你有什麼道路是不用考公開試或讀大學的？賭錢嗎？當個侍應生嗎？還是明星或畫家等幻想？一千個從事這些工作的人只有一個能無憂衣食。你成績明明不錯，卻不好好用功。」

　　儘管詩月的語氣很嚴肅，幽還是嬉皮笑臉地笑著回應：「不用這麼早擔心啦，但我真的不想盲目去走大家走的路。」

　　幽雖然沒有下決心以後效力頭鷹會，但他的確不再對學業感興趣了，那所剩無幾的幹勁也消失了。

　　詩月決定晚幾天找幽的姐姐幫助她一起說服幽，就先不談這件事了。

　　幽強行拉著詩月一起坐下，說：「感受到這涼快的海風嗎？月色也在襯托著，最重要的呢，還是你。有你在，我才能如此幸福呢。」

　　詩月被這甜言蜜語感動得主動抱緊自己的男朋友。

15

　　行動前一天，在首領的房間傳出爭論的聲音。

　　玲急促地問：「為什麼不批准？」

　　仁德回答：「別急，拳快到了。」

　　「咚咚」

　　仁德說：「進來。」

　　玲看到拳立刻開口：「首領不批准後天的任務。」

　　拳問道：「為什麼？」

　　玲答道：「他認為太危險，快幫忙說服他。」

拳對仁德說：「報告首領，這個木製的十字架吊墜是我叫幽對著我戴的那個變出來的，我跟他說是塑膠製的，他也能變出這個和原版一模一樣的，而且這已經維持幾天沒消失了。我一開始也反對帶幽出這麼危險的任務，但倘若幽能變出無限量目標我們就能對目標進行實驗及研發解藥了一」

仁德冷淡地回應：「不，即使你們不帶幽去我也不會批准。」

玲不知道這是怎回事，問：「為什麼？知道敵人正在研發能侵蝕別人心智的藥物也沒任何行動，坐以待斃嗎？你也知道吧，這次是首次我們得到關於這藥物所在地的情報，錯過了這次機會未必會有下一次。」

仁德拍桌子，說：「讓我再說一次，我們不是上帝，我們不是高人一等，我們絕不會主動主宰世界的命運。」

玲忍受不了仁德的懦弱，反駁道：「敵人正在研發危險的生化武器呀！想主宰世界的是他們，我們是主動出擊妨礙他們一」

仁德更大聲地說：「你要我說多少遍夜燈會不一定是我們的敵人？世界各地也有不少大殺傷力武器叫核彈，你怎不把它們都處理掉？研發武器是人類的天性，但一天未確認他們的意圖，我都絕不會允許任何行動。」

拳說：「如果我有機會能回到過去阻止核彈被研發，我一定會去做呢。」

玲埋怨道：「首領最近怪怪的。」

仁德回復正常說話的音量：「唉，總之我認為貿然去干涉夜燈會的行動太衝動了，而且也不必要，如果你們能找到新的證據證明夜燈會有破壞社會平衡的計劃，不然我不會改變心意的。」

玲不肖地說：「知道了。」就拉著拳一起離開首領的房間。

「等一下。」仁德說。

玲和拳一起回頭。

仁德說：「拳你有把原本的吊墜帶來嗎？」

拳從長褲的褲袋拿出來並說：「怎麼了？」

仁德仔細地看看兩個吊墜，說：「沒事了。」

玲嘗試把拳閃走卻失敗了，只好乖乖地用一雙腿離開。

關上了首領房間的門後，拳壓低聲線問說：「你打算怎樣？」

玲說：「當然是繼續進行。反正我們不需要組織的軍備，我自己能蒐集到。」

拳說：「好吧。」

玲疑惑地回應：「『好吧』？一向遵循上司指令的你就這樣同意我無視首領的話？你被我感染了嗎？」

拳解釋道：「我聽命令是因為我相信上司知道的比我更多，

而且腦袋較靈敏，可是最近我覺得你更聰明而己。」

玲在心裡想究竟仁德在想什麼，她總覺得以前的仁德會聽她的。

拳再問：「就這樣？所以我們決定了預期進行嗎？要我通知其它人嗎？」

玲說「不，不要跟他們說首領的事，不要擾亂他們。」

拳點頭：「是嗎？你知道幽會怎樣準備嗎？」

玲笑說：「他今天好像回學校聽防自殺講座。他說他沒有興趣去準備公開試，但有興趣去學習說服其它人積極活下去。」

拳說道：「是嗎？還挺健康的。」

16

「就算現在這世界真的沒有人關心你，總有一天會有的。更重要的是，生命是為了自己的，只要還活著就有無限的可能性。」

幽很專心地聽學校請來的社工講話。

「就算看不到希望，人類也會繼續奮鬥。這是人類的歷史，永不放棄。長期想著自殺的人只會被社會淘汰。」

幽一直覺得這社工還不錯，直到聽到剛才的總結，他總覺得那句話會冒犯到想自殺的人，說他們被淘汰是想他們提早消失嗎。

「陳小姐！」某同學在座位上大叫出來。

社工答道：「這位同學有什麼問題？」

幽旁邊的小楓好像已把健山的事忘記，只是在埋怨說：「為什麼會有問答時間？我要回家溫習呢。」

坐前面的家寧回頭問道：「小楓我記得你父親是地產公司的老闆吧？你不是要繼承家業嗎？」

弦答：「嚴格來說他是多間公司的集團老闆，當然他要繼承家業，可是他也想靠自己取得一些成就。」

家寧望望幽，再回望小楓說：「你覺得你有可能說服你的鄰座好好溫習嗎？」

幽輕輕說：「就憑他？不可能的。」

小楓說：「你昨天有看新聞嗎？有小學生對於這麼多人自殺的感受是『少了競爭對手』。你們覺得是父母教的還是那個學生年紀這麼小已經那麼冷血？」

家寧說：「你說這些好嗎？」

工作人員終於把麥克風遞到剛才想發問的同學手中，好讓他不用大叫。

「我小學就學會寫雨和濕這兩個字，可是我一直只明白濕的

意思。濕，我不用解釋了。雨是什麼呢？是天空在哭嗎？是神仙在工作嗎？地理及物理科的老師會告訴我雨是一種常見的天文現象，就僅僅如此，不用想太多。科學角度上，他們是對的。但如果我說，我的心內正下雨，那又代表什麼呢？我不是什麼科學家或專家，但雨水能滋潤植物對吧？這樣說的話，我心中的雨也是好事嗎？我覺得中文科的老師不會認同呢。社工姐姐，你看看窗外，你看到雨嗎？」

社工看看窗外，陽光非常猛烈，再看看自己的手錶，答道：「今天的天氣很好呢。這位同學你還有問題嗎？」

「你看到這個禮堂外的天空沒有下雨吧。我要感激社會上不同人士的死諫，令我開始明白生存在這個社會有多辛苦，我也終於真真正正感受到雨了，這個雨是香港正在下的雨。而當我感受到雨後，我明白了我們都是改善世界的龐大計劃的一部份。為此，我要讓你也看到香港正在下的雨，我也必須進行死諫。」

他拿出一把剪刀，旁邊的同學看到這個動作紛紛尖叫遠離他，沒有一人嘗試阻止他。在台上的社工沒有趕去，沒有說什麼，只是輕輕的轉身，不想看到這血腥的場面。

該同學做了跟健山一樣的事。

幽看到社工的表現呆了，他明白到該社工對同學的關心技巧是她讀書時學習的，她根本沒一顆熱切幫助別人的心。

在這一刻，弦能夠清楚地表達令他最憤怒的地方：「該社工有幫助別人的條件，大家都專心地聽她說話，然而她只當這只是一份工作，沒好好改善這黑暗景象。我希望她被開除。」

小楓已經眼親看過幾次人自殺了，而且他剛才有轉身，所以比較冷靜，就說：「也許該同學一早想自殺了，他都準備了剪刀，該社工做不了什麼啦。」

弦答道：「怎麼又是剪刀。但我們連他為什麼想自殺都不知道。」

幽說：「也許是沒什麼內容，可是在座其它有考慮過自殺的人聽到社工的那句被淘汰會是什麼感受呢。而且，我永遠都會相信總有辦法使眼前的人好過一點。」

小楓說：「我們現在能做什麼呢？還是考好試，再為社會擔憂吧。」

弦說：「也對，我要讓『讀書』兩字佔領我的腦袋。」

幽不明白為何在別人的腦袋中成績會如此重要。

這不幸事件發生後，校方疏散學生的速度非常快，這也許可以叫做熟能生巧。

他們三人到達校門後，幽忍不住問：「如果我們現在有些少

機會阻止別人自殺，你們會做嗎？」

小楓答：「別人是指陌生人嗎？當然不了，就像我不會簽紙於我死後捐贈器官一樣，誰知道得到我的器官的人會不會造壞事？我勸你暫時也別費心了，你知道公開試有多重要嗎？我們必須考個好成績，再考入大學呀，才有美好將來。若果你不取得成功有誰會聽你說？但如果你告訴我你想自殺的話，我當然會陪伴你開解你。」

弦苦笑道：「你聽到了嗎？人家父親身家達數十億也這樣說。我試過阻止自殺潮了，我真的試過。你所說的些少機會可能少於萬份之一。你想怎樣做呢？別人在街道唱歌，你要在街道讀誦心靈雞湯嗎？小楓說得對，我們是什麼人？有人會聽我們演講嗎？要是你考個狀元回來，接受報章訪問，也許有三百萬人會聽你想分享什麼。」

幽早料到小楓不會支持他，但弦呢？

幽再問弦：「最近你是怎樣了？以前那個為人著想的弦到哪裡去了？數月後可能已經少了幾千人。」

弦說：「我也想要考進大學，我不想只靠家族的名聲和關係取得成就就自以為是，我自己也有自己的目標的，不能拋下一切去幫助別人。而且，就像小楓說的，沒有成就，我的話也沒有說服力，也做不了什麼，你現在對全世界說大家要關心身邊的人有人會聽你的話嗎？我知道你不會聽，但我也會勸你快點用功溫習吧。」

17

來到執行任務的日子，幽坐在床上合上雙眼細心思考。

他認為今天的他不是為了能替健山報仇而執行這個任務，而是他有能力和機會保護世界的話，他必須去做。

但其實他知道什麼呢？

任務的名稱？地點？可能會出國？敵人的身份？

目標是偷取藥劑，那是什麼藥劑？藥劑不是用於治療嗎？那應該不是壞的事物才對。

幽張開眼睛時已經不在自己的房間。

在他的記憶中他是需要比其它隊員早到，他卻發現眾人已經到齊，更已換上黑色制服，真希望朋友聚會時也這麼守時呢。

玲再問一次：「你們還有問題嗎？」

有些人搖頭，有些人直接不回答。

拳說：「那十分鐘後就出發吧，比預定時間提早四十五分鐘。」

　　眾人都表示好。但幽卻覺得有點奇怪。

　　他以為這些任務的出發時間很重要，不會無故提早或推遲。

　　幽還是刻意冷靜自己不問太多問題。

　　銳麟主動來替幽穿上純黑色的避彈衣、手套等裝備，幽很感激他，因為原來穿上這些裝備比幽想像中麻煩，裝備也很重，一點也不靈活，他想像不到背著防彈盾的壯漢們體能有幾好。

　　玲說：「我特意選擇接近午飯時間出擊，希望這時守衛在這個時候會較放鬆。而且，目標地點大樓部份的閉路電視系統不知怎的停止運作了。不管是不是上天保佑幽，這是上等的時機。」

　　她示意大家手牽著手，好讓她一次過帶大家閃進目的地。

　　她靜靜地回想那地方。

　　到了。

　　這房間和她腦海中有一些差別。

　　差別就是這裡有十個身穿軍服的士兵在檢查自己的裝備，而玲把大家閃到了他們的正中間。

　　雙方看到對方都十分驚訝，但玲的精英部隊反應比較快。

　　阿一、拳、偉各自選擇了一個方向掃射，玲則閃到其中二人身後把刀子插進他們的頸。

　　只花了兩秒，房間內的敵人都倒下了。

　　拳命令道：「銳麟快開始著手解除藥劑的防護系統。」

　　銳麟卻有點遲疑：「綠色的激光？」

　　幽感歎過隊友的實力後就凝視著那試管內的藥劑，純白色，好像沒氣味。

　　拳和偉把一早準備好的三塊防彈盾架好，包圍著隊友和藥劑，然後就拿出槍來好好準備應付敵人的進攻。

　　玲看到隊友已經準備好就自己再閃出去，先是房間出面的走廊，她看到一個四人小組。

　　她先閃到後面的兩個敵人後用刀把敵人幹掉，另外兩個士兵立刻背對背貼著防止玲閃到他們後方。

　　是夜燈會的人嗎？這麼快就能變通。

　　可是玲已經遇過這種戰術多次，她輕鬆地閃到他們旁邊並拿出她的手槍迅速解決他們。

　　玲先冷靜一下觀察周圍，確認這裡的確是目的地。

　　子彈穿過牆壁打在防彈盾的聲音已經傳到她耳邊。

　　雖然她早已預計有敵人會出現，但是那應該是在觸動警報後，不是立刻。

　　她現在要做的事情不是幫忙防守，而是弄清楚敵人的數量及裝備。

「很久沒這樣瘋呢。」

玲閃到天空中。

在新的畫面中最搶眼的是一架軍用直升機，側門有一位軍人正在操控著機關槍，他看到突然出現在空中的玲感到疑惑。

那把機關槍絕對能射穿防彈盾吧，玲在作完這個判斷後就行動了。

因為直升機本身發出的聲音很大，玲閃進直升機後利用刀子就足夠解決每一個敵人。

然而當她在直升機上向下望時，她在這次任務首次感到遲疑。

竟然有一輛裝甲車在這裡，她是不能閃進去的。

夜燈會的人知道追求者的事，她不可能以一敵百。

也許幽能變出火箭炮給她使用，但她相信敵方明顯早有準備，恐怕支援也會很快到達。

也許幽能成功變出藥劑。

但這藥劑很重要，她還在猶豫，她深知身為隊長的她不應該猶豫。

她閃回目標藥劑的旁邊，如她所料，她的部下完全沒有問題，但在她看到幽也在後，她決定了。

拳報告說：「敵人比預期多，但暫時還應付得了。幽殺了一個人呢！」

玲說：「外面有裝甲部隊，要撤退了。牽著大家。」

幽驚說：「坦克車？軍方？這是戰爭嗎？」

有幾把聲音異口同聲說：「絕不容許戰爭。」

拳提出反對的意見：「我們只是防守的話還能撐一段時間吧，裝甲車又開不上來十四樓，最起碼先讓銳麟報告情況？」

偉說道：「沒錯是開不上來，但敵人仍能對這裡開火。」

大家望向銳麟，他正在調查本埋在地下的線路。

他的臉蛋紅起來，搖頭說：「不行，我完全沒法理解這裝置，我們欠缺時間。我有想過把電截斷，可是於我推斷，這淺紅的線有很大機會有接駁炸彈。」

玲說：「牽起手來吧。」

大家沒有再遲疑。

回到集合的課室，拳檢查大家有沒有受傷，確認過大家都沒事後，再走到玲身旁。

玲相信拳和她正在想同一件事，但她看到拳沒有開口就暫時擱置了。

看到這情境的幽以為眾人對他沒信心，就背向大家回想那藥

劑。

　　他剛才有仔細地觀察那裝置。透明色的試管，白色的液體，試管架和那些激光保護網似的裝置就不用了。他把手套除去，雙手水平伸向前，手掌向下，只花一瞬間，藥劑就出現在空中。

　　幽露出勝利的笑容。

　　銳麟大喊：「小心！」這才把玲和拳的注意力拉回這裡。

　　幽變出的那枝藥劑從幽的手下跌到地上，濺到幽的衣物和手掌上。

　　幽失去了意識快要倒在地上。玲閃去捉緊幽沒沾到藥劑的手臂，把他閃離藥劑，其它人也擁過來。

18

　　幽睜開雙眼發覺有幾個不同顏色的水晶球漂浮在空中，除此之外，什麼都沒有，只有黑暗。

　　不知怎的，幽被這些水晶球吸引住。

　　第一個水晶球是暗黃色的，幽伸手觸碰它，霎時間他被扯進了水晶球內。

　　幽努力地想垂頭望自己的身體和雙手，但他的頭不會動。

　　是在做夢嗎？好像是，也許是。

　　關於他夢中的自己的設定開始浮現，他是牧場的主人。

　　這個牧場不大，只有飼養了一群牛和兩匹馬。

　　他很喜歡其中一隻白馬，因為它左前腳的膝蓋和他一樣有一條很大的疤痕。縱使如此，他們仍能健步如飛。他很愛看這兩匹馬散步，雖然他也很喜歡牛，但他不會每天親自照顧它們。

　　今天是星期天，是大家的假期，但對牧場的主人來說沒關係吧。

　　他一如既往地想帶兩匹馬一起去散步，在入口卻碰到兩個素未謀面的人。

　　他們身穿豹紋的毛衣和黑色皮褲，其中一位大概有兩米高，另一位也應該有一米八，給人非奸即盜的感覺。

　　「你就是這裡的負責人吧？」較高的那位先開口。

　　幽還未有答話較矮的那位就接著說：「事情很簡單，我們想在你這裡收藏毒品，乖乖合作的話，你也有錢收，不願意的話我們下次就會把這裡燒清光。」

　　聽到這麼直接的威脅幽反應不了。

　　較高的那個又說：「是嚇壞了嗎？那就聽我們的話吧，你也沒能力反抗，我們做過調查了，這裡只有一些牛和兩匹馬。沒錯你好像有點錢，請了幾個農民，但也只是農民而已。現在想想的

話，我們兩個就足夠把這裡燒了。你聽到嗎？把馬兒活生生地燒死也能做到的。」

幽最愛的馬好像聽懂那二位不良人士的話，竟然跑上來想把他們撞到。

較矮的那位見狀就從毛衣裡拿出一把手槍對準馬腳的疤痕開槍，馬立刻失去平衡倒下來。

幽知道自己無能為力，但看到心愛的馬倒下了非常傷心。

較矮的那位還笑說：「不過是匹跛馬，以為自己是獅子嗎？」

突然間幽被扯出去這個世界，回到水晶球外面，他不再被這個淡黃色的水晶吸引。

現在他能深切感受到無法保護愛馬的無力感。他視線又停留在一個紅色的水晶球上，他又去觸摸它並被它扯進去。

在二十一世紀一般人自稱會魔法只會被當作小丑，在七十億人當中，只有一個例外，就是居住在南極的女巫長。

從來沒有人親眼看過她施法，但南極氣溫本只有零下二十五度，但這座小島上的天氣卻是風和日麗，沒有一絲的雪花。

從來沒有記錄有任何工程師到訪過這裡，這裡卻有一座教堂及約一百米高的白色高塔，也有一些簡單的現代設施例如扶手電梯。

這些可疑的地方令眾人相信她也許真的會施放魔法，據說軍方已經安排衛星二十四小時監測這裡。

幽是一個年幼的女孩，背景的回憶開始湧進來。

她的父親非常忙碌，經常不在家，母親早逝，有事她只能找管家訴苦，所以他們的感情很好。

有一天幽非常沉悶，說要到女巫長的小島參觀。管家聽到這任性的說話卻二話不說，叫自己的兒子去女巫長那裡安排。過了一個月仍音訊全無，管家著急了，就請假親自到訪女巫島。在十五天後，傳出了管家在女巫島高塔墜下死亡的消息。

南極不是一個國家，也沒有執法人員。女巫島上的教堂是開放給遊客參觀的，高塔就不是。管家在被禁止進入的高塔墜下來的緣由是什麼呢。

幽心痛極了，父親看到就買下一艘特製遊艇跟她立刻前往南極。

船程十多天，幽斷斷續續哭了數十多次，不停想女巫島明明有不少遊客到訪，不明白為何只有管家遇難，已經不能再看到管家了。

快到達南極時，幽都是披著兩件大毛衣躲在室內。到達女巫島後她卻感到異常溫和，根本不需要任何大衣。

女巫島的中央是一塊盆地，入口是扶手電梯。幽在乘搭往下的電梯時四處張望，這裡完全不像南極，樹木茂盛。

然後她看到傳說中的教堂和高塔，有著歐洲中世紀的藝術氣息。突然覺她看到她管家從高塔上頂層的窗戶墮下的幻象。

她叫喊了出來，但她非常肯定這是一個幻象，她就是知道。

「怎樣了？」她父親問道。

她只是搖搖頭。

到達了電梯的底部，迎接他們的是兩位穿著盔甲，拿著長槍的守衛，非常可笑。他們說只能先讓幽的父親進內登記，而女孩需要返回船上等候。

幽的父親溫柔地對幽說：「你先回到船裡，我很快回來。」

她雖然有點不滿，但仍乖乖乘搭電梯回去。這次搭電梯的中途她又回望那座高塔。她看到她父親從頂層的窗戶跳出來，看似他漂浮了幾秒，然後垂直墮到教堂的上面，頭顱爆出血來。

「父親！」

幽又被扯回到水晶球外面，那些零碎的記憶片段卻停留在他的腦海中，他還在把為那女孩的父親當為自己的父親並悲鳴著。他不再被這個紅色的水晶球吸引，然而，還有幾個水晶球在等他。

19

玲慢慢地把失去意識的幽放在地上，她檢查到幽還有心跳後，用不到五秒鐘的時間閃到別處拿來保護手套及針筒，吩咐銳麟要小心翼翼地用收集倒在地上的藥劑。

她不肯定這藥物是否製成品。她回頭看看大家：拳、偉、阿一和銳麟，他們的眼神在等待玲的判斷。玲卻在猶豫。

銳麟開口了：「通知首領吧？他是一流的醫生。」

玲知道那句說話沒有錯，她清楚知道仁德的能力。

但玲有百分之九十九肯定她的團隊被人出賣了，那種規模的保安和軍隊，閉路電視的供電停止了大概是因為怕被止書入侵，是有人通風報信。

她看著倒下的幽，再看看拳。拳對她點頭示意只有那樣做了。

為確保安全，玲直接閃到首領的房間，而沒有像平時一樣，閃到大廳慢慢走過去。

她有想過仁德會預計到她會猜到他告密而加派人手看守著他，但她看到只有首領獨自一人坐著，二人四目交投，玲的眼神充滿恨意。

「再多的手下也無法阻止你吧。」

「這是認罪嗎？」

「是你違反了命令吧。我明明沒有批准該次任務的。」

「我不知道為了阻止邪惡而違抗命令是要受死刑的。」

「死刑？」

玲閃上前捉著仁德的手把他閃回課室內，帶到幽的面前。

「看？你不是我們追求者的保護一」玲被眼前的景象打斷了。

躺著的幽的皮膚冒出黑色的氣體掩蓋著他，他的手腳漸漸變粗，頭髮和指甲變得很長，最後是他臉上的五官在扭曲。

「你剛離去幽的身體就開始冒煙了。」阿一告訴他們。

仁德吞吞吐吐地說：「我只不過叫夜燈會把藥劑運走而已，沒想過會有人受傷，但我仍然覺得我的決定沒有錯，那藥劑不該被偷。」

玲非常憤怒地回應：「那可是能完全侵蝕一個人的身體和心智的毒藥啊！怎能不阻止？」

仁德沒答話，除了拳外其他人知道這毒藥的真相也嚇呆了一會。

「別怪他。」是一把陌生的聲音。

眾人望過去，站著說話的已經不是幽了。他體型比幽大，衣服快要綻破，雜亂棕色的頭髮長到腰。

仁德閉上雙眼觀察一下：「他不是幽。」

那個男人看到仁德非常高興：「你好呀，阿力斯。」

眾人都把視線停留在首領上。玲暗想早該猜到仁德不是首領真正的名字。

仁德回應：「你是怎麼知道我那個名字的？」

那男人收起笑容說：「我跟你的對話在此完結了。」

他轉過身說：「大家好，很抱歉我需要徵用這身體來和大家對話，但這不能全怪我吧，我不知道你們的實際位置在哪裡。廢話不多說，大家可以叫我禦見，我邀請大家加入我的組織一夜燈會。夜燈會的目的只有一個一讓這世界的人類，變得更美好。注意，我是說這世界的人類，不是這人類的世界。」

玲秒速回答：「這麼簡單？」

禦見回答：「目的從來都是簡單的。複雜的是方法和手段。我希望大家可以誠實地對話，你的首領是個廢物，他出賣了你們，所以我們才能準備好那個陷阱。」

仁德沒有回應，他只是站著想聽這個男人有什麼話想說。

銳麟露出驚訝的表情。

阿一和偉卻沒有太大的表情變化，畢竟他們在組織的日子也

不短。

那個男人就繼續說：「他多年來收集了多名追求者，但他有實踐到什麼？什麼也沒有。」

身為頭鷹會的老臣子阿一開口反駁：「只是你不知道吧？我們怎會一事無成。」

那男人以謙恭的語氣回應：「抱歉，也許我真的不知道，但你想知道你們首領出賣你們的原因嗎？因為他覺得這藥劑能辦到的事是你們無能為力的。在他眼中，我們這藥劑比你們重要。」

仁德開口道：「我已經對玲解釋過了，我只是不相信你們會受傷，畢竟玲也在。」

玲說：「但為什麼要保護這偷掉了幽的身體的藥劑？」

等了幾秒仁德還是沒有開口。

那男人就說：「讓我來答你吧。」

仁德就說：「你以為你知道嗎？只是知道我真正的名字而已，不要太囂張。」

那男人改用蔑視的語氣說：「我說錯的話你就改正我好了。」

然後他又換回謙恭的語氣對大家解釋：「他想保護的不是藥劑，而是他自己。我們兩個組織的歷史悠長，然而我們夜燈會擁有的資源遠遠比你們豐富，也拉攏了不少政界、商界巨頭，你們頭鷹會卻只有一種技術比我們快達。你知道那是什麼嗎？」

銳麟回答：「是止書吧。」

禦見說：「對。你知道為什麼頭鷹會只把資源放在黑客網絡上嗎？」

玲粗暴打斷：「你問的問題夠多了。你說你是徵用了這男孩的身體，你會還給他嗎？」

禦見的眼珠移向左上方思考，答：「抱歉，我說了誠實對話就只好誠實回答你，我沒有解藥。從那藥劑沾到這身體時我就誕生並佔據了這身體。我的思維是繼承別人的，我現在說的話都是那人看到這情況會說的話，但我並不是那個人。」

阿一不太聽得懂，並說：「我覺得我聽夠了，押好他並交由醫療部研發解藥吧。」

禦見笑說：「不可能的，一般醫生或科學家是不可能找到解藥的。」

仁德說：「是越天吧。」

拳說：「怎麼可能？越天很久沒有露面了，應該已經在安享晚年吧。」

禦見臉上露出一絲笑容，說：「可以肯定的是仁德你還未變老。」

拳用一個左勾拳把禦見打到趴下。

禦見摸著肚子，說：「嘖，看不出你是這種人。」

仁德的身軀周圍出現了半徑約一米的翠綠色火焰包圍著他，他說：「各位，我的確通知了夜燈會你們會去搶藥劑，可是那是在我不批准你們去搶之後，我也絕對沒希望或預料到你們會有人受傷，但現在請相信我。」

他的火焰很穩定。

禦見說：「你覺得還有人會相信你嗎？」

阿一問道：「不批准？」

玲說：「對，這次行動我們沒有首領的批准，是我個人的獨行獨斷。」

一直沒開口的偉說：「不要緊，我們一直都是相信你們的智慧。反而是你們有留意吧？他說他的思維是繼承別人的，要好好記住。」

拳答：「是有聽到，但不肯定他沒說謊吧。」

禦見說：「或者我低估了你呢，你組織的人還挺緊密的，真可惜他們站在錯的那邊。」

玲說：「我們小組的人都沒問題嗎？」

她望向每一個隊員，每一個隊員都以肯定的眼神回望她。

禦見見狀說：「如果你們有一天失望夠了，打算前往這邊積極改變世界的陣營，儘管開聲，到時候你們只要接受測謊機的測試後，就能知道我們的一切。那是個約定。」

阿一說：「測謊機？有人會怕嗎？」

禦見笑說：「那測謊機能監測你每一個臉上每一個器官和收集腦電波等三十多樣的數據作出判斷，沒有人能騙過它的。」

銳麟不得不露出驚嘆的表情。

禦見看到就說：「我說過了，我們有的是資源一」

拳用手掩住禦見的口。

20

已經是晚上十一時，剛剛從小楓家回來的弦來到家門前面，就聽到重電子音樂。

可是他今天還挺開心的，他低聲自言自語道：「因為小楓好像沒被健山的悲劇影響，本以為小楓毫不關心朋友。實情卻不是這樣，小楓不但讓我去他家裡溫習，還準備了食物和分享他自己的私人筆記。真是的，我怪錯他了。」

進門後，弦看到母親在客應走來走去。

弦問道：「怎麼了？」

聲音被音樂蓋過了。

弦便走向前拍拍自己的母親，再大聲問道：「怎麼了？」

「電視機的遙控器不見了。」

機靈的弦立刻查看在大廳一邊的抽屜裡，果然是在這裡。

弦把遙控器拿出來給母親，說：「你的女兒琴都習慣把遙控器放在那個抽屜裡，你忘了嗎？」

母親看到遙控器出現了，就興奮地說：「感謝主！」

弦雖然沒想過要母親為這點事情道謝，但他總感覺自己在母親前面是透明的。

回到自己的房間，仍然聽到重電子音樂。

弦埋怨道：「沒辦法啦，大哥是警司，二姊開創了自己的公司，三哥輕鬆當上警長。只有我沒創業頭腦又不想當警察，當然不會被偏愛。」

鈴鈴鈴，電話響起來了。

弦拿起電話，看到來電人顯示的名字是「紅」，奇怪，他沒有儲存這個聯絡人吧。

弦想著這麼晚不會是廣告電話就接聽了，他還沒有出聲對方就先講話了。

「晚安呀曾浩弦。」

是一把不熟悉的聲音，弦答道：「誰呀？」

紅說：「你家真的很吵。你的校內成績可以說是強差人意呢，這樣下去你沒去考進大學吧。」

面對這麼低檔的挑釁弦還能保持冷靜，說：「不關你事吧。你到底是誰呀？為什麼我電話裡會儲存了你的電話號碼？」

「我駭進了你的電話後加上去的。」

「什麼？你不怕我報警嗎？」

「警察是抓不到我的，我也勸你別那樣做了。我只是來提供一個交易機會的，你不感興趣的話以後也不會聽到我的聲音了。」

弦也不打算攪擾到自己的警察家族，就問：「什麼交易？」

「我們給你決定自己公開試的成績，而你終有一日要幫助我們做一件事。」

「決定自己的成績？還有你要我做什麼？」

「我們能駭進考評局更改你的成績。至於要你做什麼呢就暫時不能說，但我答應你那事只是個舉手之勞，也不是犯法的事情，畢竟你流著警察的血。」

「看來你知道我是誰，但我希望你有一個更好的計劃，你以為有人會相信你嗎？你是小楓吧，哪來的變聲器？」

「作為見面禮，你明天回到學校收取准考證時將發現自己

全科都在自己學校考，主場較好吧。你全級只有你一個有這福份啊！請好好珍惜。」

紅就這樣掛線了。

弦深信這是他的同學使用變聲器玩弄他而已，就去睡覺。

接著那天弦回到學校時本已經忘了這個電話。

老師說：「請大家順著學號出來領取准考證。」

同學們都根據指示合作地出來領取准考證，到弦了。

老師看著弦的准考證說：「你很幸運啊，我在這裡教了十多年書，只有你一個人公開試全科都在主場考呢！」

弦很想跟幽討論這件事，可惜幽沒有回校，他的准考證由詩月代為領取。

21

在某個地下室裡，有三個人在談話。

玲說：「你能否讓我明白一下，為什麼你不反抗？完全不嘗試掙脫這綑綁？」

被打到又紅又紫的禦見答道：「面對著你們我沒機會贏吧，而且一」

玲說：「可是人受苦或多或少都會想逃跑吧？你不反抗是因為受害的不是你嗎？」

禦見說：「你們打我受害的當然是我，感到疼痛的是我，幽已經不在了。」

阿一暫時放下木棍，說：「那你怎麼不迴避？」

禦見說：「我是來解決問題的。如果夜燈會的目的能達成，要我立刻死去，不給我時間說遺言也無妨，或者一輩子受盡折磨也沒關係，那是我的決心，那是你頭領沒有的決心。」

玲問道：「你還要說服我們加入夜燈會嗎？真的是受寵若驚呢。你又不分享你們的計劃我們怎考慮？」

禦見說：「如果這一刻我把組織的計劃和盤托出，你們會阻止。」

阿一笑說：「所以你冀望我們會突然離開頭鷹會加入你們嗎？」

禦見說：「今天你們是沒可能加入的，可是明天呢？後天呢？下一個月呢？在你們心中種下的念頭說不定某天就會成真。我們的計劃已經開始實行了，放心吧。你們很快會看到成果，以及看到我們首領的智慧。夜燈會的大門對你們這種人才隨時都會打開。」

阿一拿起木棍向禦見那被綁好的腳揮去，大罵：「別再說讓

這世界變得更好的鬼話了！你佔據了我們同伴的身體！幽是一個善良的人你知道嗎？」

禦見被打後沒尖叫，而是深呼吸一下，並答道：「抱歉，我真的不知道這身體的主人為人怎樣。可是，要是想讓世界變得美好，犧牲是必需的。」

拳開門進來，說：「能檢驗的我們都檢驗了，這個人的身體並無異樣，擁有一個正常的成年男性身體，沒法找到幽的痕跡。大概真的是越天所為。」

玲說：「可是越天的能力是毒吧，這狀況還叫中毒嗎？」

拳說：「誰知道，畢竟他已經創造過不少突破科學的病毒了，我沒有很詫異。不過既然他現身了，我們就必須把他擊殺。」

禦見說：「擊殺？他又沒殺人。」

拳說：「創造奪去了不少性命的病毒也不算謀殺嗎？」

禦見說：「對呀，發明手槍的人也不需要對死在手槍下的人負責。」

拳奪去阿一手中的木棍去禦見的右手揮去，說：「嗯。」

阿一說：「別因越天的事煩躁了，總部已經在找他吧。」

拳道：「要是能這麼容易找到夜燈會的首領就好了。」

阿一說：「先處理現在的問題吧，我們要留著他嗎？」

玲說：「為什麼不用？」

阿一說：「科技組都說完全沒有頭緒，幽變出來的藥劑樣本成份跟牛奶有九成吻合，你知道狀況有多可笑嗎？」

拳又再用棍打禦見的右手並說：「那越天就愛開這種玩笑。」

玲說：「就算幽是被追求者的能力變成這樣的，我們也必須留住他吧，可能這能力有時限，有天他自然會變回幽。」

禦見說：「不可能的。不過，我有個情報可以分享給你們。」

拳怒瞪著禦見。

「就是你們的情報很差劣，夜燈會的首領才不是越天。」

玲帶點驚訝地說：「不是他是誰？」

「從來都不是他，哈哈。」

阿一說：「不要再花心思在這種鬼話上了，走吧，我們不是有地方要去嗎？」

「嗯。」

22

幽看過無數個水晶球後已經非常疲累，但他還是不由自主地觸碰下一個。

他快要觀賞的那個是紫色的，他把伸手過去時卻突然被氣流

扯後。

幽醒過來了。

他發覺自己正坐在一間幽暗的房間的地上，他想站起來，卻聽到鐵鍊的聲音。

他望向自己雙手，的確有鎖上手銬，可是手銬的尺碼也太大了。

幽的雙手能輕鬆地從手銬中鑽出，並站起來。

他很努力地想自己為什麼會在這裡，可是他的記憶被塞進了一堆故事，他沒法清晰地思考。

「幽，你在嗎？」幽隱約聽到女朋友的聲音。

靖對詩月說：「是詩月嗎？他不在呀。」

詩月疑惑地說：「可是你不是說他身體不適才沒有回校或回覆我的短訊嗎？怎會出去了。」

靖說：「我男朋友載他去看醫生了。」

幽連忙跑出這房間，卻發現是一條他不熟悉的走廊。

幽想呼喚：「詩一」

有人掩著他的口。

一瞬間後，他來到了一間課室，他認得出這是頭鷹會的課室，沒有窗戶。

幽掙脫掩著他的口的人，並說：「幹什麼？」

玲問：「你是幽嗎？」

幽說：「還用問嗎？」

玲再問：「你真的是幽嗎？」

幽此刻才仔細地留意自己的衣著，是囚犯的衣服嗎？而且跟那手銬一樣，尺碼很大。

幽張開口卻說不出一句話，他依稀記得玲和拳等拷問過一名囚犯的事，雖然不很清楚。

幽嘗試細心想想，好像是被奪去了身體。

玲說：「你在想什麼？告訴我。」

「不可能吧？那是真的嗎？」

「你在說什麼？」

「我被奪去身體了？有人在古代神廟前自殺，那些事都是真的嗎？不，時間順序錯了吧。」

玲拿出匕首指著幽說：「別說些完全不相符的事情！」

幽連忙退後說：「別！給我一分鐘好好思考！」

「證明自己是幽！」

「我一我們第一次見時你偷了我的錢包！」

幽發覺想以前的事情好像沒問題，他看到玲的眼睛在掃視自

己的身體，幽也再次觀察清楚，沒有任何傷痕。

玲說：「那是第二次見面。我要帶你去見首領，只有他能確認你是否幽。」

「好。」

玲閃到幽旁捉著他的手再閃到一條走廊。

玲說：「走吧。」

「不能直接閃去首領的房間嗎？」

「那是首領的房間，不是你的房間，我不會胡亂飛進去的。別亂動，我比你快的。」

一路上幽感到玲對他的警戒心很重，但幽也明白，他只靜靜地整理自己的思緒和記憶。

走到首領的房間門口了，正當玲想叩門時，門打開了。

仁德看到幽和玲二人，說：「我要離去─這是幽？」

玲說：「好像是，能幫忙確認一下嗎？」

幽整個身體被紫色半透明的火焰包圍著。

仁德驚訝地說：「火焰變猛了，你是怎救回他的？」

「我沒有做什麼，他自己變回來了。」

「幽？」

幽仔細想後回答：「我也不知道，我醒來後聽到女朋友的聲音，之後就被玲帶回來了。」

仁德說：「那你記得什麼？」

幽如實地回答：「就好像睡了很久一樣，就連禦見的事也跟造夢一樣，其實我都不肯定是真實發生過的。我……不是我多久了？」

仁德說：「十二天。」

幽大聲說：「十二天？那我姐姐和女朋友一定報警了，快讓我回去。等下，你把我關在哪裡了。」

玲望一望仁德，並沒說話。

仁德對玲說：「沒關係，反正我們要她監察幽的情況。」

玲對幽說：「你剛才是在自己家的地下室。」

幽說：「可是我家沒有地下室。」

幽低頭想為什麼會聽到詩月的聲音，難道詩月是到他家找他嗎？

難道詩月會是頭鷹會的人嗎？不可能吧。噢。

幽抬起頭望著玲，玲笑說：「對，你姐姐是頭鷹會的人。」

幽問道：「你們認識嗎？」

「大家知道大家是誰吧，不很熟，她是『藥』的人。」

幽驚訝得張開口卻無法吐出一個字。

仁德總結道：「就是這樣了，幽你這陣子沒事別亂走，讓姊姊好好監察你有沒有異常行為。玲你代我通知靖吧，大概她知道弟弟回來了很興奮，讓她請幾天假留在家中和幽好好慶祝。那麼我先走了。」

只有玲回答：「是。」

幽說：「帶我回家吧，現在更不可能告訴我這裡是哪吧。」

玲說：「等一下。」

玲消失了。

隔了三秒又再回來，把手放在幽上。

回到家了。

23

玲說：「你女朋友已經走了。」

靖走過來擁抱幽，說：「你真的回來了嗎？」

幽聽得出姐姐快要哭了，連忙說：「我沒事，謝謝你！」

玲看見這畫面還是毫不感動，冷冷地說：「先把事情弄清楚吧。」

靖放開自己的弟弟，擦一下眼睛，說：「也對。」

玲問道：「幽我給你兩分鐘時間好好解釋這十二天你記得什麼。」

幽好好地吸一口氣，開始說：「我記得我被藥劑灑到了，然後你把首領帶過來了，等一下，首領出賣我們了，你們還替他做事嗎？」

靖一臉迷惑地說：「首領他？」

玲說：「這個我等下才解釋，我了解他的為人，沒事的。幽你快點繼續說。」

幽靜靜地想了三十秒左右。

靖說：「不如讓他再想想吧，他才剛恢復。」

玲說：「我們根本不能肯定他是幽吧。」

靖說：「這我也明白，可是要他解釋十二天的時間可是很困難的。」

幽說：「在我變成禦見後，我好像經歷了無數人的生活，其中包括禦見。所以我才知道我被奪去身體了，可是我又沒有親身感受到你們虐打他的痛楚。」

靖驚訝地問：「虐打？你們？」

玲說：「我不是『藥』的，忘了嗎？」

幽感覺到玲和「藥」及「鞋」相處一定很不融洽，為了阻止她們吵架，他繼續說：「可是我沒有關於自己是怎復原的記憶。」

玲再問：「你說無數人的生活，能舉一個例子嗎？除了禦見。」

幽立刻回答：「我剛就說了一個吧，我看到一個人在神廟前自殺。」

玲立刻反問：「一個人？你記得長相嗎？因何事自殺，怎樣自殺。」

幽變出一枝水，喝了幾口再說：「長相嗎？我只記得他沒有戴眼鏡，可是他穿的衣服很古怪，像咸豐年前的服飾。他是跳崖死的。說真的，那些事情就像夢一樣，我不完全記清楚了，誰也不能準確地記住每一個夢吧。」

幽低下頭來，繼續說：「但他是因為感到無力才自殺的，雖然我不清楚原因，可是我能感受到他的無力感。」

靖把手放在幽的肩膀上，說：「你還是那麼善良呢。」

玲對靖說：「仁德也相信這是幽本人呢。我也相信你，但安全起見這段時間你別參與有關夜燈會的任務了。」

幽感到可惜但還是同意地說：「明白。」

玲隨即消失了。

靖把桌上的文件夾拿來，說：「這是你的准考證和學校的筆記等等。這段時間我跟你的朋友和詩月說你病了。」

幽接過來後沒看一眼就說：「明白，謝謝，你能跟我說多一些你和頭鷹會的事嗎？」

靖看到那個認真的眼神就說：「明白。先讓我組織一下，你先去洗澡換衣服吧。」

幽想一想，回答：「好！」

幽在洗澡的時候一直在想：原來自己少了十二天的時間，該怎樣才能偽裝成一切正常。

幽換過整潔的衣服後，走出客廳想找姐姐到後卻不想只打聽頭鷹會的事。

靖看見幽，說：「我果然不是擅長組織的人，抱歉還是由你逐條逐條問吧。」

「很好，我正想說其實我有最想知道的事。」

「是什麼？」

「你能告訴我一些關於頭鷹會和夜燈會的事情嗎？」

「這個很容易，我曾參與過調查夜燈會的事，那次算是我們組織近年唯一一次交錯吧。但這單事件蠻恐怖的，你真的想知道嗎？」

「嗯。」

「大概在地球未和平之前，除了美國外最落力搜捕恐怖份子

的就是夜燈會。那時頭鷹會通常不會調查與夜燈會有關的行動，畢竟從結果來說，少了恐怖份子是一件好事。大奇蹟之後呢一」

幽打斷道：「是印度嗎？你數年前去過印度吧。」

靖沒介意幽的打斷，反而問問題讓弟弟猜一下：「嗯，你能猜到是什麼問題嗎？」

幽搖頭表示不知道。

「那時強姦的風氣在印度是很流行的，那裡的男士普遍認為女士穿短褲是在勾引別人侵犯她。在交通公具上等公眾地方有女士被姦的話，附近的男人幾乎都不會幫忙，坦白說，他們不參與輪姦對受害女性來說也算幸運了。印度就一直是這樣的，連女電影明星也曾遭殃。然後有天有一單較驚嚇的強姦案發生了，一名十四歲的女生在巴士上被十多名男士強姦，期間有人拿鐵枝插入女生的陰部，女生最後抵受不住虐待死了。」

幽聽得面色很難看，幸好詩月和姊姊不是生活在印度呢。

「頭鷹會當時的做法是派人協助制止強姦的罪行和拘捕嫌疑犯交給當地執法部門。我因為是女生，多數都留在室內做調查工作。至於夜燈會，越天就攜著不少女精英前往當地引誘男士犯罪後捉拿犯人，他們就不會把犯人交給執法部門的。你……真的想聽嗎？」

「中國古代宦官那麼多，沒什麼可怕的。」

「起初夜燈會會使用鐵枝等鞭打罪犯的性器官，有時還會放螞蟻及蜘蛛咬男士的睾丸和陰莖。後期越天發明了一種新的病菌直接打入犯人的血管中，我那時看過一些受害者的照片，蛋會變青及縮小，不會再產生男性荷爾蒙以減低性慾。患者的陰莖會變得青白，不會再充血，陰莖頭部會長出很多顆青色的膿包，膿包上又會長出膿包。因為膿包的數量都不少於十，穿著褲也能看到你已經染病，而在上廁所的時候，患者需要用手撥開膿包才能去的比較乾淨，否則你的尿會射到膿包上，這個過程中患者是一定會痛得叫出來。回想起來都覺得嘔心，是能吐出上星期吃過的東西的那種嘔心。」

幽覺得這故事有點太變態，真的差點就吐出來。

「然後夜燈會會釋放這些罪犯，讓其它人看到因性衝動犯錯受到的惡果。我認為你可以說夜燈會那殘酷的做法是有效的，印度的強姦情況現在已經改善了許多。當時我們搜集到足夠的證據起訴夜燈會的人的，不過我們逮捕不到他們，只能說夜燈會的資源也很豐富。」

「鈴鈴鈴」

靖說：「我有替你手提電話充電的，你看是不是詩月吧，跟

她聊個天，噁心的感覺會早一點消失的。」

幽拿起電話，看到來電顯示是詩月沒錯，就說：「那麼我們下次再聊吧。」

「嗯！」

按下接聽後立刻傳來詩月焦急的聲音：「你沒事吧？怎病了十多天才好？訊息也不回覆。」

幽知道自己很對不起詩月，就說：「抱歉，我也不知道自己身體為什麼那麼差。」

「擔心死我了！你知道這十多天我心情有多緊張嗎？都不能專心考校內試和備戰公開試。」

「抱歉，還要你自己來我家找我。」

「對呀，你快點告訴我你是什麼病？」

「就是像以前不停嘔吐。」

「醫生怎樣說？」

「剛姐姐的朋友帶我去看他認識的醫生，是一位了不起的醫生呢，他覺得我可能最近壓力大就會這樣虛弱。」

「壓力？你沒考校內試很怕對吧。」

「就是呀，校內試能測試自己有多準備好公開試呢。現在我都不能估計自己公開試成績了。」

詩月的態度轉變了，說：「才不可能吧你別想騙我。從健山死後你就一直怪怪的，你快點告訴我，你是不是還在想阻止自殺潮？弦告訴我你有這個想法呢！你別再幻想了。要是想幻想也先考好試好嗎？」

幽暗地裡責怪近來失去了正義感更告密的弦，再答詩月：「沒有呀，我是真的身體差。」

「第十一種元素是什麼？」

「別說笑了，你成績有好過我麼？還問這麼淺的問題。」

「你還捉弄我呀又迴避問題。」

「別別別別打我，抱歉啦。我現在認認真真地告訴你，這十多天我身體真的很難過，和我最愛的女朋友聊天都沒力氣，更別說溫習了。不如這樣，我覺得真的完全康復了我就去邀約弦和小楓一起用功，好嗎？」

詩月感到滿意，但還是故意用不滿意的語氣說：「你真的會去做才好！」

「一定一定，我跟他們約好了就告訴你！」

「很好，那你想知道這十多天發生過什麼事嗎？」

「好！」

「先是成績，我化學考到了全級第三名呢，只是物理還

是⋯⋯」

24

又是晚上十一時，弦帶著愉快的心情走到有音樂傳出的門前。

這次弦一打開門就有人主動迎接他。

「最近為什麼常常這麼晚才回家？」母親不滿地問道。

重電子音樂停了，看來母親早已跟全家人說好不要吵。

弦說：「這陣子我都去小楓家溫習而己，我上次有說的。今天我做卷的速度有明顯進步呢！」

「上次有說今次就不用說嗎？在自己家裡溫習不行嗎？」

「我都不小了，十一時不很夜吧。家裡太吵我沒法集中。」

「沒法集中？你不如說因為你完全沒遺傳到我的聰明才智才要依靠別人？真是的，看你的兄弟姊妹，就你什麼用也沒有！」

弦一向知道自己的母親偏愛其他子女，但這話也太令他難堪了。

弦低下頭來有點想反擊，他知道道理是在他那邊的，這麼吵誰會能溫習。

可是吵架贏了有什麼意思？

「不說話了？」母親咄咄逼人。

弦抬起頭，看到熱愛播音樂的五弟在笑，弦忍不住露出了怨恨的眼神。

母親再叫：「你在望哪裡，望著我。」

弦深深地吸氣，呼氣，說：「抱歉是我錯了。下次我會先說的。」

「早點道歉就好，接下來是懲罰！放心吧，不會體罰你的。大家下來！」

弦看到他的兄弟姊妹都來到大廳，平時除了吃飯以外絕不會這麼齊人。

母親再說：「今天晚上有湯圓！人人有份除了弦。」

弦完全不覺得自己應該被處分，但還是說：「好吧，那我先回房間溫習了。」

「溫什麼習？你看你校內試的成績能怎樣？還是早點放棄。」

弦沒理會她繼續走向自己的房間。

「站著，你以為沒甜品吃就是懲罰嗎？坐在這裡看我們吃才是你的懲罰！」

弦憤然回過頭打算要反擊了，映入眼簾的卻是眾人溫馨吃湯

圓的畫面。

弦的怒氣消失了，他有點想落淚，為什麼他不是畫面的其中一人。

弦回想起自己以前常常替眾人收拾碗碟，或者替大家購買文具，被他們飛奔搶先使用廁所時會容忍，雖然不是什麼大事，但他以為對家人好，家人就會尊重他。

看來成就真是非常重要。

弦想起紅的提案。

但他還是不停搖頭，在心裡對自己說：「不行的，其他人都是依靠自己的實力去考，我怎能作弊。」

母親又大罵：「搖什麼頭？服食了毒品嗎？」

五弟又大聲地笑，並說：「放心我會吃慢點，讓你能看久一點。」

只有大哥很快吃完後回到自己房間，其他人邊吃邊聊天。一個小時後，眾人才回到自己的房間，重電子音樂又從某房間傳出來。

弦終於可以回到自己的房間，這晚真的份外痛苦。

電話響起來了。

「誰？」

「紅。」

「我今天心情真的不很好，有什麼事嗎？」

「不好就好呀，來聊個天好嗎？」

「跟你？一個陌生人？」

「別看我這樣，人們經常說我說話動聽。」

「動聽是指能說服人做壞事嗎？我不認為那值得被稱讚。」

「別這樣說，在漫長的人生中做一兩件壞事不代表你是一個壞人吧。」

「那就是壞人的自辯。」

「那我問你呀，你沒有做過邪惡的事情嗎？來，告訴我你做過最壞的事。」

弦第一時間想起了自己放過小偷的事，但他不想分享這個，就說了近來有罪疚感的第二件事：「我考試不及格，學校要求家長簽名，可是我不想又被罵，就自己冒簽了。」

「看呀一等下，那也算是邪惡嗎？」

「對我來說算吧。」

「不會吧，如果有人在學校被東西絆倒，你不會笑嗎？難道你是那個衝上去扶他的人嗎？」

「通常是我的朋友幽去扶跌倒的人的，我負責叫大家不要笑

了。」

「很認真的語氣呢。」

「對呀，我就是一個好人，不像你，經常勸誘人做壞事的魔鬼，小心下地獄呀。」

「我要先聲明我不是魔鬼，但讓我告訴你一些世界的事實吧，所謂的神是一個邪惡的生物，它因為無聊才創造出了世界和生物一」

弦打斷道：「那為什麼好人能夠上天堂壞人要下地獄呢？紅魔鬼。」

紅笑說：「哈哈，那是因為你站在好人的角度想，但如果神是邪惡的，它才不想要其它壞的物體上天堂伴著它，因為壞人帶不了什麼給它。反而一個好人掙扎一生的故事對它來說才是新奇有趣，所以好人死後就能伴著它。」

「為什麼好人的故事要加上掙扎一詞，壞人也會掙扎吧。」

「會掙扎的才代表有惻隱之心。」

「中國文化的詞彙呢。」

「你不相信的話，我能再告訴你多一些關於世界誕生的事。」

「雖然完全不覺得真實，但實在挺有趣的。可是我很累，下次再聊吧。」

「沒問題，自己用功溫習當然累。」

「你怎把用功溫習說成壞事呢？」

「世界本來就不公平的，要是先天條件不足，找到向前面跨越一大步的機會當然要抓緊。」

「我還沒有累或者失敗到會信那句話呢。」

「哈哈哈哈！」紅毫不遮掩自己的奸詐。

弦打開電話，他看到自己的摯友幽在群組中回覆訊息了。

「哈，我好朋友出現了，所以，下次再聊吧，這次真的要掛線了。」

弦沒等紅回應就掛線了，他想把今晚的事情告訴他的好友，但他已經很累，就只打了一小段：提醒我，我是因為關心和珍惜和家人的關係才會遷就或原諒他們，但他們應該是以感激的心情回應我，而不是得寸進尺。

幽立刻回覆：發生什麼事了？

小楓打道：他有天問我為什麼覺得所有父母都是好的，我回答他那是理所當然的，不然去問老師。然後他的回答挺有趣的，弦說我和老師都只有一個父親和一個母親，怎可能知道幾十億的父母都是好的。

幽再回覆：我都說過他的家人對他不太好，你怎能那樣說話呢？

小楓再打道：他真心問我問題我就用真心回答而已，我也不想他不開心呀，弦快點說什麼事呀。

可惜弦已經睡著了。

25

幽在自己的房間裡大喊一聲：「YEAH!」

他是在慶祝自己成功向所有人交代消失十二天的事，其實除了詩月和弦外也沒什麼問題，說句生病就可以了。

幽隨手變出一枝可樂就開始飲。

在他想寫下自己變出的可樂很甜又夠冰涼時他發覺他桌上一個紅色的小袋子不見了。

幽立刻想出了幾個可能性：自己忘了自己把它放在其它地方了，或者有人動過他的東西。

他拿起電話打給靖，問：「那十二天有人進過我們家嗎？」

靖說：「就詩月一人，也只有一次。我在想呀，說不定是詩月對你的真愛令你回復自己呢。」

幽也有想過個可能性但選擇不回覆此部份並笑說：「沒別人嗎？」

「沒。你以為自己的家很容易去嗎？」

「那也是你的家，那沒事了，再見！」

「BYE!」

幽放下電話，對自己說：「再找找看吧！」

玲問：「找什麼？」

幽被嚇到發出了「哇」的聲音。

玲立刻大笑：「哈哈一哈哈」

幽轉身看到坐在自己床上的玲，紅著臉說：「這是我的房間呀，要是我沒穿衣服或在做私人事那怎辦？」

「沒法，這段時間未能完全相信你，所以絕對不會事先公告本大小姐的來臨的。」

幽想反駁但他知道玲沒有錯，畢竟她是重要的隊長，就答道：「我在找一袋牙。」

「牙？」

「對呀，小時候的牙齒。」

「儲起牙來幹什麼？」

「沒有呀，只是一直有儲。」

「那無聊的習慣忘掉它吧，你必須好好作出貢獻才有人會相

信你是你呢。」

「也對。」

「這是你的電腦對吧，有沒有很多電子遊戲？」

「沒有，就只有一款槍擊遊戲。」

「行嗎？我看你真人的槍法怕你就負責被虐待。」

「真人困難很多呢。」

「那有沒有很多色情影片？」

「沒有，拜託，你是來幹什麼的？」

「說真的，沒有，近來沒什麼值得利用的情報。」

幽突然說出自己的疑慮：「是嗎。那我想問你有機會會殺了我嗎？」

面對突然的指控玲還是很冷靜的對答：「現在？不可能的，你又不是威脅，你感受到殺意嗎？」

玲起身又右手摸一摸幽的頭，說：「那，就這樣。」

「等下。」幽說。

「怎麼了？」

「反正你沒事做，再陪我一會兒好嗎？」

「給我一條白色繩。」

幽變出了一條白色的繩。

玲利用繩繞出不同的圖案，看來她很會玩這條簡單的繩子。

幽一直觀察玲玩就沒說話。

玲就開口：「讓我留下來就找點話題好嗎？」

「那麼跟我說一點你加入頭鷹會以前的事吧，我想了解你。」

玲想了想，說：「我覺醒成為追求者後完全控制不到這能力，經常無意閃到自己常遊玩的地方，在睡夢中也會經常傳送自己到街外。是首領找到了我，他讓我知道自己的能力是能被控制的，他也教我怎樣保持冷靜和清醒，他教會了我怎樣做人。」

「有很多人見過你閃來閃去嗎？」

「嗯目擊者很多，可是當時沒有人在意我吧。」

「聽起來很對呀，誰會留意突然出現又消失的美少女？」

「謝謝你讚賞我美麗，可是我當時只是個小女孩，而且我無意閃到人群前也不會逗留，每次都會立刻閃回自己住所，即使有途人切實看到我，也會以為自己看錯吧，有空的人也只會回家構思一個恐怖故事。」

「請問小姐你現在幾歲了？」

玲把繩子放下來，並從口袋中拿出一個十字架。

幽認得那個十字架，是拳讓他變出來的。

玲換了一副認真的臉龐，說：「你現在能把它變消失嗎？」

不到半秒鐘那十字架就消失了。

玲說：「有點話我想提早告訴你，不要打斷我。」

幽打算回應好但來不及玲就繼續說下去：「上次任務你又殺了一個軍人對吧？為什麼？」

「因為他在守護壞的藥劑，那藥劑把我害慘一」

「很好，你能殺守衛壞的事物的人這件事很好。接下來，我想你回想起當日仁德跟你說的話，他說你過去每個想法和決定都促使了你成為追求者對吧。這部份的由來是什麼你有想過嗎？」

「有，我想不會是研究結果，所以大概他在鼓勵我吧。」

「事實上不是這樣，頭鷹會和夜燈會各自擁有一些關於這世界的知識。我們擁有的部份有說明追求者的由來，僅此而已，他沒有刻意鼓勵你。」

「你不會是在貶低我吧？你也同是追求者不是嗎？」

玲擺出一副「別打斷我」的樣子。

幽感受到玲的嚴肅，靜靜地過了幾秒。

玲再開口：「事實上，成為追求者的條件很簡單，就是在當事人不知情的情況下，覺得世上欠了一樣東西，就有機獲得能力，就此簡單。你明白嗎？當然我和你的能力都很強，我未吃一場過敗仗，你能複製任何看過的物體，可是說是無敵的。中國有句話，叫『天將降大任於斯人也』，意思是正因為你的性格匹配，受過磨練，上天才會賜予你力量。但這不是現實，我和你不是因為正直才成為追求者，我和你只是碰巧成為追求者，碰巧心存正義。有一天，我們將與別的追求者對抗，我希望你把他們當成普通人，沒有特別的靈魂，只要他們拿著惡意肆虐，你都能果斷除掉。」

過了數秒玲都沒再開口，幽知道是發問的機會了：「怎麼可能？如果他們不想為世界做什麼怎會獲得力量？」

「我就說了，不管怎樣的靈魂都能獲得力量的。或者你覺得你得到力量是為了能收拾好朋友留下來的攤子，但事實真的不是這樣。你過人的地方在於你在得到力量後沒有變出一噸鑽石以獲取財富，而是在想如何把世界變得更安穩。你聽到了嗎？不是所有追求者都是好的，而你絕對比大部份善良。」

幽沒想過會被稱讚，變出了一枝自己最愛的蘋果酒遞給玲：「要喝嗎？」

「你知道我想說什麼了嗎？」

「就是有壞的追求者吧，我會果斷除掉他們的。」

「很好。」

玲接過禮物後毫不客氣地立刻把飲料倒在自己口中，從她的

模樣看她也很喜歡這品牌吧。

26

玲閃到在某個實驗室內。

玲把剛抓到的頭髮拿來給一個男科學家，說：「這是恢復後的。」

玲看到自己的副隊長也在，就說：「你也在呢！拳。」

拳問道：「為什麼要拜託他？」

「沒法呀我們的科學家在歐洲度蜜月，我不想去打擾她。」

「不想去那裡打擾她還是不想去打擾她？」

男科學家開口說：「沒關係，雖然我是『鞋』的人，可是這藥劑也太猛了，我也想早日研發出解藥。」

玲說：「聽到沒有？謝謝你了，大文。」

大文紅著臉點頭。

拳說：「抱歉，隊友我們能在別處說話嗎？」

「當然可以，那麼我走了大文。」玲留下一個笑臉才和拳閃到某課室。

拳先開口：「可憐的大文，完全敵不過美色吧。」

玲得意地說：「你沒聽到嗎？他想早日研發解藥。」

「哦！那麼進度如何？」

「你剛才沒問他嗎？」

「沒有，我也是剛到。」

玲想了想，說：「從觀察十多名有男有女的實驗對象當中，每個人的外觀都完全改變了，基因截然不同。但實驗對象太少了，無法確定基因上的改變是不是隨機的。但值得一提的是實驗品變身後，必先會自我介紹，名字不一樣但說話的語氣跟禦見大同小異。看來思想方面絕對是追求者的能力加上去的。」

拳問道：「有本來男的變成了女的嗎？」

「好像有又好像沒有，我沒專心聽細節，畢竟找實驗對象很累呢。」

「就算擁有那副美貌，要說服人去觸摸令自己變成令一個人的藥劑還是不容易吧。」

「說服？沒有。全都是罪犯。」

「什麼？」

「全都是殺人和強姦的慣犯。」

「什麼？」

「別讓我重複了。」

拳吞下了口水，再問道：「那大文一」

「當然沒告訴他對象來源，我都是提供已經變成了別人的對象給他。當然，在噴灑藥劑前我有抽取罪犯們適量的頭髮和血以作對比。」

「如果大文以為他們全是受害者的話，大文沒問為什麼會有血準備好嗎？」

「有，我告訴他是散佈這藥劑的人留起的。這樣想來，這可是一句真話呢。」

「你知道強姦的慣犯是不用判死刑的吧。」

玲冷冷地說：「別讓我一再重複了，你也跟我這麼多年了，社會不判他們死刑是社會的事，我的道德觀是完全主觀的，套用幽的話，如果我不捉拿這些慣犯，他們只會為更多人帶來更多的負面情緒。我不會說些漂亮的說話，不會說例如至少他們現在為世界做了一些好事，或者他們可能會像幽一樣恢復。他們是非自願性被逼成為實驗對象的，最好他們的靈魂還是下地獄。至於我呢，我也是獨斷利用他們的，要是覺得我行為太過，或者我的想法太傲慢，那是必須的。要醫治這個生病的社會，用正常的手段是不夠的。這點你也認同吧。」

拳低頭深思，說：「我自己也殺過不用判死刑的人，我的良心有時也會提點自己如果我不殺他他有改過的機會，也許就是因為我的良心帶來的遲疑才使我做事不及你。請繼續吧。」

玲聽到手下的答覆非常滿意，繼續說：「解藥方面可以說是零進展，實驗對象們即使過了十二天才沒有恢復原狀。」

「那幽是……？」

「暫時的可能性有幾個：一：只有追求者才會恢復原狀；二：比較可笑，可能是詩月的真愛叫醒了幽。」

拳笑道：「哈我也有想過這個。」

玲說：「可是第三個可能性是最懷的，就是是敵人把幽恢復過來的。」

「確實有這樣的可能，那麼我們就更不能相信幽了。」

「幸運地，銳麟找到了一對殺人夫婦。」

「所以呢？」

「我們很快可以測試愛情是否能使藥劑無效化。」

「不同伴侶間的愛情怎會一樣呢。那我可以做什麼？」

「可以尋找擁有慣犯和追求者這兩個身份的人來當實驗對象。」

「真狠」拳答道。

「你還記得我們曾調查過的那個什麼錢子強嗎？」

「記得，但他不是十惡不赦的那種人吧，我記得他一年捐很

多錢。」

「捐錢又不代表他是好人的。我懷疑他被招攬到夜燈會了。你去利用止書調查是否如此。」

「一時三刻很難判斷他是否夜燈會的人吧？」

「的確是這樣呢，我也不想濫害無辜，所以才指使最謹慎的你去調查，不急的。」

「遵命。」

27

晚上九時，弦已經回到這個吵嘈的家門外。

即使早了兩小時，他還是懷著冒險被噴的心情打開家門。

大廳只有五弟有玩電子遊戲機。

五弟看到弦說：「母親有洗澡，其他人都不在家。」

「噢，謝謝。」

弦脫下鞋子後順利回到自己的房間，他想著：今天真幸運。

打開電腦閱讀即時新聞，看到一則可怕的消息—「星天集團主席陳永楓報稱被賊人潛入其家中」。

弦說：「什麼？我才離去半小時，不，是看準我離去時潛入去的嗎？」

他左手拿起電話想打給小楓，右手同時間按該條連結想看更多資訊。

他讀起來：「『陳永楓已到達安全的地方，警方正前往其家調查。』這麼少資訊也叫新聞嗎？」

他回看他的左手，電話沒電了。

弦跑出房間找五弟說：「借你的電話一下，拜託。」

五弟在玩足球遊戲，並說：「別煩我，我快要輸了。」

弦看一下電視螢幕，五弟的隊伍正領先二比零。

他立刻怒轟：「你騙誰呢？」

五弟懶洋洋地說：「真可惜你不像母親那樣笨呢，可是我也不笨，為什麼要借電話給你？」

「我朋友出事了！我要打給他，我的電話沒電了。」

「你打給他會令他沒事嗎？不會吧，別煩我。」

「拜託你了，我很擔心小楓，把你的電話借我五分鐘會怎樣？」

「難說，說不定你只是編了一個故事想拿我的電話遊戲中的角色去玩。」

「我哪知道你電話內有什麼遊戲，五分鐘能玩什麼？」

「五分鐘足夠讓你轉移數據了，你別煩我啦，朕旨意已決。」

弦差一點就忍不住向弟弟的電子遊戲機起飛腳。

母親從浴室出來了，她看看時鐘說：「還可以一」

弦打斷說：「能把電話借來嗎？我朋友家裡出事了！」

「出事是指什麼？」

「有賊呀！」

「別擔心啦，警察那麼英明，你看看這個家庭。」

「怎能不擔心，那是我朋友的家呀！」

「誰讓你這樣大聲跟我說話的？」

「我們能否別每次都讓吵架的重點轉移到聲線上？」

「可以呀如果你學會尊重。」

弦深呼吸一氣，平靜問道：「能否借你的電話五分鐘？」

「不能，下次如果你第一次請求就有禮貌就行。」

「我的好友有事呀！緊張大聲點是正常吧！」

母親沒有回應，直線走回自己的房間。

弦沒鞋子都沒穿就跑出大宅，正好有一身穿西裝人站在他的車子旁按他的電話。

弦急急地說：「抱歉，我朋友好像出事了，能借電話給我五分鐘嗎？」

那男的沒抬起頭，說：「五分鐘？好，不用給我那麼誇張的借口啦！」

「謝謝！」與其說弦接過電話不如說他把電話搶了過來。

弦立刻打給小楓。

「嘟一嘟一誰？」是小楓的聲音。

「你平安無事呢！」弦都感覺自己快流淚了。

「是弦嗎？怎麼用這個電話的？」

「我自己電話沒電。」

「哈謝謝關心，你跟幽一樣看到新聞吧？我沒事，那賊有夠笨的。」

「發生什麼了？」

「他不知怎的能闖進我們家，當時家只有我和我父親，他要求我父親立刻轉帳一千萬他，我爸說必須在街外的提款機才能轉帳給他，因為網上轉帳服務要先登記受信任的轉帳戶口。」

「然後呢？」

「那賊就放我父親走了，可是父親離去後不久他就知道自己犯錯了，竟然放走了人，就立馬逃走了，也沒對我做什麼。」

「聽起來有點奇怪，那麼笨的賊會能潛入你家嗎？」

「幽也這樣說，不過我和父親都沒事，又一元都沒被拿去，就是那賊笨的證明。」

弦聽到這裡才放心下來：「幸好。」

借電話的好心人問道：「朋友沒事了吧？」

「嗯，抱歉小楓，我們下次再談吧，我要還電話給別人了。」

「那是誰的聲音？」

「路人呀。」

「你還未回到家嗎？」

「哈哈，不要再說了，再見！」

「掰！」

弦用雙手把電話還給路人，並微微彎腰示謝意，就回家去。

28

「你看，副隊長和銳麟也在，你說你的計劃只需要我和銳麟的幫忙吧？」玲問道。

又是這間地底的課室。

幽說：「嗯，我希望能借助你們的力量。」

銳麟說：「我一定會盡力幫忙的，畢竟我上一次沒能做什麼。」

幽回想起了上次的任務，就問道：「對了，為什麼我們還相信仁德？」

拳解釋道：「他已經說了只是深信我們不會有人在行動中受傷一」

玲恥笑說：「事實上也是這樣，幽是回來後自討苦吃的。」

幽微笑不停點頭希望帶過這嘲笑的環節。

拳繼續說：「首領對追求者們的保護永遠都是真誠的，隊長以前受過他許多照顧，沒有首領的栽培，我們隊伍也不會存在吧。」

玲不耐煩地說：「過去就別提了，你的計劃要仁德幫忙嗎？還是你只是怕又被出賣。」

幽回應：「不。那麼，我開始說了。」

眾人都望著他。

「昨天晚上我閱讀了一則新聞。內容提及一名三十多歲的廚師在一個月前發現自己工作的餐廳有使用一種非法調味料，耿直的他嘗試勸告上司不要採購該調味料，因為客人要健康才能再次回來光顧。結果當然是狠狠地被解僱了，他原本打算向警方告發的，可是卻收到了父親患肺癌的消息。孝順的他花了全部儲蓄去醫治父親，不過癌症不是蓋的，他父親於昨天逝世。廚師本人呢，亦於昨天晚上在醫院天台一躍而下，留下的遺書內容有提及自己欠自信心，朋友又不多，沒法找最好的醫生醫治父親一」

玲又忍不住打斷說：「抱歉，我也同情他，真的。可是如果他們二人都死了，你想怎麼幫助他們？聽你這樣說，那餐廳應該已經被查封了吧。」

幽說：「我本來想帶出的重點是，有很多人皆因欠缺別人關懷才會輕生。所以，我想阻止人自殺。」

拳說：「怎樣做？去關懷所有人嗎？」

「我希望銳麟能大規模搜集即時資訊，查出此時此刻哪裡有人危坐或想自殺，然後希望玲能帶我過去沒攝錄機監測的地方，讓我阻止他們。」

玲說：「怎麼阻止？你知道你不能在別人面前使用能力吧。」

幽堅定地說：「用言語說服。」

玲說：「就當你能成功地說服人不要一時衝動自殺，你能幫助多少人？」

幽說：「所以我們要化身為希望，要建立一個別於頭鷹會的組織。」

銳麟不理解問道：「有分別嗎？」

拳望向銳麟說：「因為各大傳媒每天都在報導自殺新聞，這些不良的習以為常讓人更容易消沉。幽想建立一個浮面的組織，阻止人自殺，成為社會的焦點，去消除這負面氣氛。」

眾人靜下來幾秒。

玲笑說：「這是理想主義者才能想出的方法呢。好吧，我就負責傳送而己，銳麟呢，願意幫忙嗎？」

「當然可以，可是雖然我能使用止書，但我不是專精資訊科技的人呢！」

幽驚訝地問：「是我記錯了嗎？」

拳答：「銳麟是工程師，不是 IT。讓他一人搜集資訊有點吃力吧，我也會幫忙。」

幽補充說：「我有想過怎去收集，除了在社交網站能看到各大傳媒或路人拍攝有人意圖自殺的即時直播外，監控談判專家的電話應該也有幫助的。然後呢，我覺得我們可以穿戴連帽子的深綠色全身斗篷及以白色為主，綠色為線條的日式狐仙面具，自稱『綠袍子』。」

銳麟不解地問道：「為什麼是狐仙？」

「不知道，喜歡吧？我經常幻想戴上那種面具的。」

玲笑了笑。

拳說：「你想得有夠仔細的，那麼剩下來的就是訂下目標了。」

幽說：「就是阻止人自殺呀。」

「我要具體的目標，例如在一星期內阻止多少人自殺。」

「現時香港每周有約一百多人自殺吧，我要把這數字減少至個位數。」

拳睜大雙眼，問：「個位數？」

玲說：「就說了他是理想主義者。那麼，一切都決定好了，拳和我一起去告知首領吧，如無意外，由明天開始。」

銳麟說：「明天這麼急？」

玲說：「你也想測試你的製成品吧？」

幽問：「什麼製成品？」

拳看看玲。

幽完全看清這個舉動的用意，就搶先答話：「我知道我還未被完全相信，我也忍著不發問太多，如果我衝口而出問了不當的問題，可以不答我。」

玲消失了兩秒就回來了。

玲把右手攤開，是一枚戒指，銀色的金屬圓環鑲嵌上一顆翠綠色的圓形寶石。

玲說：「真走運呢，銳麟的設計本就是綠色的。」

銳麟補充說：「顏色不需要一定是綠色的。」

拳說：「然後呢？這是你的作品吧，鼓起勇氣好好介紹它，除非你不為這作品感到驕傲。」

銳麟立刻挺胸，露出一副充滿自信的樣子，答道：「是！這是我特意為我們小隊設計的，我沒給它起名字，你叫它戒指就可以了。外表看來，這是一枚普通的綠寶石戒指，實際上，這顆寶石中收藏了一個極微形的攝錄機在裡面，電源足夠維持整整半年。」

幽彎腰過去看清楚戒指的寶石，寶石是半透明的，裡面雖然好像有幾條裂縫，但幽還是覺得這種綠很漂亮。

銳麟待幽觀察過後，再開口道：「怎樣？你沒有看到任何機械裝置，只能看到美麗的綠寶石吧，那寶石是祖母綠，可是綠寶石之王呢。」

玲冷笑道：「祖母怎會是王呢？」

幽立刻回答：「這女的在質疑女性不能為王嗎？」

「哈，銳麟你繼續說吧。」

「好，既然我們看不到攝錄機，哪我們怎樣開啟它呢？我們只需把左手的食指輕輕按在寶石上，然後對著它說『要求支援』，支援就會到了。」

拳皺起眉頭，問：「容許我問清楚，所以這枚戒指是收藏了指模感應器，確認身份後才能開啟聲音感應器，最後再憑聲線再

次確認身份後才能傳送訊息給總部嗎？」

玲說：「不是的，最後的步驟錯了，它不會傳送訊息給總部，它只會拍下戒指周遭的低清畫面傳送給我一個，我會閃過來。」

幽歡喜地說：「省略了經過總部的步驟呢。」

此時拳拉出一張椅子坐下，怎料椅子的腳破掉了，拳也倒在地上。

銳麟和幽看到這場面勉強忍著笑，但拳沒介意，慢慢地站起來。

玲卻命令說：「幽快變一張舒服的出來。」

「好吧。」

幽變出的是一張按摩椅，並向副隊長道歉道：「抱歉，只是一時忍不住。」

拳大方地回應：「沒事，笑是正常的。」

銳麟說：「可是隊長完全沒笑呢。」

幽說道：「就是，拳你做了什麼讓隊長這麼尊敬你？」

隊長說：「你們在說什麼呢？尊重是不用賺回來的，尊重別人是應該的，我不尊重某些人是因為某些人做錯事讓我對他們失去尊重才對。」

銳麟說：「很哲學性呢。那麼你可以佩戴著這戒指出去，遇上危險也不怕。」

幽半抱疑問道：「這不會用於監察我嗎？」

「影像真的是非常低清呢，請你相信我！」

「ok.」

29

自從小楓說他家要安裝新的保安設施，暫時不能讓弦去溫習後，弦一直不能好好溫習。

弦有想過改為去幽的家，那裡較偏僻反而夠安靜。

可是幽最近很少回覆訊息，弦懷疑幽是在秘密地自己一個努力溫習，可是下一秒他就知道這是不可能的。

弦在自己的房間自言自語說：「唉，我開始瘋得懷疑朋友了。」

也難怪弦這麼焦急，因為昨天的物理科公開考試他能嘗試填上答案的題目只有一半，換句話說，他是不可能合格。

不過從這天開始愛播音樂的五弟要去上警校了，也就是家裡沒有音樂。

弦把毛巾綁在自己額頭上，打算好好努力。

不巧的是，他的母親突然打開他的房門，說：「幫我去買一

條石斑回來。」

「我要溫習呢。」

「溫什麼溫，看你昨天回來的樣子就知你沒救了，快放棄，去跟五弟當個警察就好，有父親照顧。」

在這些時期弦一聽到母親說話就想要暴怒，但他忍著。

「我承認我昨天考得不好，可是那只是第一科，還有數個科目的結果未定呢。」

「要你接受自己靠自己是什麼都做不了有這樣困難嗎？」

弦完全不能夠理解為何母親對自己說的話可以如此苛刻。

「怎了？我在跟你說話呀。」

「你倒是回應啊，不用回應也可，去買條石斑回來。」

「喂！」

母親窮追不捨。

弦終於回答：「我真的要溫習，下星期二便是化學科考試了，可以叫大哥回家時順便買嗎？他晚點買也較新鮮一」

「我要你買冰鮮的呀智多星，還跟我說要溫習，也不想想自己有多笨。都是那一句，抱歉你完全沒遺傳到我的聰明才智。」

弦深深地吸一口氣。

大廳傳來二姐的聲音：「我去買就好了，讓他溫習吧。」

母親就這樣轉身離去，悄聲說：「真可惜，浪費了聰明孩子的寶貴時間。」

弦聽到了。

他，忍不下去。

弦想著，再忍的話，他會自殺的，他要發洩了。

弦對離開了房間的母親大喊：「聰明才智？我沒有？」

母親也大踏步回到房門說：「怎麼了？有錯嗎？年幼你兩年的五弟也懂得當警察有多有前途呀。」

「我的聰明才智告訴我，跟母親吵架是一個很反智的行為，因為要是我全力爭論，我一定會贏，你會輸，然後你會傷心，可是如果我忍，你會把我罵到像地底泥一樣。我跟你說，我忍夠了。」

「你以為我想你當地底泥嗎？你又不聽我的話。」

「你知道嗎？我不是不喜歡五弟，我是極討厭他，不，是憎恨他。或者他連公開試都不用考，直接去當警察。而最重要的是，你知道他性格有多醜陋嗎？極不為人著想，自私的賤人，長期播音樂騷擾全家，借電話五分鐘也不願意，這樣的人去當警察一定會成為警隊之恥。我不知道你是如何做到的，沒錯很多父母都會無條件忽視子女對其它人做成的傷害，看不到他們的缺點。可是，

可是被傷害的人是我呀！我也是你的兒子，不是嗎？偏心乃人之常情，但為什麼能偏成這樣呀？我接受不到，難道我不是你十月懷胎的親兒子嗎？」

弦看到母親多次想打斷但他用聲線壓過，順利講出自己想講的話。

弦雙眼望著母親，他想知道母親的回應。

母親低眉說：「原來你會想這麼多。」

弦想顯得冷靜一點但他制止不了自己繼續大喊：「當然呀，雖說我在校的排名不高，但我就讀的是本區第一的學校，這已經證明了我有點聰明不是嗎？」

「那麼你告訴我，你讀完書後想做什麼？」

這個問題讓弦有點羞愧，因為他不知道。

弦有想過可是他未選擇好，就換回正常語氣答：「不知道。」

「你知道大部份人都選定了吧。」

「我知道，但考完再決定也行吧。」

「不行的，憑那樣軟弱的決心是不行的，當然，如果你像你二姊一樣有生意頭腦，那我就不用管你了。不然的話，你聽母親語重心長的話去當警察好嗎？」

弦聽到那兩個字又有點煩躁，說：「能不能不當警察，為什麼不能考完再決定我想當什麼。」

「我就說了呀。」

「那等於沒說吧，憑什麼肯定我的決心不夠呢？」

母親閉上眼數秒，再張開眼睛，說：「你要是覺得自己較五弟為人著想，就去當警察，替市民解困呀，這樣也是為母親著想，我也想你有安定的工作，有父親的照顧就不會出錯，我能放心，又能為你感到驕傲。你以為能當上警察是全靠關係嗎？你父親會陪你進入警校嗎？無視自己有關係的優勢也去服務社群才是重視結果的表現，大哥三哥全是知道自己心中有公義，自己當執法者必定比其他人當好才接受父親的提攜，他們擁有的是你沒有的睿智。」

「他們我沒意見，但五弟就一定不適合。」

「你怎能斷定他不適合呢？要是你覺得有人不適合當警察，就去當教官阻止他們呀。你以為現在的你是誰，你說的話有人聽嗎？」

的確，在當今社會沒成就的人的話就如狗屁一樣，沒人會理會。

弦在心冷笑想：家人也不會理會呢。

弦對著母親微笑，說：「至少說完這些我感到肩膀上的重量

消失了。不如這樣，我會考個五優成績，到時你也可以為我感到驕傲了。」

母親的和善再次消失了，取而代之的是尖酸：「你能否別傻了。」

「敢打賭嗎？要是我拿到五優，我要你的尊重。」

「要是沒，你就去警校。」

「一言為定。」

母親沒回應，只是笑著搖頭就轉身離去。

弦的臉呢？掛上了勝利笑容。

他拿出電話，打開電訊錄，他找的不是小楓，不是幽，不是同學，是紅。

沒錯，他決定找紅。

弦想：終於有機會讓全家人對我刮目相看。

「看誰打電話給我，」紅得意洋洋地說。

弦回應道：「看看我嗎？可惜我不帥呢。」

「你的聲線很平穩呢。」

弦關上房門，坐到自己的床上。

「喂！」紅催促道。

「等一下嘛，這麼急幹什麼？」

「我本以為你必定會被壓力打敗才會打給我，聽起來卻不像。」

弦用頭和肩膀夾住電話，手去找小說看，說：「終於能看小說而不是教科書呢。」

「能告訴我為什麼突然接受交易嗎？」

「因為我不是讀書的材料。」

「你一直都不是呀，這會太直接嗎？」

「沒事，我昨天不會做一半的試題，那是我花了十多天溫習的物理科。」

「所以呢？」

「我不相信自己能做些什麼呢。如果我什麼也做不到我就會被家人逼去警校一」

弦找到自己想閱讀的小說了，他同時在想還是盡量別分享自己太多的心事。

「紅，你現在能告訴我想要我做什麼了嗎？我想早點完成。」

「你很幸運我不是十惡不赦的大渾蛋呢！如果你一早完成了我的要求我為何還要幫你修改考試成績？」

弦驚覺自己一直無意當了紅是位朋友，不不不，不是。

如果紅反口怎辦，會被逼上警校的。

不，如果紅公開他們的關係怎算好，會坐牢的。

紅打擾他的思緒道：「怎了，發覺自己在下風嗎？」

「你想怎樣，別亂來，我會報一報警的。」

「拜託，威脅人之前思考一下。警察抓到我的機會有多大？反而它們抓到你的機會就可大了，警察世家出生的你更會成為傳媒焦點。身敗名裂將會是形容你的四字詞，你的家人會鄙視你。你的同窗會離你而去。」

弦抓緊小說的封面，糟糕。

「別掛斷電話。你沒法逃的。沒事。乖乖完成我吩咐你做的事就好。」

弦吞嚥下口水，問：「什麼事？」

「我會再打給你的。嘻嘻。」

紅掛斷了。

弦輕輕地用左手撫摸自己的額頭說：「沒事的，看小說，看小說。」

右手手指在揭開書本，眼睛有否有看文字呢。

30

「沒去考試吧，」玲突然出現在幽身後。

「嗯，沒有。」

幽已經習慣了有女生會突然傳送到自己房間，及突然會被傳送到新的環境了。

這次不是課室，是鏡房。

幽不禁問道：「這到底是什麼地方，像地下城市一樣，草地、課室、鏡房，什麼都有。」

玲笑道：「你遺漏了監倉。」

幽環視四周，還有第三人一拳，他坐在一個大箱上。

拳站起來並打開箱子說：「這是事先準備好的袍子和面具，來，披上和戴上。」

幽馬上披上斗篷，再拿上面具。

面具的底色是白色，鼻耳口是深綠色的線條。

幽戴上面具後望向鏡牆，說：「搶眼但不嚇人！很好！」

玲鬼馬地說：「比真人好看，現在剩下等銳麟找到目標。」

拳說：「還有這個。」

他向幽遞出的是上次討論過的戒指。

幽仔細一看，拳和玲都把戒指戴在右手中指上，他也照樣地把戒指套在自己的右手中指上。

玲說：「還有這個。」

玲拋過來的是放在耳中的無線電，上次就用過了。

幽把它塞到右邊耳朵，再照鏡：「準備好了。」

他靜靜地想：機會來了，我要制止自殺狂潮。

拿出同理心。拿出同情心。

「隊長，有目標了。」耳機傳來的是銳麟的聲音。

「繼續說。」玲答道。

「目標人物叫張啟良，他是一個電腦程式開發員。現在傳送目的地的照片到你的頸鍊，他正在自己的家的窗框上喝酒。我還查出他早一」

幽忍不住打斷：「謝謝你，但先讓我到現場吧。」

幽想觀察隊長的反應，只見她快速地披上斗篷和面具後望向幽。

幽點頭。

他們來到一個井井有條的客廳，半點塵埃也沒有。

玲拍拍幽的肩膀：「剩下的看你的了。」

幽可以聞到酒味在他左邊的房間傳出來。

銳麟透過耳機說道：「你大概有二十分鐘時間。」

「他說了二十分鐘後跳嗎？」

「不是，二十分鐘是談判專家到達現場的時間。這次情報是透過截聽談判專家的電話得來的。」

「明白，謝謝，」幽心想：二十分鐘這麼久。

他踏入房間，看到一名貌似二十多歲的男人坐在窗框上，一隻腳在屋內，另一隻在窗外半天吊，右手拿著一大樽威士忌。

男人和他的距離只有三米，可是他仍完全沒發覺有陌生人在他的家裡，應該是酒精的緣故。

幽仔細地環顧這房間，也是非常整潔，簡單的書櫃和床等，他找不到他希望找到的解酒藥。

他再細想：要變出來嗎，不過即使能勸他服藥，服藥後都要一定的時間才有效。

男人看到他了。

幽沒迴避視線，想看男人的反應。

他呆看幽這打扮兩秒，再望回窗外繼續喝酒。

幽的腦袋不停在轉動：不對我感興趣嗎，不太妙，不要緊。

第一步是讓他感受到我對他有興趣。

「很奇怪的坐姿呢，」幽大膽開口說。

男人怪怪地笑說：「不是很舒適，但讓我能看到窗外有多高。在這裡掉下去應該只需七秒，然後就會完結。」

追求 別殺了自己

「你覺得七秒很短嗎？」

幽不知道這裡有多高，他又不是乘坐升降機來的，但他有點覺得「七」這個數字對眼前的男人來說別有意思。

「七秒很短呀，比七年來說。」男人說完後忍下了兩滴眼淚。

他看看幽這個面具男，然後把透明的酒淋在自己面上遮蓋被沖走了的淚。

七年是指什麼，病嗎？事業或愛情嗎？在喝酒應該不會是健康的問題吧，不，都想完結了什麼也可以做。

不猜了。

「七年的故事，告訴我吧。」

幽打從心底裡相信自己的誠懇能從自己的雙眼穿過面具到達眼前的男人身上。

「你……是誰？」男人問道。

「現在我只是一個想關心你的人。別跳了，這社會都快要跳了。」

「有欠於我的人都不關心我，你為什麼要來到這裡阻止我呢？」

「不知道你在說什麼呢，阻止人自殺怎會需要理由。」

「哈哈！哈哈！」男人諷刺地狂笑。

幽繼續用誠懇的目光瞪著眼前的男人。

「我的故事很長。」

「那開始吧。」

「我失去了一」男人避開幽的視線再喝酒。

「我失去了我女朋友。」

幽的腦袋再次高速轉動：是情嗎。若他想自殺大概他很愛自己的女朋友吧，從他外表看來他應該未夠二十五歲吧，七年的愛情是由中學開始嗎？真了不起，經歷了生活模式的轉變仍能在一起。那為什麼他女朋友離開了呢？

男人拿起手上的酒樽，只剩下一兩口了。

他彎腰把酒樽放在腳旁。

「沒想過強硬地把我拉回來嗎？」男人抬頭時問道。

「用蠻力阻止人自殺是不夠的，我必須用心去拯救心。」

「你說的話比你衣著更古怪呢。」

「再古怪一點也無妨，反正這社會的『正常』附帶冷漠，我不想跟冷漠一詞有絲毫關係。」

幽再一次用誠懇的目光投向眼前的男人，拜託他打開心扉。

「在我繼續之前，我必須要說我父母依然在生，但我不想聽到任何類似『想想自己父母，怎麼能拋下他一』。」

第七五頁

「我絕不會說那些無意義的話。」

男人笑說：「居意花心思在我這種人身上。」

「可能明天你會是一個散佈正能量的人呢。」

幽用戴上戒指的右手調整一下面具，確保不會脫落後把身體倚靠在最近的牆上。

「你那戒指是情侶戒指嗎？」

幽把右手放在胸前，說：「這嗎？不是。」

「我有一枚情侶戒指呢，和她的是一對，是四年前的情人節我送給她的，當時我不用她到店裡都知道她手指的尺寸。我還記得那是在測驗前夕，我沒有好好留在家中溫習，而是為她挑選禮物。」

「稱職的男朋友。」

「其實不是那麼浪漫，當時我送戒指給她的誓言不是一生一世。那時我們相處並不是完美配合，那戒指是提醒我們會盡力支持對方，直到無法忍受對方為止。」

無法忍受對方？幽從來不覺得自己要忍受詩月的任何缺點，他慶幸自己戴上了面具，沒有讓對方看到他驚訝的表情。

「我在中學時不太會跟女生相處，要聽嗎？我跟她怎樣開始互動。」

「請。」

「那時我和她是中四吧，我的會計科成績強差人意，整年沒有合格過，跟合格的距離還很遠，所以學校逼我退修。」

「逼是代表你不想嗎？怎樣逼呢？」

「當然不想，少考一科其實沒有好處，我去應考的話有機會僥倖取得好的成績，少一科其實更難尋找出路，我也不會花更多時間在別的科目上。學校要求我退修，我不同意的話就要留級。」

「因為學校想保持公開試的合格率對嗎吧？」

「沒錯，學校喜歡維持自己公開試的合格率，香港的求學就是求分數。」

「明白。」

「然後呢，那天我的心情很差。放學後就四處亂逛，就碰巧遇到我女朋友一前女朋友。她被兩名有紋身的少年騷擾。有紋身不代表壞，但我形容不了為什麼他們給人的感覺就是壞。我前女朋友已經半跑想離遠他們，他們卻用手拉住她。我不是強壯的學生，但想也沒想就上前幫她了。那兩名少年真的是爛渣，看到我走過來第一句已經是『你這麼瘦，回家呀，你打不過我們的。』就繼續想拉住我前女朋友。然後我非常誠實地回應：『你大概說得沒錯，可是呢，真不巧我有精神病而且非常固執，我想告訴你

你最好真的打贏我，因為如果我贏了的話，我絕對會用這皮帶綁緊你的頸，直到你斷氣。』他們就一臉不爽的走了。」

「那好像不是勇敢呢。」

「你說得對，那不是勇敢。令我感動的是，也許是出於感激，瑤她從此以後非常關心我的病情。慢慢地，我們走在了一起。我沒傻得以為自己能用三言兩語就讓你瞭解我們的愛情，但我只想說我和那時的她把所有都奉獻了給我們的愛情，只有在和她分享我生命的過程中我才感到活著，沒有她，我只看到灰燼。你有過那種程度的愛情嗎？」

「我有一個我很疼愛的女朋友，或許旁人都覺得我們不認真，但我覺得就可以了，我相信是她拯救了我。所以，我不知道我有沒有經歷過你那種愛情，我不能輕易身同感受，但我相信你失去了她能等同失去了世界。」

幽隱若看到男人的左眼又落了幾滴淚。

男人從左邊的褲袋中抽出一玫戒指，沒有鑽石，卻是他最重要的東西。

他再度開口：「然後，失去了她的我或者有點受情緒影響，但我看到的事物也有其一定的真實性，這世界不值得我活下去。就算沒有了戰事，人們還是以其它形態不斷在鬥爭著，不會好好地相處。」

「嗯，像小學生受訪問說同學自殺死了是少了一名競爭對手。」

「就是！既然你同意，那你為什麼還想活著，你不是那些愛競爭的人吧，畢竟你在這裡浪費自己的時間。」

「我沒有在浪費自己的時間。」

「是嗎？你覺得社會上有人覺得你沒在浪費時間嗎？」

「總有的。」

「你喝醉了嗎？」

「絕對沒有，有喝酒的是你。」

幽看到男人的面容好像想笑又好像想哭，還是勇敢地問了一條具刺激性的問題：「她為什麼離開了你？」

幸運地男人好像沒介意幽問這條問題，他只是拿起了酒樽，痛快地喝完最後的酒就開口道：「這是我個人的看法，但情侶分開的理由從來也只有一個，她不愛我了。我跟她經歷過七年的風風雨雨，她心裡大概還有半點關心我的，可是已經不再是那種喜歡，她也不喜歡拖泥帶水。當程式開發員的我不夠風趣吧。她也許……嗯。淡了。」

「也許什麼？」

幽盡可能鼓勵對方分享更多，可惜世事不那麼順利。

「沒。你有酒嗎？不如你去買給我。」

幽的腦袋再次高速轉動：他會趁我離去後跳下去嗎？不，不管怎樣我都不應該離開的。我該變給他嗎？喝酒會提升還是降低他自殺的衝動？我還年輕不敢確定酒解愁的作用有多大，也不知道他得不到酒會不會更想了斷自己。

「變給他吧，把手隱藏在袍中。」拳通過無線電說。

「不肯嗎？」男人問道。

沒時間考慮呢。

幽變出了一樽啤酒拿出來：「這本是我的呢。」

男人離開窗戶走過來拿啤酒，接過去的那一刻他微笑一下，退回窗邊。

他沒有回去坐到窗框上，而是坐在窗下拿起地上的開瓶器。

幽感到二萬分的滿足，也倚著牆坐到地上。

男人說：「你這人挺有意思的，為什麼要戴著面具，不怕別人看到你就掉下去嗎？」

「這面具沒那麼可怕吧，而且想自殺的人才不會輕易被嚇到呢。」

「我的確是完全沒被嚇到，因為我沒什麼可以輸了。你是特意找想自殺的人嗎？」

「嗯，繼續談論我會令你生存有希望嗎？」

「我還是覺得自殺是對的，因為我不想過沒有她的生活，也許前面有幸福或財富或命運在等我，但我已經不想走過去。不過，你令我在這幾星期裡第一次不感到那麼灰暗，還有這枝酒，謝謝你。」

男人已經喝了半枝啤酒，他把酒遞過來，示意幽也喝幾口。

可是此刻幽正在閉上眼想：這是不夠的。或許某天某些不幸的事再發生眼前的男人就會決意自殺。必須要給他一個活下去的理由。可是他只愛前女朋友，世界也沒有什麼好的事情能吸引他。

「不喝嗎？」男人問道。

「不了，謝謝。」

幽答完後就想糟糕，不應該婉拒對方的好意的，可是他戴著面具又怎能喝酒，他也不肯定自己不會醉。

「你幾歲呢？我很好奇。」男人問道。

「年輕就是了，抱歉我想保密自己的身份。」

「不要緊。」

幽想到了一個可能可行的作結方法，他決定採用。

「我猜你還是愛她，還想為她著想吧，即使你不能在她身邊

照料她。」

「為什麼這樣想呢？」

「因為你談起她的聲音還是很溫柔。」

「夠凄慘吧。」

「凄美。」

「什麼？」

「是凄慘，但也很美麗。」

男人大聲地笑說：「哈哈，沒聽過人讚我美麗呢！」

「你知道的吧？如果你自殺她會很內疚，那會是一次無法挽回的內疚。」

「你在唆使我在被她甩掉的情況下仍要為她而活嗎？」

「不。」

「那是什麼？」

幽歎一口氣，說：「從你提起她時的眼神看，從過去、現在到可見的將來你都已經把她放在第一位，甚至你自己之前，我只是說出你可以為她做的事而已。」

「你瘋了嗎？」

「我向你保證我不是瘋子。」

男人把目光投向床邊的抽屜。

幽恨不得自己有透視能力看出抽屜裡有什麼，他想搜集並利用所有可用的事物說服眼前的男人活下去。

男人閉起雙眼說：「我知道的，我的死會令她有半點痛心，或者更多。可是沒有她的世界十分辛苦，我不想撐下去。」

「或者你為了她撐下去，直到某天你會懂得再為自己撐下去。我知道的，你撐了這麼久，實在了不起。」

「你能留下聯絡方法嗎？還是你真的需要隱藏身份？」

拳立刻在無線電說：「這個絕對不行。」

幽隔著面具微笑說：「抱歉，不行。但是我會再找你的。」

31

下午四時，弦在自己的房間聽到母親出門的聲音，那麼屋內就只剩他一人了。

弦躺在床上拿著小說，但他到底有沒有在看書呢？

弦記得曾經聽人說過當你看書看不入腦時，必須要停一停，想一想自己的心神放到哪裡了。

他告訴自己紅做的事絕對是犯法的，但也不是傷天害理，應該不會要求自己做太過份的事吧。

弦拿起電話，滾動自己的電訊錄，看到自己最要好的朋友幽

的名字就不禁嘆氣，最近跟他聊天的次數比紅少呢。

　　弦幻想如果幽是自己會怎樣做，不過幽一定不會接受這交易吧。

　　那麼小楓會怎樣做呢？小楓一定會主動出擊吧。

　　弦戰戰兢兢地鎖好房門，撥號給紅。

　　接通了呢。

　　紅今天的語氣很認真，也不帶奸意：「正好呢，我也想找你。」

　　弦答道：「能告訴我我要為你們做什麼了嗎？」

　　「我有一份非常適合你的工作，難度也挺高的，我覺得你也會想做。」

　　「什麼工作？」

　　「請你先回答我一個問題，關於九四年的『大奇蹟』，你知道什麼？」

　　關於紅的要求弦有想過千種可能性，但沒想到會關連那麼久的事。

　　弦故意延遲數秒假裝認真地回答：「就是所有人都知的那些，『大奇蹟』終止了人類的戰爭，地球上所有的人都學會了中文和英文。而奇蹟的行使者被各種宗教奉為神的後代或佛的化身等，關於他太詳細的資訊我沒閱讀過，只知道他行使奇蹟後就死了。」

　　「任何一個出生在那次奇蹟前一聽到『戰爭』兩字就只能本能反應地說『絕不容許戰爭』你知道嗎？而且他們不可以調查相關的事。」

　　弦細心思考，的確好像曾聽過人們像機械人似的重複絕不容許戰爭，不過紅剛不是提起了戰爭二字嗎？他不會像自己一樣年輕吧？

　　但他還是先回答了問題：「這個我第一次聽。」

　　紅咳了一聲，說：「這是非常非常重要的工作，我要你嘗試找出奇蹟的漏洞，就是不會再條件反射地唸書似的重複不容許戰爭。」

　　弦笑說道：「可能我應該告訴父親呢。」

　　「別，我只是個駭客而已，我絕不想發動戰爭呢。」

　　「你自己為什麼不受影響？」

　　「因為在一九九四年二月五日我遇上交通意外，心臟在奇蹟發生的那瞬間沒跳動。」

　　弦感到非常詫異，他沒遇過不受奇蹟影響的人。

　　紅繼續說：「你能想像我被電擊救回的那一天有多錯愕嗎？周遭的人突然全部都會說英文，只有自己不會，幸運的是我會說

中文。不過這工作的重要性不是關於我的，讓我返回主題。我對『大奇蹟』的施行者做過資料搜集，他的名字是張浩維，他只是一名的士司機，一名衝動的人類。」

弦不是一個喜歡歷史的人，他只想盡快取得成功後得到家人的認同，就說道：「抱歉，我還是沒聽出重點，為什麼要解除奇蹟。」

「簡單一點說，文化層面上，非以中英文為第一語言的國家都大受打擊。想像一下，如果你是一位出生在法國的九歲小朋友，你的法文就在小學生水平，可是你突然掌握了中英文，程度有大學生水準，那麼你會選擇用什麼語言表達自己？法文會就此逐漸被遺棄。翻譯員當時受到的打擊更別要提了。」

「精神層面上，張浩維對人類強加了『絕不容許戰爭』的枷鎖；肉體層面上，張浩維改造了人類的聲帶。普世叫該次事件為奇蹟皆因是次事件結果偏向好，但我們絕不能夠保證下次獲得張浩維的能力的人會為世界作福而不是添惡。所以我們必須找出復原奇蹟的方法。」

紅這個解說挑起了弦的興趣，弦問道：「為什麼說改造了聲帶？」

「一個在歐洲出生的人不可能一天就學會中文的，因為發音系統完全不同，你知道沒受奇蹟影響的我花了多久才能勉強學會不流利的英文嗎？就像你香港人一樣，你的第一語言是廣東話，學英文時就不能分辨出 f 和 t h 的音的分別，美國人就能。」

「這還挺有趣的，我不知道中文是那麼難的呢？」

「中文是極度困難，還有文言文等複雜的文法，可見奇蹟的強度是不容置疑的。重點是：下次擁有張浩維能力的人想對人類施加必須要清理掉某個民族的指令或讓全人類失去視力也是有可能的。」

「那麼我要怎樣做？」

「你要怎樣做是自己決定的，你要實踐什麼我就能告訴你，你會到我們其中一個在觀塘的辦公室，我們會派遣不具社會影響力而被奇蹟影響了的平民給你，考慮到很難讓人忘掉一種語言，你要做的是讓他不再覺得絕不可容納戰爭。每周結束時需要向我報告關鍵性的發現或發展。」

「目標聽起來挺清楚的。」

「因為人們有機會群起反對我們的研究，所以工作內容必須對其它人保密。職位的名稱是人口調查員，起薪為月薪四萬元港幣。」

「四萬……？」

「我們有的是資源，怎樣？我覺得我已經知道你的回答了。」

「為什麼選我？」

紅今天半點奸詐的語氣都沒有：「除了你不受奇蹟影響外，你考入名校的精英班卻於該班幾乎考最尾一名，你有能力可是也了解到能力不足的苦惱；你家庭在經濟上完全沒問題但在相處方面卻是負一百分。你僅有短跑能力是全港頭十名的，可是那不會被欣賞吧。」

弦苦笑回應：「多謝你簡介我的生活現況，用意是什麼呢？」

「我需要在這種苦況還在拼命，最後選擇不擇手段的人。」

「你在說什麼呢？比我更苦但仍在奮鬥的人多的是了。」

「你不明白呢，我需要的不只是在雨中奔跑。不過你現在不明白不重要，我看好你。那麼，在五月開始。」

32

玲沒預警地帶幽回到一間課室。

「剛那是今天最後一位了。」玲對幽說。

被傳來傳去的幽花了兩秒定神。

銳麟擅自摘下幽的面具說：「真成功呢，六個目標全被你的勸慰感動，不再想自殺呢。」

幽說：「可惜沒能及時找到燒炭或急急自殺的人呢。」

拳微笑道：「早瞭到這計劃會成功的。」

銳麟問：「為什麼？」

拳答道：「在這座城市，誰不會想要半點關懷。」

幽非常滿意的說：「謝謝大家！沒有大家幫忙我也不會能伸出雙手去碰到他們呢。」

玲沒趣地說：「能快點正式報告嗎？我還有事要做。」

幽沒聽出玲的不滿，隨意地拉一張椅子坐下，說：「100%成功！」

玲除下綠袍子的裝備，展露她黑色的緊身襯衣和長皮褲，坐左其中一張椅子上並把腳放到桌子上。

幽說：「不是吧，在這地底你們三個都穿長褲。」

銳麟察覺不到課室裡的氣氛有異樣，天真地答道：「你有看過這裡有人穿短褲嗎？」

玲用左手大力拍枱，瞇眼笑說：「抱歉，你說你今天的成績算是成功？」

幽放大雙眼答道：「我今天和六個人對話過，六個人都沒自殺，為什麼不算是成功？」

玲從幽的眼中消失了。

幽望向銳麟，銳麟只是聳肩表示不清楚。
幽再望向拳，希望得到答案，拳就輕聲說：「等一下。」
玲又再回來了。
幽不服氣地問道：「為什麼覺得不成功？」
玲皺起眉頭答道：「我沒有說覺得不成功，我只是不覺得成功，你又不能保證他們住後不會自殺。」
「那麼你想我怎樣做？在與他們每一個人的對話結尾時我都刻意給他們一個理由活下去。醫生治好病人的病後，人還是會感染新的疾病的，難道醫生就是不成功的一群？」
「我不管，醫生又不是我的人。」
「我分不清你的態度是輕挑還是冷漠。」
拳開始覺得幽太過份，斥喝：「幽！」
幽閉上眼睛一會收起面紅耳赤，平靜地問：「除了我當了智障的那次外你的任務就每次都是成功收場嗎？」
「嗯，我都會終結我的目標，不會有下文。而且你的工作有很多社工或談判專家能勝任，你真正的能力能辦到的事情就不是其它人能代替。我需要你和我一起狠狠地清理社會！」
幽不知道怎樣反駁。
開口的是銳麟：「哎…新聞說剛有七人在滙盛大廈的四十樓破壞窗戶後集體跳下來。」
玲說：「真可惜，少了六人卻多了七人。負六加七等於多少？呀，總好過正六加七的。」
銳麟說：「新聞說是因為銀行集團無預兆發派多封解僱信造成的，好像還有一人今天休假，現在在居住的公屋一天明樓第三十層的走廊危坐。」
幽急速地站起來差點站不穩，他有點害怕玲不會幫助他，但仍然發出了聲音：「玲！」
玲火速地披上綠袍子，並把面具塞到幽的臉上，帶著幽閃去該層的垃圾房了。
幽正想開口道謝，玲就說：「我回去帶隊友去利用止書調查事件，你儘量爭取多一些時間。還有，是門後的右邊。」
幽看到玲消失後，就推門跑去右邊，看見一名穿著針織衫短褲的中年男子坐在走廊的欄杆上，雙腿吊掛在空中。
幽小心奕奕地前進，他離男子只剩五米的距離，幽的腦袋又在高速轉動了。
他想著：這人是受了一時的刺激想自殺，自己的面具有可能

嚇倒他，該怎辦才好。

男子卻早一步開口說：「怎了，你來看戲嗎？」

「怎樣稱呼？」

「老陳就好了。」

「你好呀老陳。」

老陳把頸轉過來看到幽的模樣，笑說：「哎呀看來你是來拍戲的，我霸佔了你的位置嗎？」

快點想：該怎樣開頭？幽自己又沒被解僱過，不明白那瞬間的沮喪。

不，我永遠都會相信總有辦法使眼前的人好過一點。

即使我不知道南極的冷有多冷，我還是知道大衣和帳篷能保溫。

老陳問道：「怎樣不說話了？」

幽誠懇地說：「我是來陪伴你的。」

「陪我跳下去嗎？」

「陪你聊天的。」

「噢，你是我的朋友嗎？很好，我沒有朋友，你想聊什麼？」

幽說：「我想聊今天。」

老陳問道：「你有工作嗎？」

幽非常不希望對方問這條問題，但他仍然選擇誠實回答，要是說謊了他會被自己的良心拖慢的。

「沒有。」

「真巧，我也沒有。」

老陳的苦笑苦得令他顫抖。

看到老陳的抖動幽的心非常緊張，為了不想讓對方看到自己抖震，幽倚靠在走廊的欄杆看一下風景：其它三棟大廈，下面有噴水池、樹、人、車，最美麗的是傍晚下的燈火。

老陳說道：「覺得燈火漂亮嗎？」

幽沒想到他們欣賞的同樣是燈火呢，回覆道：「嗯，尤其當你知道這些燈火是集合了數家數戶才顯得如此美麗。」

「我以前也這樣想呢，抱歉，讓我組織一下再說。」

幽心想他要組織什麼？不過正方便，我也想要時間呢。

「幽，我們查到是怎麼回事了」耳邊傳來的是玲的聲音。

「聽著，今天下午五時大約有一千多名星星銀行集團的人無故收到解僱信，信的內容一式一樣完全沒提及任何原因或補償，我吩咐銳麟去翻查集團股東的會議記錄也完全沒提及這事。找到頭緒的是偉，他利用止書監察星星銀行集團董事召開的緊急股東會議，聽到就連董事長都不清楚是怎麼回事，懷疑他們的系統被

入侵了。」

幽展露出中獎的笑容，說：「那就是他們沒被解僱嗎？」

玲答道：「我也希望事情是這樣的簡單。因為他們未找到證據是有駭客入侵系統濫發解僱信，他們害怕已經自殺了的員工家人會追究法律責任要求巨額賠償，所以看似他們不會在短時間內承認解僱信是假的。」

銳麟天真地問道：「什麼？可是他們自己的員工性命不重要嗎？」

老陳發言搶回幽的注意：「你知道王健山嗎？」

「我知道他。」

「他說什麼上司需要人當低下階層或勞動力，真是至理名言。你看這裡看到的燈火，香港著名的夜景。若果有一戶燒炭死了，那戶的燈光就此熄滅數天，重要嗎？不，因為該單位變成兇宅後價格就會下降，新一戶會火速補上，每晚再奉上燈光。除非人死光了，不然這景色不會消失。除非沒有新的勞動力，我們這些低檔的下屬不會有人珍視。」

拳說道：「讓幽自己一個應付他太勉強了，把我也閃過去好嗎？」

幽聽到後立刻再奮力想：沒錯老陳說的有他的道理，但我一定還有什麼可以做的。他把我當成朋友了，我想再看到下個朋友自殺嗎？

幽回應道：「的確如此呢，住在那頂樓的人也許是這樣想。可是呀老陳，站在我的角度你的靈魂是獨一無二，沒有人能補上的。」

「什麼意思？」

「我最近失去了一位好友，我沒有嘗試參加派對或去旅行等方法去減淡自己的哀傷，因為我知道那空洞是無法填補的。沒錯，上司解僱了你後不會有什麼特別的感覺的，每張招聘廣告都能找來十個人補上。可是，上司怎樣看你不是這世界的全部吧。」

「順帶一提，除了一個女兒外，我誰都沒有，女兒也嫁到外國去了，不需要我這副老骨頭。朋友？就你一個。」

幽的腦袋再轉：快一些。我能觸碰到他的心的。

這次是偉的聲音：「快告訴他解僱信不是真的。」

幽說道：「這個單位排斥你走，還有下一個單位可以入住。工作可以再找，人是能適應搬遷的動物。」

老陳用左手掩蓋雙眼，想：這是誰呀？多麼樂觀和純真。

幽深信自己就算看不到老陳的眼神，仍可以看到他的心。

「此外，你還遺漏了一個人的角度：你自己的角度。如果你

跳下去，就什麼都沒有了。你覺得自己的靈魂就那麼渺小不值得珍視嗎？就算全世界看不清你這盞燈火的價值，你自己都能看到吧！幾十年來的經歷不應該這樣作結的。活著就是什麼？就是可能！我肯定，這世界有東西是你喜歡的，可能你喜歡看電影，可能你喜歡吃雪糕，可能你喜歡跟我這種陌生人聊天。」

老陳從欄杆下來，走向幽，將雙手放在幽的雙肩上，低下頭來。而警車的鳴鐘也逐步接近。

要離去嗎？還不行吧。

「那麼，我們談談你的新工作吧。有方向嗎？」

「我不知道。我一輩子都在銀行工作。」

「爬到很高了嗎？」

「職位名稱聽起來很高，實際不是。受賞識的話，你在銀行裡打拼兩年就能當個副總裁。」

「薪水應該不錯吧？」

「足夠應付生活有餘。」

「有積蓄吧？」

「炒股票輸了不少，可是還有點錢。我知道你想說什麼，對比很多人我應該還能支撐生活才對吧？失去工作對我的影響不是很大對吧？的確如此呢，我的情況不是走頭無路。但正如我所說，我沒有家人朋友，很寂寞呢。在收到解僱信前，我也會間中想了結自己呢。上班被上司噴，或者剛才說炒的股票輸錢，或者年老身體毛病多，我也沒對象傾訴。我什麼都沒有，難道要我一把年紀打電話去找社工嗎？」

社工也未必會認真處理呢。

「寂寞很可怕呢。」

「對。寂寞是沒有解藥的。」

「我覺得有呢。」

老陳抬起頭來，放大雙眼看著這個孤狸面具。

「你從欄杆下來，不是因為跟我聊幾分鐘已經好點了嗎？誠實回答。」

「我會說至少我有興趣跟你說多幾句。」

「這世界還有很多人呢，沒朋友就交新的朋友呀，交朋友又無關年齡。就像你失去了工作就找新的，你有能力怎會找不到。也許在新的公司很快就能交到新朋友呢。工作上找不到新朋友就再到別處找呀。教會？公園？有人的地方就能交朋友，不是嗎？」

拳說：「警察快到了。」

幽用帶著不捨的語氣說：「我要走了。能答應我你會向前走嗎？」

　　「謝謝你，我不會浪費你這個朋友的。你走吧，我再坐一會，放心，我不會跳下去的。」

33

　　今天的公開試科目是英文寫作和閱讀卷公開試。
　　弦慶幸自己不用再去自修室，但他還是有回校應考。
　　他害怕老師留意到他沒去考也拿到Ａ的成績。
　　考試結束後，離開禮堂時他留意到許多學生的表情都非常難看，是因為很困難嗎？
　　弦不知道，因為他沒細心做卷，遇到不會做的試題就亂填，他沒想太多，相信自己的成績一定會是Ａ。
　　有人拍他的肩膀。
　　弦轉身望去，看到一張熟悉的臉孔，是他好朋友的女朋友。
　　弦禮貌地問道：「午安呀區詩月，考成怎樣？」
　　「還可以吧，抱歉，我是有事來找你的，我想快點問清楚後回家溫習。」
　　「ＯＫ，邊走邊聊吧？」
　　「嗯。」
　　在他們一起走往車站的路上，弦故意保持些少距離，畢竟那是幽的女朋友。
　　「你想問的是？」
　　「最近幽有回覆你們的訊息嗎？」
　　「哎，沒有呀。他也沒有回覆你嗎？」
　　弦沒想過一向待女朋友如寶的幽會沒回覆詩月。
　　詩月半撒嬌地說：「不可以說是完全沒有，就是很少，電話也不接。他之前跟我說好會和你及蔡小楓一起溫習的，最後有沒有？」
　　弦故意辯護幽說：「抱歉，我和小楓的二人溫習計劃終止了很久，所以幽不能參與。」
　　「是嗎。」
　　「他身體不太好才少了回覆吧，我想。」
　　弦說完才覺得這理由太牽強。
　　「那麼我能問你第二件事嗎？」
　　「當然。」
　　「其實男生間的友誼是怎樣的？你有沒有為健山的事感到很難過？抱歉我真的不清楚才要問。雖然健山是同班同學，但我沒有跟他接觸過，所以沒感到太悲傷。」
　　弦停下來了，詩月也跟著停下。

「這與男生間的友誼沒關係吧。我只能說我覺得自己也很難過了，但絕不會比幽心碎。幽他非常關心朋友。他好像有說過要阻止自殺潮之類的話吧？」

「真是的，拜託，他以為自己能幹什麼。」

弦想到自己有機會做有意義的工作，那麼幽也一定行吧。

原來他真的很欣賞幽呢。

詩月見弦沒答題就繼續說：「有一件事我想告訴你，如果你有機會，你也告訴幽好嗎？」

「什麼事？」

「昨天我在社交網站看到一個叫綠袍子的專頁。據說這幾天他們都神秘地出現在想自殺的人身旁開解他們，阻止他們自殺。你能告訴幽嗎？已經有人在行動了，叫他先考好公開試。」

弦困惑地想詩月是不是在暗示幽沒去考試？不會吧。

不過詩月當天領取幽的准考證時可能記住了幽的考試地點，以詩月的人脈應該能問出幽有沒有去考試。

弦懊惱地自言自語道：「真是的，幽你究竟有多關心朋友，究竟你有多心碎。」

詩月說：「那些話也對你說的。」

「什麼？」

「有人在努力阻止自殺潮，你說你也感到難過吧。我不是幽，但我記得他說過即使他不知道南極的冷有多冷，他還是知道大衣和帳篷能保溫。他好像還舉了雪屋、毛皮或人的體溫等例子。他真的很擅長設身處地替人著想。」

詩月甜甜的笑容讓弦感到些許妒忌，真想自己也有一個女朋友呢。

詩月說：「我走這邊的，我們在這裡道別吧！」

「嗯，再見。」

弦在乘搭巴士回家的途中使用電話瀏覽社交網站時突然醒起綠袍子，就搜尋看看，就一個結果，暫時有四百多個追蹤者呢。

本人只是被綠袍子救過的市民，並不是綠袍子本人。希望大家按個讚，表達對綠袍子的支持。

專頁的帖子多數為分享即時有人意圖自殺的資訊，還有些許鼓勵性的說話。

弦想著：一星期就有四百多人讚？是不是有商業機構在背後呢？說到底怎可能可以快速到達有人失意想自殺的地方呢。我對綠袍子的存在及其可信性只能說是半信半疑罷了。

「按個讚吧！」鄰座的小孩子說道。

弦感到他的鄰座在偷看他的電話螢幕，就用遭到冒犯的眼神

瞪著他。

　　他看真點他的鄰座穿著的是小學校服，連忙收起敵意說：「你認識綠袍子嗎？」

　　「我昨天看到他阻止了一位姨姨自殺。」

　　「怎樣阻止？」

　　「姨姨在商場上威脅要跳下來。旁人都站著用電話拍攝她，只有綠袍子去勸服她。」

　　「怎樣勸服？」

　　「我聽不到，他們在八樓，我在地下。可是綠袍子的面具真的超酷呢！快點按讚吧！」

　　「我考慮一下吧。下次別偷看人的電話啊！」弦說完後就準備下車，走路回家。

34

　　幽今天起床後第一件做的事是在家附近慢跑三十分鐘。

　　這陣子每天都會花約總共兩小時做運動和六小時當綠袍子。

　　他沒希望擁有健碩的身體，但他至少需要提高肺容量。

　　回到家後他自己做了一份三文治做早餐。

　　蛋、火腿、胡椒粉是他最愛的材料和調味料。

　　自己按自己的口味做，獨自一人坐在客廳一口一口的咬，就是爽快。

　　「今天是你最後一科考試嗎？」玲問道。

　　幽掩著確保自己不被嚇得吐出來。

　　「哈哈哈哈，有時候還是會被嚇到呢！」

　　幽站起來看看時鐘，才九時正，是不尋常的時間呢。

　　在香港，一般的自殺事件都發生在下午兩時至八時。

　　有時候有學生不願上學會在早上七至八時跳樓，可是這些學生通常都是即時跳下去，完全沒被說服的機會。

　　「今天這麼早來的？」幽問道。

　　「看到我已經披上了綠袍子嗎？你的戒指在哪裡。」

　　「在床頭櫃。」

　　「你沒有長期戴著它的？」

　　「沒有，要是讓別人認出我是綠袍子怎辦。」

　　玲毫不客氣地閃到幽身後用左手掐住他的頸說道：「要是你遇上了危險怎麼辦？」

　　幽甩開玲的手走回房間拿戒指，從房間大聲說：「沒那麼容易吧。」

　　玲也大問道：「對了，你看過綠袍子的專頁嗎？」

　　幽從房間走出來說：「有呀，挺奇怪的。明明經常有無數人拍攝我的影片，卻沒有一條被上載到那裡。」

　　「怕別人看不到你的帥臉嗎？對了，頭領認同你的成績了。在月底你就會收到月薪，好像有一萬五千。」

　　「我不需要的。」幽把戒指戴上後回到客廳說。

　　「現在我看清楚你的衣著，或者你真的不會花太多金錢。」

　　幽低下頭望著自己的黑色運動衣和淺藍色短褲，嘆氣說：「別挑剔人的運動服啦。」

　　「你在說什麼呢？運動服也能吸引很多異性。」

　　聽起來好像是這樣呢。

　　「我們有個問題。」

　　「我相信偉大的隊長一定能解決的。」

　　「你第一次成功的對象是誰還記得嗎？」

　　說是成功就不是指硬搶藥劑那次吧，綠袍子現在的任務成功許率是百份之一百。

　　那她說綠袍子第一次任務就好了，幽暗想。

　　「記得，是個失戀的男生。」

　　「他叫張啟良，他又在危坐。又是在那房間。」

　　幽焦急地說：「那你還說那麼多雞毛蒜皮的事！」

　　「ＯＫ！」

　　玲消失一秒後閃回來粗暴地把綠袍子套在幽上，塞耳機進幽的右耳再狠狠地把面具敲幽的額頭，說：「銳麟會簡單解釋狀況。」

　　幽沒理會太多，好好戴上面具後也說：「ＯＫ！」

　　幽回過神來時已經再次來到這個井井有理的客廳，還是收拾得那麼整齊，那麼是什麼事驅使他又想自殺呢？

　　銳麟說：「他這次沒渴酒，玲懷疑他只是想向你聊天。」

　　幽踏進房間，看到他的戒指還是放在床頭櫃上。

　　張啟良一看到幽就從窗框下來，他的眼神不帶上次那種傷心欲絕。

　　幽不知道怎開口。

　　「你是上次的那個嗎？抱歉，我只想到這個方法令你出現。」

　　幽聽到的絕對是振作的語氣。

　　「嗯是我，可是不跟上次一樣，我感覺不到你不開心呢。」

　　「是的，請不要生氣，我也不想浪費你的時間，我真的有逼切的原因才找你的。」

　　玲在耳機說：「有人要錢嗎？我先去辦其它事情。」

「你知道二葉幫嗎？」

「好像聽過，但不肯定。」

「我昨天在街上撞到了他們的人。他要脅我他會找出我的女朋友並強姦她。」

銳麟已經找到相關的情報並報告道：「二葉幫活躍於天水圍一帶，主要從事運輸毒品及妓女等黑幫活動。著名事蹟是在二零零九年十月從警方中無聲無息地偷回價值約一千萬的毒品。外界當時猜測二葉幫有臥底潛伏在警隊。」

「撞到了？可是你應該沒有女朋友吧？」

幽想：那種愛才不會這麼快消失呢，如果有女朋友的話是代表復合了嗎？但絕對不能問是否復合了呢，要是其實沒有的話，那問題會勾起人的希望。

「我顧著看電話沒看路就撞到他。我當然沒有女朋友，可是二葉幫的老大一定能找出我的前女友的。」

「為什麼這麼說？」

「畢竟傳聞中他們有人在警署裡工作呀。而且，二葉幫老大的惡行是這區的人都知道的，他有十多次被控告強姦罪了，只是每次皆因證據不足而沒真的落案起訴。」

「你告訴我這些是想？」

「被強姦的人會想自殺。你想阻止自殺潮不是嗎？」

幽感覺自己有點像在被人利用呢，不過張啟良也沒有說錯，他想起健山的母親。

看來是時候考驗自己的戰鬥力呢。

「我能在哪裡找到他？」

「他們長期佔據了在這裡西邊的工業大廈。」

「叫他轉身。」玲在耳機說道。

幽說：「轉個身。」

張啟良轉個身，在他回頭過來時幽已經消失了。

幽來到工業大廈外，四周張望也找不到玲的身影。

銳麟說：「玲和拳等人在進行其它任務，抽不到身過來。而我沒有權限去駭入你眼前的天葉工廈裡的閉路電視都系統。」

「權限？」

「嗯，我職級不高，不能入侵私人地方的電腦系統，拳才能。你該不會以為組織內所有人也能任由使用止書吧。」

幽說：「是嗎。對了，我完全不熟悉現在的黑社會擁有什麼武器，你能告訴我嗎？」

「抱歉，在這方面我和你一樣沒頭緒，不過應該沒有槍械吧？有槍的話就能隨時被起訴私藏軍火呢。不如等待其它人的幫

忙吧？」

幽聽到後更懼怕對方有手槍，可是他仍決意儘早清理害蟲，就雙掌放在胸前變出一副避彈衣直接套在自己身上。

幽圍繞著工廈走了一周確認只有一個出入口後走到工廈的門前問道：「有其它情報嗎？」

「唯一有用的是二葉幫的頭目名字為龍葉。外貌特徵是深藍色的雞冠頭髮型。」

「ＯＫ！」

幽推門進去去耳仔聽到嗡嗡聲，是耳機被干預了嗎？

才不會那麼先進呢。

打開門後前進了兩米，看到兩排石屎柱，十幾個男人，有的在玩撲克牌，有的在抽煙，有的在點算鈔票。

沒看到他們有武器，最大的問題是他們全部人的髮型都是藍色雞冠頭，幽有半點慶幸自己的面具遮蓋了自己的笑容，他可不想激怒全部人。

「你誰呀？這裡是誰的地盤你知道嗎？誰讓你進來的。」其中一名抽煙的混混叫道。

「人數眾多呢，我想加入二葉幫才進來的。」幽隨意說。

「老大，有個傻子說想加入！」混混叫道。

一名男子從廳內深處走出來，哈哈，這名男子就是老大了沒有錯，他的雞冠頭有三吋高，比其他混混高出一截呢。

龍葉穿著迷彩綠色的背心和橙黑間條的長褲，口裡含著兩根煙。

幽這次忍不住笑出聲音了，他沒看過人同一時間抽兩根煙。

龍葉皺起眉頭說：「這帶著面具的小丑是誰呀？今天是動漫展嗎？快回家吧，叔叔不喜歡小朋友。」

一眾混混以笑聲呼應。

銳麟說道：「先撤退吧？」

幽只是動也不動地站著，他仔細看清楚，不少混混的身旁都放著西瓜刀，那就是代表沒槍吧。

混混也許只是受了朋輩影響，罪不至死。

他的目標只有眼前的龍葉。

不過也先確認一下他的罪孽吧。

幽禮貌地問道：「我是綠袍子。請問你就是令人聞風喪膽的強暴犯龍葉嗎？」

不少混混把手放在西瓜刀的刀柄上。

龔葉用左手作勢叫大家先別動手，說：「誰？聽著呀小朋友，強姦的感覺是最好的，你應該試試。」「強暴最爽快！」有混混

呼應道。

看來這裡有不少人罪有應得呢。

銳麟說道：「看呀這些人看起來真的挺危險。」

「為什麼爽快？」幽問道。

四周傳來一堆不堪入耳的話。

「這人是白痴嗎？」「要不要也找出這傢伙的女朋友？」「這傢伙才不會有女朋友呢，不過找出他的意中人也好。」

龍葉大聲地說：「衣服、車、樓或者面具不過是求偶的道具和手段，女人就是男人本能最想要的喜悅。你以為古代皇帝最大的喜悅是什麼？就是後宮佳麗三千。而強姦敵人的女人能給我最大的快感，同時給予你最大羞辱。我就是愛把自己的陽具到處插！」

龍葉舉起雙手示意大家起哄。「對！」「沒錯！」

幽不留情地說：「不可救藥。」

眾人的起哄聲停止了。

其中一名混混報告說：「老大，這人身上的金屬就只有鎖匙和硬幣，絕對沒有槍械或刀。」

幽這才驚覺進門時的嗡嗡聲是金屬掃瞄器呢。

正好。讓他們放下警戒心。

龍葉吩咐道：「我要活捉的。我要讓他看著自己心愛的女人受虐，我要他的靈魂經不住煎熬而變成不可救藥的廢物。」

眼看眾混混拿著西瓜刀衝過來，幽得出意圖傷人者也該死的結論。

他在袍內變出一把手槍後無情地拿出來，「砰砰砰」，三聲就有三人倒下來。

混混都嚇到尖叫，連忙退後躲在柱後。

龍葉呢？不見呢，逃得真快。

幽說：「看漏了我有手槍嗎？龍葉你快點出來吧，還是你要我把這裡的人殺光了才出來？別懷疑我做不到，我差點不想承認自己花了多少時間練習才能這麼得心應手地使用這手槍。」

沒人回應呢。

幽貼著左邊的牆跑向前，又開了兩槍，又有兩人倒下。

就這樣幽奪去了五人的性命，幽沒得意忘形，繼續小心奕奕地前進，與暗位保持距離，他可不想被埋伏。

「唧」的一聲。幽低下頭來望著自己的左腰流了不少血，射中他的不是子彈，而是箭，一枝箭穿過了他的避彈衣。

幽倒下來按著傷口，很痛，痛得他喊不出來。

龍葉大笑道：「哈哈，我永遠不明白為何人類完全遺忘了弩，

弩的攻擊距離長，聲音低，最重要的是它夠致命。不過放心，我避開了你的要害，你會有命看著心愛的人受害的。」

眾混混在柱後走出來，其中一名一腳踢幽的右手，使幽的手槍掉在地上。

幽倒在地上用左手食指按著戒指，掙掙扎扎地吐出：「要求支援」幾個字。

「Yo！」出現在角落的玲風騷地打招呼後休閒地喝水。

幽趴在地上看見玲沒有戴著面具或披著袍子，穿的是白色背心和黑色長褲。

眾人看到不知在哪裡冒出來的美女完全沒驚慌，反而色心大起。

龍葉問道：「這就是你的情人嗎？我將會很享受侵犯她呢。」

玲搭訕說：「噢？我不是他的情人呢。」

龍葉問道：「那你是誰？」

玲放下水樽，答道：「只是逮捕你的執法者，審判你的法官，處決你的劊子手。」

龍葉對幽說：「角色扮演嗎？沒想到你收藏著這種性感的辣妹呢。」

接下來的三秒是幽見過玲以最快的速度殺人，每一刀都乾淨俐落地割掉目標的喉嚨。

過程安靜得誇張，沒有人能及時發出尖叫聲，硬要說的話只能聽見鮮血濺地的聲音。

還站著的只有玲和龍葉。

「Yo！」玲嘲諷道。

「別以為我會放過你。」龍葉說完後居然消失於空氣中。

幽懷疑自己失血過多，開始看到幻覺。

玲卻沒有半點的卻步，她閃回角落拾起水樽把水灑在龍葉原本的位置上，可是水都順利降落到地上。

玲消失一秒後又回到工廈，不同的是她戴上了熱能探視鏡。

幽終於明白龍葉能從警署偷回毒品的原因，是因為他也是一名追求者，他的能力是隱形。好色之徒會幻想自己能隱形也合理的，但幽最佩服的是玲這麼快能搞清楚狀況。

玲收好自己的匕首，拾起一把混混的西瓜刀，狠狠地向門口方面由下砍向上。

「啊！！啊！！！！！！！！！」龍葉現形了。

玲瞄準的部位是龍葉的下體。

「啊！」龍葉的尖叫聲不斷，血不停留。

玲把刀再向上磨了幾下，龍葉發出更淒厲的亂叫：「啊！

啊！」

玲說道：「你犯了多項強姦及意圖強姦罪，我判你死刑，如果你不跑不反抗，我可以給你兩分鐘時間說遺言。」

龔葉哭著說：「殺一殺了我，快一一點。」

玲拾起西瓜刀時幽用盡力氣叫道：「等一下！」

幽勉強坐起來，說：「罪惡盡頭是被處罰，在地獄也記著吧。」

「OK!」玲閃一刀砍掉龔葉的頭顱。

幽想著：就算能閃來閃去那也不是人的反應速度能駕馭的，到底玲的能力是什麼呢。

沾了不少鮮血的玲望向幽，說：「看來有一段時間不用擔當綠袍子的交通呢。」

幽苦笑，並以左手指著自己的傷口示意玲快點閃他到醫療設施。

35

「包好了。我去通知你的隊長。」護士溫柔地說完後就離開了診療室。

幽坐起來看清這房間，設施跟公立醫院的差不多吧，看不出有什麼特別先進的儀器。

「額。」還有少許痛呢，真沒想到弩箭居然能穿透避彈衣。

開門的聲音，是姊姊靖，她穿著一件深啡色的大毛衣。

「幽！」她過來抱了幽一下。

她的頭髮在滴水呢。

靖問道：「沒事吧？發生什麼事了？」

「沒事，沒傷到器官。你的頭髮是怎麼回事？」

「我趕來的。」

「你是說你流了兩公升的汗嗎？」

靖想了想，問道：「你還不知道這裡是哪裡嗎？」

「嗯，我還沒有告訴他。」

不知何時出現的玲在角落玩繩子。

靖驚訝地問道：「為什麼？你還不信任他嗎？我保證他真的是幽本人。」

「我也相信他，只是他沒問。」

幽聽到自己重奪了隊長的信任後感覺受傷也是值得，問道：「那這裡是哪裡？」

玲答道：「頭鷹會的基地入口在石澳沙灘附近的海底。等你傷口全好了帶你去游一次。」

　　海底下？

　　能在海底下建造一個大基地？還存在著課室和鏡房？不，最奇怪的是草地吧。

　　是人造草地嗎？也不容易鋪在海床下吧？不是不容易，應該是不可能。

　　玲說道：「你好像看到姐姐的頭髮也不相信呢。」

　　靖說：「是真的。我們現在在香港的基地是用靈魂的力量在數年前建造的。」

　　姊姊說是就是了，好吧，這樣腦海裡少了一個謎團。

　　靖突然轉移話題，開門見山地直說：「幽，你過來『藥』吧。」

　　玲在後面偷笑，笑得靖瞪著她。

　　幽試圖緩和氣氛說：「我的傷不關玲的事啦，她及時救了我。」

　　靖答道：「這跟你的表面的傷勢無關，你真的覺得玲的作風好嗎？我剛看到即時新聞了，天水圍的黑幫被殘殺的事我已經知道了。相信很快『藥』和『鞋』就會跟首領提出抗議，要求玲停止隨便大開殺戒。」

　　玲說道：「如果你聽到他們的賤嘴說的話有多下流我相信你也會希望他們消失的。」

　　靖站穩立場說：「可能吧。但是我會知道我只是被情緒影響，黑社會的人不應該被判死刑的。也許有些人類的性格偏向醜陋，但人是能改過自新的動物，誰也不能剝削他們在牢中反省的機會。」

　　是嗎。這次玲沒有毀滅現場證據呢。五人的死因是中槍，其它大部份人都是喉嚨被割掉，其它部位沒傷痕的話顯示沒打鬥。

　　警方會怎樣判斷呢？

　　會有旁人看到我披著綠袍子進去嗎？

　　會查出跟綠袍子有關嗎？

　　若有人證明事件和綠袍子有關，綠袍子的聲譽會上升還是下降。

　　靖用雙手捏幽的臉蛋一下：「喂！你的首要目標是當綠袍子阻止自殺潮吧，明明不用殺人也能做到的。新聞也沒有報導綠袍子有參與這場屠殺的事。」

　　玲說：「對了，你休假一周吧。」

　　幽說：「這傷不要緊的，別暫停吧。」

　　玲說：「這是命令，接下來的七天沒有人會協助你。那麼我先離開了。」

靖答道：「想先向首領報告嗎？快點去吧，佩君也正在前往首領的辦公室，最後必定會召開聆訊的。」

玲輕佻地給靖一個單眼：「很好，我也很掛念她呢。還有呢，你不用說服幽離開我了，你知道他有多享受殺掉五個人渣的快感嗎？」

房間剩下幽和靖二人。

幽說：「抱歉，可是我認同玲的做事手段，給賤人活下去就是給予他們機會傷害其他人。」

「用不正確的手段去懲治罪犯就能給人帶來希望了嗎？我知道『藥』從搜查證據到捕捉犯人要花的時間很長久，我有時也很沮喪，連申請搜查令的證據都未必足夠，但每次使用長時間並使用正當的途徑將犯人繩之以法是值得的。那才是公義的象徵。你看玲，你能肯定地告訴我她不喜歡殺人嗎？」

幽雙手合掌想：我也喜歡殺壞人呢。

「有五個人是我殺的呢，壞人就該死。他們向我揮刀，自衛殺人也是一個法律認可的行為吧。」

靖不敢相信自己聽見什麼。

靖忍著眼眶中的淚水，說道：「你不同呢，你沒法逃走，對，就是這樣。玲就不同，她能隨時帶你回來，但她沒有那樣做。遇上危機的應對次序是逃，藏匿，然後才是以暴易暴。」

幽完全能聽出姊姊在製造藉口說服她自己幽不是玲。

幽決斷地開口：「我逃了的話下次有誰逃不了那怎辦呢？

我的想法真的那麼偏激嗎？

沒錯我最首要的目標是阻止自殺潮，但若遇到機會做惡懲奸也絕不會退縮。

今天的結局是自己受輕傷，黑社會全滅。

少了強姦犯，少了毒犯，少了傷人犯。

有更美滿的結局嗎？

憑口才使壞人變好嗎？

不可能的。

我永遠都會相信總有辦法使眼前的人好過一點，但好一點不是指變善良。

更美滿的結局只能是我沒有受傷吧。

姊姊中的理想結局是怎樣？

寄望能以光速搜集證據再經過冗長的法律程序捉拿並懲罰犯人嗎？

若果五千人當中只有一人犯罪的話可能能保障人的安全吧，可是現實罪犯的比例遠遠比五百份之一高。

執法部門的人力物力資源也是有限的。

注定會有漏網之魚。

我才不要呢。

慣性危害好人的壞蛋就要處理掉。

這是我的追求。」

靖不敢望向眼前的弟弟。

她背轉身說：「你還記得你第一次看到蝙蝠的事情嗎？那時六歲的你看到蝙蝠迷路在商場內，每個小孩子都非常害怕，畢竟在香港很少有機會看到蝙蝠，而且卡通片中的蝙蝠都附帶恐怖的氣氛。可是只有你把手伸出來。

我跟你說蝙蝠不是寵物，它不會理會你的。

你跟我說你只是想帶它飛出商場，返回它的家。

那時的你是多麼的純真和善良。當保安想傷害它時，要是那亮刀的男人沒有出現，我怕你會哭呢。」

「什麼亮刀的男人？」

「看來你那時年紀太幼了，忘了那個中學生。那時有個中學生拿出一把有紅色紋的刀，警告大家不要傷害那隻蝙蝠。當然最後先逃的是他，把刀拿出來指向人的法律責任可以很重呢。恕我直言，那學生的神情其實有點像神經質？」

「能告訴我多一點嗎？」

「我也不太記得了，怎麼了？」

幽把右手搭上姊姊的肩膀，意圖把她轉回來，說：「我還是那麼的純真和善良。我善良得奢想全世界的人都像我一樣善良，所以才痛恨不善良的人。」

靖收起哭臉，說：「不可能的，這城市都沒有一人的善良能媲美你，說起來，我沒讚過你呢，阻止自殺潮的事，你真的在做，過去一星期只有五十多人自殺吧？」

「還不夠呢。我要把一星期的自殺人數減至個位數，那是我的追求。」

36

今天的生物科公開考試已於下午三時結束了，公開試剩下的科目只有經濟科和英文口試。

幽、弦和小楓都沒有選修經濟科，換句話說，他們只剩下英文科口試，也就是不用再做試卷溫習。不過其實一直也只有小楓有努力溫習吧。

晚上七時，弦相約了小楓一起到幽家探望疑似患上自閉症的幽慶祝考試的完結。

「叮噹」

靖一邊打開門一邊問道:「誰呀?」

「披薩速遞!」小楓搞笑道。

靖依稀記得弦的樣子,說:「你們是幽的同學吧?哈哈,幽真是幸運呢,經常有人來這裡探望他。進來吧,他在客廳閱讀小說。」

「幽!!!!!!!!!!」小楓喊道。

坐在飯桌旁的幽把小說放下,驚喜地喊道:「小楓楓楓!!!!」

小楓興奮道:「來個擊掌!」

幽當然回應:「來」。

「啪」

弦說:「輪到我了!」

幽回應:「再來!」

「啪」

小楓尖叫道:「完結了了了了了了了!」

弦大嗌:「ＹＥＡＨ!」

幽說:「幸好這房子沒鄰居,不要一定要被投訴!什麼完結了?」

小楓雙手搭著幽的肩膀,不停前後搖幽:「當然是公開試呀呀呀呀呀!」

「額,別。」幽感到痛楚從左腰的傷口傳到大腦。

弦關心地問道:「怎麼了?」

幽說:「沒事,前陣子在樓梯跌傷。我們慶祝開心的事情吧!」

小楓說:「當然,我們有帶披薩來!你還沒吃飯吧。」

弦肯定地說:「他一定未吃,他八點才吃晚飯的!」

靖問道:「披薩有海鮮配料嗎?我怕會阻礙傷口復原。」

小楓回答道:「沒有!有的是千島汁、煙肉、雞肉、辣肉腸!我們仨個最喜愛吃的!」

靖滿意地答道:「那麼我要走了!大家玩得開心一點!」

小楓用假裝認真的語氣叫道「等一下!」

「怎了?」

小楓觀賞眼前的靖,電曲了的頭髮,紅色晚裝禮服,沒開胸但是有露背,他看得很是著迷。

幽拾起一個坐墊掟向小楓的頭,說:「那是我的姊姊呀富二代!」

小楓摸摸頭,說:「抱歉抱歉,哈哈。」

靖只是微笑回應便開門離去了。

弦問幽道：「你上一次見詩月是哪時？」

幽半慚愧地回答：「三月中吧，我想，我不太記得。」

小楓風騷地說：「噢，有人變心了！」

幽連忙答道：「才不是呢，只是沒時間也沒健康。待她考完後天的經濟科我會找她的。」

弦不想談太多幽和詩月間的事就提議說：「不如我們先吃飯吧！我怕食物變冷。」

剩下的二人同聲同氣地說「好！」

吃完後三人一起坐到沙發上聊天。

弦問道：「你們在試後有什麼計劃嗎？」

小楓拿出一副撲克牌不停洗牌，沒答話。

幽答道：「沒有。弦你呢？」

弦答道：「我找到工作了，兩星期後開始。」

小楓叫：「幽你選一張牌吧，別給我看，記著它後還給我。」

幽抽到了一張黑桃七，記住後就把牌還給了小楓，並說：「這麼快便找到工作，什麼工？我還以為我們三個能一起去旅行呢。」

小楓把牌收回後沒看清楚就放回牌堆中不停洗，洗了幾秒數就拿出一張黑桃七掉了出來，問：「是這張嗎？」

幽毫不驚訝地說：「嗯，是的，梯形的牌吧，我其實看過這個。」

小楓失望地收起自己的魔術撲克牌。弦口齒不清地碎念過調查工作四隻字後就打開口說話：「我也想去旅行呢，你們想去哪裡？」

幽回答：「英國、冰島、紐西蘭等，很多地方都想去呢。」

富二代貪心地說：「那就全部地方都去呀，我也想離開香港。」

弦快速答道：「你請客嗎？」

富二代回答：「幽才不會去呢。」

幽默不作聲細想：真的，我不能自私地去旅行呢。

弦：「幽？不如這樣吧，富二代支付機票的錢，我負責訂酒店房間。」

幽答：「抱歉，暫時不行。但有天我一定會陪你們兩個環遊世界的。我承諾。」

小楓嘆道：「掃興鬼你還是閉嘴好了。」弦也以笑聲附和。

幽心裡面一直希望可以四人去旅行的，可惜健山已經不在了，幽忍不住露出失落的表情。

弦留意到，也不禁一同默然不語。

小楓看到這場面唯有突擊弦：「弦你有想過找女朋友嗎？」

弦滿臉通紅敷衍說：「在說什麼呢？哈哈。」

小楓答話：「你記得我上次教了你什麼嗎？做人要大膽一點結識多一些女生才不會害羞。不要將自己的目光放在一個女生身上，因為專一往往只會被浪費的。」

深信伴侶和自己用情專一的幽反駁道：「專一才不會被浪費呢。」

小楓答道：「你有條件也有女朋友了，你想怎樣都隨你啦。我是叫還是單身的弦兄有空就在社交網站看看有沒有心頭好，有就主動出擊！」

弦問道：「怎樣出擊？」

小楓急急地答道：「好好好！你肯聽就好！最怕你不問。我示範一次！找到對象後可以問『請問我能得到你電話號碼的可能性是多少呢？』，幽你能當女生嗎？」

幽裝作女聲撒嬌：「零。」

小楓站起來像紳士般的向幽行禮後溫柔地問道：「那陪我走一圈好嗎？反正不會蝕本的。」

幽鬼馬地站起來答：「好呀。」

二人圍著沙發走了一圈後小楓就問：「你知道喜歡的後續是什麼嗎？一起經歷更多的事情後就能變成愛了。所以早一點累積生活的時間絕對沒有錯的。」

幽裝模作樣地發出「嘻嘻」的笑聲：「好吧，我把我的電話號碼給你，你一定要打給我呀。」

小楓用右手拿著幽的左手假裝要吻落手背然後就鬆手了。

小楓得戚地說：「看到沒有？連同性都要被我征服了！」

幽實在忍不著放聲大笑：「哈哈哈哈！」然後收起笑容說：「弦一定學不會啦。」

弦答道：「我應該拿電話出黎替你們拍片，放在社交網站一定可以風靡一時。」

小楓說：「你是對的，我一定會很受歡迎！然後你就會明白向我學習的重要性！」

弦苦笑說：「我現在還不想要愛情。」

幽不自覺地使用了追求二字：「那你追求的是什麼？」

弦答道：「能得到家人的認同吧。你也知道我在家裡像地底泥。要是不能的話，我想早點租一個地方搬出去，那地方製造太多負面情緒給我了。」

小楓問道：「我知道你說過很多次，但能再說明一次你的兄

弟姊妹是做什麼的？」

　　弦答道：「我的大哥是警司。二姊創立了一間叫瑜癒的公司。她找到合約商售賣一款平價易安裝的網絡攝影機和綠布及掛綠布的鐵架。顧客可以用綠布遮蓋屋內不想被鏡頭攝影到的東西，然後透過網絡攝影機和公司的教練進行即時視訊對話。這樣顧客就能安坐家中也能學習瑜伽，有錯時教練能即時改正，不怕做錯動作。」

　　幽說：「這麼詳細的版本我也是第一次聽，這服務是挺周到的。」

　　弦說：「對，我也佩服她的，她越賺越多，好像快要開始新班教授太極呢。然後呢，三哥是警長。排行第四的是我。五弟就在上警校。」

　　小楓問道：「父母呢？」

　　幽搶著答：「這個我知道，父親是警司，母親曾中彩票頭獎。」

　　弦說：「對。」

　　小楓笑說：「我認為中彩票頭獎的確是成就來的。哈哈。」眾人也開懷大笑。

　　幽說：「很高興你們在呢，我很掛念我們三個的爆笑對話。」

　　小楓說道：「對話是天天都可以進行的，如果你掌握了回覆訊息的技術。」

　　弦冷笑一聲：「哈！」

　　幽不停點頭說：「嗯！嗯！嗯！我不知道呢，我近日不太喜歡手提電話。」

　　弦嘲笑到：「你不是怕它會爆炸吧膽小鬼。」

　　小楓說：「他的電話型號不是近日經常爆炸的那款吧？」

　　眾人再次大笑。

～第一章完結～

第二章｜衝突

37

二零一二年五月十三日。

港島某商業大廈的頂樓泳池上。

男子一平淡地說：「你有聽過綠袍子嗎？」

男子二平淡地說：「沒有。」

男子一平淡地說：「最近在勸阻人自殺的蒙面組織。」

男子二平淡地說：「噢，蠻有趣的。」

男子一平淡地說：「要解決他們嗎？」

男子二平淡地說：「怎可能呢？在這環境也熱心送暖給別人的無私精神是多麼美麗呢，而且沒有人能拯救這座城市的。」

男子一平淡地說：「為什麼？」

男子二平淡地說：「你最愛深紅色吧，然後是黑白灰。但你不可能喜歡所有顏色的，人的眼睛沒那麼慷慨。同樣道理，人不可能能全心全意救助所有人。」

男子一平淡地說：「不怕他們稍微妨礙計劃嗎？」

男子二平淡地說：「負能量永遠比正能量傳播得快。就算人心本為清水，你把鹽灑進去後，水的顏色不會變，味道卻變得不同了。你也沒方法輕易把鹽取出來，還原它做一杯清水呢。」

男子一平淡地說：「但你經常說黃金是幾乎萬能的吧，黃金能把鹽取出來嗎？」

男子二平淡地說：「有知識的話當然能用黃金換來把鹽抽出來的道具。」

男子一平淡地說：「綠袍子和頭鷹會有關係的。」

男子二平淡地說：「你很想行動嗎？那就去吧。」

男子一平淡地說：「你不反對？」

男子二平淡地說：「你的靈魂是屬於你自己的，你想追求什麼，選擇怎樣行動，我都沒意見。」

男子一平淡地說：「謝謝，哲學家。」

38

　　幽睜開雙眼已經是下午一時的事，他自言自語道：「今天傷口完全不痛了！」

　　幽從來都沒賴床的習慣，在冬天也不曾賴床，他睜開雙眼就會在十秒內起床，這是他其中一件引以為傲的事，節省很多時間。

　　這假期也太長了，從前暑假由七月中維持至九月一日，總共有一個半月的時間。

　　前兩年的暑期因為學校有補課所以從來沒享受足暑假。

　　可是今年呢，由五月放到九月，足足四個月。

　　現在只過去了兩星期，幽完全想不到可以怎樣花掉這四個月，他有綠袍子的職責在身，不想離港也不想找一份暑期工作。

　　娛樂呢？或者可以多相約朋友去踢足球吧，電子遊戲他又不太喜歡。

　　說到運動幽停止了在早上跑步，為什麼？是懶惰的緣故。

　　閱讀嗎？最近已經讀完了好幾本書了，

　　不如去學車吧？駕駛是早晚要學會的技能。

　　訓練追求者能力？每天也在做，可是總不能花所有時間去練習吧。

　　想不到還有什麼可以做呢。

　　刷牙洗臉後，幽罕有地拿起手提電話打給詩月，不到三秒就有人接聽呢。

　　幽甜蜜地打招呼說：「我的情人！」

　　詩月發出「嘻嘻」的笑聲答道：「吃過蜜糖當午餐嗎？」

　　「早餐也還未吃呢，要一起吃嗎？」

　　「這過去的一星期我們相見了四次，我也想繼續見啦。不過不行啦，我現在要去教琴，下午開始和母親慶祝。」

　　「慶祝什麼？」

　　「母親節呀幽同學。」

　　「噢。我都不記得呢。」

　　「明白的。」

　　「那麼找天和我再去一次中環乘坐摩天輪吧。」

　　「你真的很喜歡摩天輪呢。」

　　「不，我是真的很喜歡和你一起乘坐摩天輪。」

　　「哇哈哈，你今天真的很甜。」

　　「你愛甜嗎？」

　　「我愛 ... 你呢。」

　　「我也愛妳。」

　　「嘻，我到了，下次再聊吧。」

　　幽不捨地說：「再見了。」

　　一時十五分，幽把手伸直想。漢堡包，要有生菜、蕃茄、起

司、豬柳。

真美味呢，幽吃著自己變出來的漢堡包。

在幽發現自己能變出食物後他已經很久沒有到過超級市場了。

又是一件非常節省時間的事情呢，因為最近的超級市場距離他家有三十分鐘的步行時間。

一時二十分，幽猜自己能坐到玲過來的。

靜坐四十分鐘？其實不行吧。

幽打開電腦瀏覽社交網站，沒有能挑起他興趣的事情呢，看看冷笑話吧。

關羽、張飛、劉備、趙雲四人去看戲只有三張戲票，誰沒份看？

應該是趙雲吧？桃園結義沒他的份呢。

關羽，因為他的戲票留給趙雲了。

幽冷笑一聲，感慨自己有多認真和笨呢。

看看綠袍子的專頁，這則消息是兩分鐘前發佈：

有人在沙田鎂林村美風樓二十五樓走廊企跳。

「銳麟已經找到合適的位置傳送了，你準備好了沒有？要熱身嗎？」

玲當然不會打招呼，她永遠也不會。

「前兩天不見你問我。」

幽把手掌攤開變出戒指、面具和袍子，都戴上就答道：「走吧！」

玲把最後的耳機塞進幽的耳朵後便帶著他閃。

又是垃圾房，就沒有一個香一點的位置嗎？

「轉左，那麼，再見了。」玲好像有點喘氣。

幽推開防煙門，向左望去遙遠五米有一個看似四十歲的男人站著欄杆出面。

綠袍子現在成名了，面具不會再嚇倒人吧。

幽問道：「先生？你好。」

男人回頭望過來答道：「我姓連。」

在這距離可以看到連先生髮線向後移的問題頗嚴重，皺紋也比想像中多，架著一副黑色的膠框眼鏡。

「連先生。能否請你別跳下去。你辛苦得想要自殺，我很想很想知道你的痛楚，能告訴我嗎？」

「你不用找計策說服我講自己的故事。我會告訴你，因為我想你知，我想有人知道。」

「好的。」

　　看來比想像中容易呢，是因為建立了名氣嗎？還沒有失敗過的幽近來有點自滿。

　　連生先問道：「不過你能猜猜我幾歲先嗎？放心吧，我是個男人，不會覺得你冒犯我的。」

　　幽答道：「OK。四十吧。」

　　銳麟在耳機說道：「像五十呢。」

　　連先生冷靜地回答：「我才三十一歲呢。」

　　那飽經風霜的臉竟然是三十一歲，他受到了怎麼樣的折磨呢，是長期病患者嗎？

　　連先生把眼鏡除下掟落樓。

　　幽見狀焦急地喊道：「喂，別。不是說好了要分享故事嗎？」

　　連先生依然冷靜地回應：「放鬆。我是一個物理學家，只是在測度這裡的空氣阻力有多大。」

　　幽的腦袋終於開始高速轉動：我真的要暖身呢。物理學家嗎？我不知道香港有物理學家的說。是不是在大學做研究的那些？

　　連先生說：「我可以看出你在思考，你一定在想在香港當物理學家沒前途吧。」

　　「哎一」

　　「不要緊，事實如此。我擁在物理系博士學位卻仍住在這公屋就是證據。家人都責怪我為什麼要選物理系，說我沒有好好利用自己的天賦，賺不到錢。」

　　連先生繼續說：「你沒有這個問題吧，窮人才沒空也沒方法快速趕往想自殺的人的現場呢。」

　　又是一句非常困難回應的說話，幽不想露出一絲馬腳讓人猜到他的身份。

　　那麼，肯定他的價值。

　　幽誠懇地說：「每個人都是獨特的，性格和天份等，你的天份屬於你自己的，沒有人可以說你浪費了它們，只有你能選擇怎樣運用他們。」

　　連先生說：「嗯，你說得沒錯。有些人一直努力下去就能獲得成功，有些人卻註定不行。」

　　「在我看來，取得物理學博士學位已經是非常難得了，即使有人不認同你的成功，你自己認同自己已經很足夠。」

　　連先生問道：「你知道最受歡迎的三種顏色嗎？」

　　這條問題的用意是什麼呢。不可能會知道吧？

　　有這樣的調查嗎？我沒看過呢。

　　幽隨意答道：「黑？綠？」

連先生說：「我也不知道呢。因為受人喜歡是不足夠的，不受人喜歡也沒所謂的。重點是英雄無用武之地。以紅綠燈中的紅色為例，它的波長最長，在霧中被最容易被察覺。如果你生來是紫色的話，也許有人喜歡你，但你是註定失敗的。告訴我，紫色能怎樣安慰自己，怎樣認同自己。」

銳麟說笑道：「他的物理知識不是蓋的，幸好我們的綠袍子也不是浪得虛名。」

此刻幽的腦袋在不停轉動：幸運的是那則物理知識程度尚淺，幽也知道。不幸的是幽真的想不到紫色的用處。彩虹的第七色，然後呢？有什麼跟紫色有關。葡萄？葡萄受歡迎的原因不是紫色吧。

手機殼的顏色？有很多裝飾都包含紫色的，可是裝飾是各種顏色都有吧。

有什麼事是唯紫色能做到。

連先生一如既往冷靜地說：「別傷神了，你不會想到的。我的父母希望我轉行做地產或從商等較有前途的行業。可是，我的心是紫色的，我只想當一個物理學家。」

要告訴他物理學家也會有成名的一天嗎？可是討論物理學家的出路幽的知識是不夠的，至少絕對不會比眼前的人清楚。

呀，有了。

幽答道：「你知道嗎？我這份工作也不容易做，也不會有父母支持。穿得像個怪客似的，當然也沒有收入。可是每當我成功勸解人時，我就能被認同、被喜愛。你作為物理學家，也有這種時候吧？在探究重大的發現的時候。」

連先生答道：「那是一個有力的論點呢。我以前也這樣想的，我愛物理，我當物理學家。無人可以批判我的生活，無論他們有多富有。」

「那為什麼你想停下呢？」

「那是因為我是一個失敗的物理學家。很多次了，無論我怎樣去發掘，到哪裡去發掘，都找不到新的發現。客觀的環境也是問題，香港沒太多空間讓我發展。」

「失敗一次不代表永遠失敗，所以你嘗試了第二次。失敗兩次不代表永遠失敗，所以你才會嘗試第三次。你永遠都不能保證你沒有成功的一天，所以人才永不應該放棄，不是嗎？」

會不會太陳腔濫調，但那是幽的真心話。

連先生含糊地說：「可 ... 可一」

幽衝動地問道：「什麼？」

連生先流下多少滴淚，說道：「可是再失敗我會痛。那是我

靈魂的感受。你能否認嗎？」

　　那句話刺進了幽的心臟。這一刻幽覺得弩箭的威力遠遠不及絕望。

　　連先生平靜地說：「If you are nothing, why do you try to be something。抱歉。」

　　什麼？別！

　　幽衝上前試圖抓著已開始掉下的連先生，他的右手伸到最盡還是夠不到。

　　碰不到連先生的手，也碰不到連先生的心。

　　有旁人在尖叫。

　　「傳媒已經到達了，快回去垃圾房。幽！幽！」銳麟不停呼叫。

　　幽的手仍在欄杆外。

　　他看著已著地的連先生。

　　鮮血在流。

　　幽發不了聲，他開口想尖叫，卻叫不出聲。

　　幽懷疑自己連呼吸都停止了。

　　有人粗暴地抓著他的左臂拖他走。

　　幽回頭看到第二位綠袍子，這個高度是玲吧。

　　是嗎。失敗了。

　　幽沒意識地被拖進垃圾房。

　　玲說：「真是的。」

　　確認沒人看著就閃回基地。

39

　　「很想繼續躺在床上呢。」

　　弦看著正指著七時正的鬧鐘埋怨道。

　　這天是弦第一天上班的日子，他非常妒忌在下午一時才需要起床的同窗。

　　上星期收到的電郵叫弦不需要作任何準備，穿著拖鞋也沒問題。

　　守舊的弦還是用自己的零用錢買了多套襯衫預備在上班時穿著，反正四萬元的工資多得很。

　　可是呢，自公開試結束後，弦沉迷上玩電子遊戲，說不上是廢寢忘餐，但每天也花了最少八小時。

　　他最愛的是一款大型多人線上遊戲，普遍玩家都愛升戰鬥等級打副本，讓弦愛不釋手的卻是釣魚的部份。

　　弦住在大埔，他的上班地點在觀塘。

　　弦需步行十五分鐘到巴士站，再乘坐四十五分鐘的巴士，再花十五分鐘步行至工作地點。

　　一向習慣穿著針織衫的弦穿上襯衫後表現得十分不自然，沒錯好像挺好看的，可是完全不覺得方便活動。

　　終於，在八時四十五分他到目的地。

　　弦想著，起碼午餐有繁多的選擇，他除下耳機，乘搭升降機到十七樓。

　　「叮」，「叮」升降機開門的聲音。

　　只有一條路可走。

　　弦戰戰兢兢地轉左，推開玻璃門，來到接待區前，那裡有一個身穿藍色襯衣的男人。

　　男人開口道：「請問是曾浩弦先生嗎？」

　　不是紅的聲音呢，弦有想過接待他的可能是紅。

　　「對，我是。」

　　男人禮貌地站起來，伸出手說：「初次見面，你可以叫我大衛。」

　　弦也禮貌伸出手握手道：「很高興認識你。」

　　「跟我來吧。」

　　大衛帶著弦穿過一條走廊，走廊的兩旁是一道道閉上的門。

　　大衛說：「別打開那些門。」

　　弦不解地說「OK。」

　　「走廊的盡頭是洗手間，最接近的就是你的辦公室。」

　　大衛拿出一條鎖匙打開門。

　　弦滿心歡喜地隨著大衛進去，這房間令弦完完全全睡醒了。

　　純白色的地板、牆壁、天花板，還有兩張純白色的工作椅，一部黑色的攝影機，那就是所有了，工作檯也沒有。

　　弦有點想問是不是來錯地方了。

　　有什麼公司能支付四萬元的薪金卻沒資金裝潢辦公室。

　　「我可以從你的表情看出你有點失望呢」大衛說道。

　　「沒有沒有。」弦連忙答道。

　　「沒事，待我說服完畢後你就會明白了。」

　　弦點頭。

　　大衛說：「每天的工作都分成兩段，第一段由上午九時至下午一時，第二段則由下午二時開始維持到下午六時。正如紅先生交待的，你將會接觸一個受奇蹟影響的人，你和他們做什麼是任你決定的，只要合法就可以。你可以和他們聊天，成為朋友，成為戀人在這裡接吻也可以，你喜歡的話你可以跟他們默默地坐著

不說話。每天結束後可以要求明天換另一個人。」

弦感嘆說：「真是自由呢。」

大衛繼續說：「接下來的兩件事有一件也是十分自由的。你可以任意裝潢這裡，卡通主題或恐怖主題也沒關係，費用方面公司每年會津貼三十萬港元，多出的請自付。」

三十萬嗎，不過弦覺得自己不會動這房間，他沒心機設計佈置。

「第二件事是關於同事的，你的同事只有我一個，你有問題也只能問我。這幢樓宇有其他人的工作和你是相同的。但你絕對不能和他們結交，這是這裡唯一的規矩。」

弦好奇地問：「為什麼呢？」

大衛解釋道：「上頭之所以挑選你是有他的理由的，我不知道他是看中你哪一方面的性格特點。人呢，是一種會互相影響的動物。若你和其他人相交而互相影響，很有可能你們會嘗試同樣的方式去移除奇蹟的影響，那麼整體的工作效率就會下降。」

弦答道：「真是想得全面呢。不過其它方面那麼理想，交少個朋友只是一個微乎其微的代價。」

大衛笑說：「我也是這樣想的，想結交朋友的話在其它地方結識就可以了，世界那麼大。最後一點是每天你必須繳交攝影機的記憶卡給我，我會保存所有記錄。總括而言，我的工作包括處理你的要求及回答一些事實或支援性相關的問題。」

「明白。」

「那麼，九點正時我會去請你第一天的對象進來。」

大衛把門關上並離去。

弦聽到大衛的腳步聲逐漸疏遠，他檢查攝影機，確認已經在拍攝，鏡頭只對著來客的椅子。

弦在心裡不停回想剛才的對話，讓自己好好記著所有規則，想著：真奇怪呢，沒有電郵中交待這些細節。

「咚咚」

弦沒聽見逐步逼近的腳步聲，他親自打開門，在門後等著的是一位年過五十的男人，衣服有點殘舊的感覺。

弦禮貌地說道：「進來吧！」

男人慈祥地說：「謝謝！很整齊的房間呢！」

弦答道：「請坐吧。」

二人坐下後弦先深思才發言。

弦想：這自由的工作沒指引對某些人來說會很困惑吧，幸運的是他即使沒唸書的才華還是有解決問題的能力。

弦開口道：「你知道你來的目的嗎？」

　　一定是不知道吧，若他真的不能知道自己被強行施加奇蹟的話。

　　男人說：「是人口普查之類吧，八小時就能賺取一千元，真是太划算了。」

　　「嗯，就是這樣。那麼我會問你一些問題，請儘量合作！」

　　「好的。」

　　「從最基本的開始吧！你的名字和工作。」

　　「我叫麥嘉明，從事商場保安已經十年了。」

　　接著直接問一些關於十八年前的事吧，相信他不會想太多並起疑的。

　　「那麼麥先生，你能告訴我一些關於十八年前發生奇蹟時你在做什麼嗎？」

　　「很遠的事情呢。那時我在旺角上班吧。你要知道我本身就會中文了，突然會說英文真是一件很神奇的事情，讓我不得不相信世界是有神的呢。在那一刻我們知道了神的存在，並遵循祂的意願，要保衛地球的和平。」

　　「容許我問清楚每樣細節吧，你說你突然會說英文，是會寫？會聽？會讀？會說？還有，你是全部生字都學會了嗎？」

　　「讀寫聽說都會。我記得在那天我和同事在說些 secure、safety、world peace 詞彙吧。」

　　「我可以聽成你們每人當天突然得到的英文知識是相同的嗎？」

　　「是的。」

　　「那請問知道 preposterous 的意思是什麼嗎？」

　　麥先生搖搖頭說：「不知道，很多個音呢。」

　　「preposterous 的意思是荒謬的，讓我再問你一次，preposterous 的意思是什麼？」

　　「荒謬的。我記性沒那麼差啦。」

　　弦記下：照這樣看來每人學會了部份英文。為什麼是部份呢，大多是只得到了張浩維本人的英文知識吧。然後他們可以自己透過任何方法增長更多關於英文的知識，真是方便的能力呢。

　　「那麼，當我說戰爭二字一」

　　「絕不容許戰爭。」

　　「我知道，我不是說想發動戰爭一」

　　「絕不容許戰爭。」

　　又被這客氣的麥先生打斷呢。

　　「讓我改變用字，當時你為什麼知道世界和平已經實現了？在香港的你總不會知道在世界的第二個角落的戰事已經結束了

吧。」

「問問你的朋友、家人甚至是路人都會給你同一個答案吧，就是知道了。我們就是從心底裡知道誰在那刻開始都不再會有打擾和平的念頭。」

弦想：聽起來真的挺 preposterous 的。沒能理解世人怎不害怕奇蹟，更沒努力查探它的威力，反而讓它的影響成為了日常。

「兄台你似乎想歷史感到興趣呢，你家人沒跟你討論過嗎？」

我家人？別說笑了。

有點情緒的弦對自己說：別離題！專心工作！

「在 1994 年有戰事嗎？」

「當然有，世界各地都有內戰的發生，較著名的可能是車臣的戰事吧。俄羅斯和烏茲別克當時都有參戰。」

「原來近代也有戰事嗎，我完全不知道呢。」

「不能怪你的，畢竟地球現在很和平。」

「那麼當時在進行的戰爭是一」

「絕不容許戰爭。」

這次讓弦感到些少害怕呢，他是故意採用戰爭二字看反應的，麥先生真的像機械人似的要打斷他。

「那麼當時進行的戰事是怎樣結束的，誰勝誰負？」

「大家也是贏家。」

「我知道，世界和平是好事。可是戰爭的開一」

「絕不容許戰爭。」

這次弦是不小心用錯字眼，可是真的很可怕。

「那戰事的開端一定是爭奪某些利益吧，戰事不可能沒輸家的。一個國家的勝利一定象徵著第二個國家的敗北。」

「戰事怎樣結束我也不詳細清楚呢，正如你所說，那是世界第二個角落的事情。」

「明白。」

弦記下此事打算晚點去問大衛，現在已大概瞭解到奇蹟的影響力了，那麼接下來，他要破壞在眼前人的入面的錄音機。

40

拳嘗試扶起倒下的幽說：「孩子，振作一點吧。」

幽答道：「我想坐在地上一會兒。咦？我能說話了呢。哈哈。」

他屈膝坐在地上，地下鋪上了地毯呢。

偉問道：「發生什麼事了？」

銳麟答道：「他失敗了，終於有人沒聽勸告，跳下去了。」

偉答道：「噢。」

幽消極地說：「是嗎，不只拳、玲和銳麟，連偉也在這裡見證我的失敗呢。」

玲拿水樽的水從幽的頭淋下去，比頭先更喘地罵道：「你以為自己是誰，誰集合看你的失敗了。快點起來，我們有要事商討。」

幽拾不起勁說：「額，沒錯呢，相比起任務成功率99％的玲來說我差得遠了。七十八除以七十九等於多少？」

銳麟答道：「不是九十九也有九十八吧。」

「是嗎。」

幽伸開手掌變出一部計數機，是公開試批准的型號。

幽看到結果後眼前一亮，說：「九十八點七呢。」

玲：「之後幾個成功的話就能回到九十九了，理想主義者。」

幽很早以前就想過自己會有失敗的時候了。

他相信總有方法令人向好的方面想，但他知道自己未夠聰明，不能構思出讓每一人心存希望的話語。

他早有準備，知道失敗時要瞬間站起身，去嘗試拯救下一個人。

他沒想到看到人在自己面前從高處躍下會如此痛心，可是這也是他預料中的。

他知道自己無法想像看到人自殺的痛楚。

他不想倒下，他不會倒下。對。他早就準備了一篇演講給氣餒的自己。

幽把面具摘下來後再攤開手掌變出一塊鏡子。

他瞪著鏡中的自己，想像出自己最暴力的模樣。

「幽！你還記得第一個對象嗎？是張啟良！現在想起來，我幫助過他兩次呢！

在別人絕望時帶希望給他們的是你！那你肯定能振奮自己的心的！

記起自己成功那時的感受！

看到希望再次在人的身軀裡流動，彷彿能看到別人的生氣！站起來！」

幽站起來，看著眾人都望著，玲滿意的眼神、拳佩服的目光、銳麟欣賞的瞳孔。

這些都賜給他力量呢。

玲說：「哼，那麼能開始了吧。大家找個位置坐下，別坐在

地下。」

　　幽環顧四周，白色的牆壁和灰色的地毯，房間的中央是長方形的會議桌，兩排椅子在旁。

　　他第一次進入一間這樣標準的會議室呢。

　　玲坐在主席位，並把腳放在檯上，還是那個樣子呢。

　　幽坐在可靠的拳和友善的銳麟中間，他們在玲的左手邊。

　　坐在玲的右手邊是偉和阿一，沒見面很久了，但幽還是記得他們。

　　等下。

　　幽發問道：「阿一你 ...」

　　阿一精神奕奕地回答道：「哈哈，沒事，中槍而己，輪椅我坐過好多次了，跟你一樣，我每次最後都能站起來。」

　　「沒聽過近來有槍擊事件呢，祝你早日康復！」

　　阿一點頭。

　　偉則提點道：「下次儘量別穿上自己變出來的裝備並要玲閃你。」

　　拳補充說明：「這方面由同為追求者的我說明吧。我們靈魂的力量不是那麼容易可以一齊使用的，例如玲完全不能閃我的動物到別處，一米也不能。暫時看來玲雖然能閃你的裝備，可是對她的負荷也很重。」

　　原來如此呢。

　　玲把腳放下來，斬釘截鐵說：「嗯，那麼寒暄結束了沒有？我們真的有要事相討。」

　　偉道：「是。」

　　玲給拳打個眼色，示意拳講解事情。

　　拳說：「這次我們有兩件事要商討。第一件事較簡單，就是頭領厭倦了我們的隊伍沒名字，她已經向頭領申請，我們以後叫作『執』。」

　　阿一說：「OK.」

　　銳麟說：「該是時候我們能擁有一個名號了！」

　　偉說：「不只那樣，以後我們就能擁有自己的軍火庫及醫療室等設備。」

　　玲說：「看似眾人都叫好呢，可是申請是未被批准的，我想在晚點進行的聆訊結束後就會批准了。」

　　銳麟問道：「聆訊？」

　　玲冷冷地說：「嗯，我們的聆訊。」

　　銳麟還搞不清楚狀況，問：「我們主審的聆訊？還是…」

　　「不是，是我們被審判的聆訊。」

除了玲和拳外的人似乎多少感到一些意外。

偉問道：「晚點是指今個下午？」

玲還是冷冷地回答：「嗯，兩小時後。」

幽問道：「那你現在才告訴我們？不需要好好準備嗎？」

玲答道：「我們現在就在準備，況且我早制訂好計策了，你只需要順從就可以。」

拳把手搭上幽的肩膀，說：「沒問題的，相信隊長。待會你就能知道你為什麼需要向隊長學習了。」

阿一問：「是誰被盯上了？」

玲把面轉向左向，說：「是我和幽上次清理黑社會的事件。幽你別擔心，待會兒只需要誠實作答，我保證最後沒事的。」

幽還是不太滿意這麼晚才被通知：「萬一被定罪了會怎樣？」

「被暫停或終止會籍吧，對不等錢花的你不會構成大問題的，我依然會帶你到處飛的。」

銳麟站起來伸手拾起桌上中央的搖控器，放大玲身後那部十五吋電視機的音量。

眾人被此舉搶了注意並一同望向電視機。

這時候播放的電視節目本應是翻播的劇集，畫面上的卻是黑色背景配上血紅色的字句「特備節目準備中，請稍等。 一偽惡魔。」

銳麟沒預警並好奇地問道：「這是什麼呀？」

幽則有不祥預感，他拔掉電視機的電線，自己變出一部三十多吋的液晶電視機，再把電線插上。

阿一讚好道：「不錯不錯。」

幽再次開啟電視上血色的字句已經消失，換上一排排的座位，座位上有英文字母及數字，幾乎坐滿了人，背景還是黑色。

偉是最先認出此地方的人：「是戲院吧。」

細看的確還看到有人的手上有爆米花及汽水。

這畫面的拍攝角度對正觀眾的臉上，大概攝錄機是在戲院的螢光幕上。

本在看電影的觀眾表情非常疑惑，看來電影是被終止了，那麼他們會看到什麼呢？

一把男的聲音說：「大家好，我是偽惡魔，嘻嘻。看來大家比想像中冷靜吧！請各位繼續合作，別離開座位。」

奸詐的聲音令幽和銳麟有點發抖。

觀眾開始喃喃細語討論到底是發生什麼事情。

拳叫一下玲：「隊長？」

玲答道：「嗯？」

　　偽惡魔再次開口了：「幸運號碼是 C5、F16、K7 ！請以上三位觀眾檢查一下椅子的底部。放心，不是炸彈。」

　　這三個座位的觀眾碰巧都是男仕。他們三人把找到的東西高舉—是無線滑鼠。

　　偽惡魔滿意地說：「非常好！沒人猜到危險就在身邊！嘻嘻。現在開始說明遊戲規則！一：沒人能擅自離開戲院；二：每個滑鼠需要被按二千下，換人按也沒問題。那麼！遊戲開始了！失敗了，就是一死亡。當然，跑得快的人能拼一下逃出去。」

　　不妙不妙。

　　觀眾中有些表現得非常驚慌，有些好像不相信偽惡魔的話沒什麼反應，有些大叫道：「讓我按吧，我經常玩電子遊戲的。」

　　幽望下會議室內眾人的反應，除了玲外大家的表情都非常認真，每人都深信威脅是真的。

　　幽叫道：「玲快把人遷移到第二個地方吧。」

　　玲冷冷地回道：「我不在鏡頭面前使用能力的，而且，他們沒身體接觸我是不能一次救走所有人的，最後，若偽惡麼看到有外人干擾，一定會不留情地馬上引爆炸彈。」

　　幽面紅耳赤地叫：「難道要看他們死嗎？？？」

　　銳麟天真地說：「冷靜一點，人平均每秒能按六至八下，不到五分鐘就沒事了。」

　　玲只是冷笑一聲。

　　幽再次望向螢光幕，三位幸運兒非常努力地不停按，也有旁人在打氣，他眼角同時留意到尾排一位穿上西裝的男士表情非常錯愕。

　　幽不停祈求著：「不要，千萬不要。」

　　西裝男站起來，跑向最接近他的出口，他的鄰座連忙趕過去想把他拉住。

　　「哈哈哈哈，哈哈哈哈！」

　　西裝男撞上了門，看到門柄的「拉」字才改回拉開門。

　　門後的是一箱炸彈。紅燈不停閃爍，「吡吡吡吡」。

　　「嘭」

　　接著是畫面沒訊號的沙沙聲。

　　幽的口再次開著卻無法發出聲音，不同的是這次有銳麟陪他。

41

　　弦問道：「你能告訴我戰事的壞處嗎？」

　　麥先生答道：「戰事會有人死吧。你這一代太幸福了，不知

道和平有多珍貴，世界和平曾經是許多小孩子的生日願望。」

「小孩子的生日願望？不是模型或洋娃娃？而是世界和平？」

麥先生笑說：「哈哈，就像我說的，你不知道自己有多幸福。」

一般的小孩又怎會關心地球另一邊和不和平呢，真的完全不能理解。

弦露出一副疑惑的表情，繼續問下去：「那麼戰爭還一」

「絕不容許戰爭。」

「唉！如果我說絕不容許戰爭一」

「絕不容許戰爭。」

「明白了。那麼戰事還有什麼壞處？」

麥先生答道：「除了人命傷亡還有經濟損失等問題吧，戰事就是錯誤的存在。」

「都是一些很空泛的答案呢。」

「你說什麼？」

弦站起來去到窗邊，指著馬路說：「人命傷亡及經濟損失嗎。一宗交通意外也能造成這兩樣影響呢。當然，規模沒戰事那麼大。」

「我不知怎樣解釋清楚呢，我又不是大作家，又沒真身體驗過，但我依然能肯定戰事是非常可怕的。」

這工作比想像中困難呢，到底怎樣才能關掉那錄音機。

弦輕輕說道：「War!」

「絕不容許戰爭。」

「我們去打 War game一」

「絕不容許戰爭。」

「英文也不行呢。」

「那是當然的，你以為改用英文就能發動戰事嗎？」

發動戰事嗎。所謂戰爭是兩個以上的敵對方為爭取利益或實現主張等理由進行軍事等行動的鬥爭。如果我單方面想發動戰爭呢？

嗯，來測試一下吧。

「麥嘉明先生。」

對方客氣地回應道：「是。」

「我現在對你發動戰爭。」

「絕不容許戰爭。」

「你能阻止我嗎？我發動戰事又不需要得到你的同意，要是你不滿意，來阻止我呀。」

「但憑你一人是發動不了戰事的。你的威脅性是零。」

「嗯，我一人是絕對無法向一個國家發動戰事的，可是對你一人呢，就綽綽有餘。我現在對你發動戰事！目標是你正戴著的墨綠色領帶！」

接下來，對方會怎樣反應呢？名義上此行為是戰爭沒錯。

要是麥先生真的不容許戰爭的話，他會不會交出領帶？會不會反抗？

麥先生解下自己的領帶並走往弦，說：「這裡。拿去吧。」

是因為他不能反抗，還是因為這領帶對他來說不重要，給我也沒所謂？

弦只好得寸進尺：「我再次對你發動戰事，目標是你身上的現金。」

麥先生又拿出自己的銀包，掏出所有鈔票交給弦，約有一千五百元吧。

弦問道：「你怎不反抗？」

「絕不容許戰爭。」

一千五百元對他來說會不會很少？還是沒受奇蹟影響的我能夠以發動戰事為手段向他索取任何東西？

麥先生依舊客氣地問道：「你能把領帶和金錢還給我嗎？」

不行呢。

弦想著：好機會呢，我一定會還給他的，但是實驗還沒有結束。

「你對我發動戰事我就還給你。」

「不過是向你索回身外物而已，才不能談上是戰事。」

弦想著：那我要嘗試索取他無法取回的事物嗎，我可不想當反派呢。先試試其它的。

「請問千五元對你來說很多嗎？」

「不多，可是那些錢是我的，你應該要還給我。」

「要是我說你不發動戰事我就不還給你呢？」

「我會親手奪回來吧。」

「用暴力嗎？」

「嗯，但不是戰爭，絕不容許戰爭。」

弦嘗試細心分析一下。

他對著鏡頭說：「對象絕對不會以武力回應戰事，但他會尋找戰事以外的方法奪回屬於自己的物件。我認為是只要對象的腦海確信自己沒參與戰事，仍能以其它方式進行武力。因此，殺人放火的罪犯還是隨處可見，世界和平絕對不是那麼和平。那麼，現在我嘗試以戰事方式去奪取對象一些他不能奪回的事物。」

弦先把領帶及現金還給對方，說：「麥先生，請問你這一生最愛的人是哪位？」

麥先生嘆道：「陪伴了我生活三十多年的妻子。」

弦察覺到對方的黯然神傷，問道：「抱歉，她是不是已經不在了。」

「嗯。」

「那麼，你現在最愛的人是哪位？」

「我剛告訴你了。」

「噢，我真是愚笨呢，我應該問在生的人當中哪位是你最愛的。」

麥先生收起悲傷的表情，答道：「我的兒子麥彥亮。他每個月都會來我家探望我。」

弦深深的吸一口氣，說：「麥先生，我現在對你發動戰事，目標是你兒子的性命。」

麥先生緩慢地除下眼鏡，說：「那麼我必須在你發動戰事以前把你解決掉呢。」

他衝去一拳打中弦的頭部。

弦被這突如其來的行為嚇倒，回過神時頸已經領帶勒著，弦不停掙扎，最後以一肘打去麥先生的頭。

「額。」對方發出一聲慘叫。

弦連忙跑出房間，衝向升降機那處叫：「大衛，快來幫助我。」

大衛跑過來，問：「發生什麼事了？」

「要是我跑慢一點就要死了，我威脅他不發動戰爭的話一」

大衛像錄機似的說：「絕不容許戰爭。」

麥先生也趕過來了。

弦連忙對他說：「我是說笑的！我也知道！絕不容許戰爭。」

二人的表情換回早上第一次見面時的那樣，說：「絕不容許戰爭。」

弦這才放鬆過來，真是危險呢，說：「麥先生，今天就到這樣吧。」

「當然，四小時就是五百元，這裡。」

弦和大衛回到弦的辦公室，二人沉默維持了數分鐘。

很可怕，為什麼這會叫做奇蹟。很可怕。

弦開口道：「你是受奇蹟影響了。」

「當然。」

弦對著房間內的鏡頭說：「人會搶先敵方在發動戰事前扼殺對方。一點也不和平。」

弦問道：「你能告訴我關於車臣戰事的事情嗎？」

「嗯，史實性的問題我可以回答。那是一次俄羅斯聯邦和車臣的軍事衝突。起因是車臣想脫離俄羅斯並獨立，擁有較高軍力的俄羅斯當然不願意，就決定出兵鎮壓車臣獨立政府一」

「結果呢？奇蹟的禍害有多大？」

「禍害？戰事被奇蹟阻止了。沒有戰事就沒有禍害。」

「是這樣嗎，我想聯絡紅，電話也可以。」

「我去安排一下，你這天下午先回家休息吧？這麼短的時間我們也找不到下一位對象。」

「嗯。」

42

偉和銳麟決定前往止書的使用室查探偽惡魔的真面目。

剩下來的幽、玲、拳和阿一沒時間停下來，必須要馬上前往頭鷹會的法庭。

拳擔心幽問道：「你還可以嗎？」

「嗯。」

他們四人乘搭升降機至基地的底層，升降機門開啟時看到有一個女人在等著他們，是一張素未謀面的臉孔。

女人說：「你好，我是負責帶你們去法庭的人。」

玲點頭並對拳說：「幽的精神必須休息夠了，說明程序給他聽。」

幽停下來沒精打采地抬起頭望著拳，眼神不像是在索取資訊，想索取的是安慰。

拳輕輕地推幽一下示意他必須開始向前走。

幽想著：連拳也不給我冷靜的時間呢，我可沒準備好一天承受兩次打擊，不過連正需要坐輪椅的阿一都勇往直前，大概我也需要硬著頭皮向前走。

推開一道扇門，映入眼簾的是一個以啡色為主色的大堂。

這大堂有百多排款式簡單的椅子面向前，每一排有二十多張，可能可以容納二千人。

穿過椅子後便是台階，那女士帶領幽四人走上去，台上有的又是椅子，這次東西兩方的椅子方向是互相對望的，台的中央有一張深藍色的大椅子，鑲滿了寶石。

拳開口道：「正如你所想，那張椅子是仁德的，東邊的椅子是控方的，我們四人都坐在西邊的椅子便可以，至於台下的椅子就是提供給旁聽的人坐的。待會別緊張，我想會有五十多人來旁聽吧。」

幽想問在看不到太陽的情況下他怎會知道哪邊才是西邊，但拳已經開始走動了，他只須要跟隨。

「案件的判決交由首領一人嗎？真是龐大的權力呢。」

玲答道：「嗯，一般的情況是由他決定的，沒想到我們是最早到的人呢。哎，等下，張小姐你到別處吧。」

帶路的女人答道：「嗯。」

幽不知怎的總覺得這個畫面好像有點不協調，接著他們便坐到位置上，從最接近台階的方向說起，是阿一、幽、拳、玲。

拳繼續解釋道：「待會兒控方，即是『藥』的代表，會呈上證據指責我們謀殺罪。」

阿一移開其中一張椅子並把輪椅安置好。

拳繼續說明道：「主要答辯由玲負責，但到最後呢，隊長會提出比火焰的要求。」

「比火焰？」

「就是讓首領展現雙方的火焰，你要知道火焰的大小不是根據能力強度而變化的，而是根據靈魂的強度而變化的，你意志越堅定，火焰就越大。如果我們的火焰較旺盛，我們就能無罪離去。」

「誰要跟誰比？」

「玲會和『鞋』的郭佩君比較。郭小姐是一位非常厲害的人物，千萬不要開罪她。你在頭鷹會的年資，不，是月資太短了，千萬別小覷『鞋』的規模。隊長是看準了比火焰會把競爭限於一對一才選擇比火焰的。」

「哦，火焰的話年少輕狂的人會較優勝嗎？」

「我在比火焰前還有和對手交談的機會，可以增強自信或破壞對方的銳氣。當然，這些手段對於那位郭小姐來說沒什麼用途。」

「那一」

幽還有一千多條問題想問呢。

辯論的時間有多久？要是輸了怎辦？在仁德出現前會有比火焰這個制度嗎？若知道自己的火焰是最旺盛的話是不是可以天天當壞事？

但是發問時間明顯結束了，一大群人正從大門進來。

十個、二十個、四⋯好像有二百多人，為什麼拳會說可能只有五十個人？

他們到底有沒有計劃好的？

阿一說道：「冷靜點，人數你也怕嗎？要是在這裡也失敗了，想阻止自殺潮完全是異想天開。」

　　仁德不知在那時出現從後台走過來坐上自己的大椅子，其實那張是龍椅嗎？幽刻意找理由分散自己的注意力。

　　不需要一同站立鞠躬或起誓，先到達就能先坐下等待，重要人物到齊了聆訊就開始，沒想到這歷史悠久的組織沒墨守成規的傳統。

　　仁德喊道：「嗯，可以開始了。」

　　大堂的門前和台後分別有一面放映影幕降下來。

　　東邊那排椅子中最左的男人站起來，走到台的正中央。

　　拳在幽耳邊說道：「他就是蔡永鋒。經常被隊笑恥笑是庸人。」

　　幽仔細打量他的對手，比自己高多了，他應該有六尺高，穿著整齊的西式服裝，明顯比幽的綠袍子體面。

　　他的咬字非常清楚呢：「麻煩被告一　玲和溫紫幽舉手。」

　　幽看到玲照做後才舉起自己的手。

　　蔡永鋒禮貌地說：「謝謝。助手一」

　　仁德打斷道：「對不起，我忘了宣布一件事。」

　　蔡永鋒對首領點頭後返回自己的座位坐下。

　　仁德沒站起來，在自己的位置喊道：「我已經接收並處理好玲成立名為『執』的申請，要是他們今天沒被定罪，申請將會被通過。」

　　台下頓時傳出不少討論的聲音，幽識辨不出一字，卻能理解都是反對的聲音。

　　仁德用右手示意蔡永鋒可以重新開始。

　　蔡永鋒再次走到台的中央，說：「這天召集了大家，是因為我蔡永鋒及郭佩君認為玲和幽在本年四月二十日在天水圍的行動是非法的，決定起訴你們謀殺罪，你們對於罪名的性質有疑問嗎？」

　　玲和幽均搖頭。

　　「那麼，你們認罪嗎？」

　　幽未答話蔡永鋒又再開口說：「不認的話請說明為什麼覺得自己沒犯下謀殺罪，謝謝。」

　　接著他就返回座位，大概他非常肯定玲和幽會否認罪名。

　　玲沒站立更沒有走到台中間，坐著囂張地回答：「先生，你不是很老吧？在二十一世紀是你們需要證明我們有罪，不是我們需要證明自己無罪。」

　　幽很高興玲可以替他辯護，他不是不敢，只是不熟悉規則。

　　蔡永鋒再次走到台中央，面向西邊說：「在當天幽無預警地走進黑社會勢力的地方，遇險後變出手槍擊殺兩名青年，接著玲

你再到現場屠殺所有在場人仕，因此，我們沒有人證，解釋在那裡到底發生了什麼的責任絕對在你們一方。」

這次他沒有回到自己的座位。

蔡永鋒補上一句：「順帶一提，我們知道最先到達現場的是溫紫幽，請你回答。」

全場的人都把目光投在幽身上，幽卻沒感到一絲緊張。

他掌握了冷靜的方法：只想著自己的目標。

拳把手搭在幽的肩頭上，說：「照直說便可以。」

幽站起來說：「當天作為綠袍子的我找到了危坐的張啟良，他告訴我他受到二葉幫的威脅，所以我就決定去該黑社會的巢穴。到達後，他們承認更威脅會犯下更多的強姦罪。我想阻止他們卻被他們的弩箭所傷。我要求隊長支援我，隊長也就來到清理現場。僅此而已。」

蔡永鋒問道：「請問在聽到有人發出強姦威脅時，你為什麼沒有報警，而是決定單人匹馬走進黑社會的巢穴？」

幽想：當然是因為不相信警方解決問題的速度較他快。

但不能答這個吧？

玲插嘴道：「頭鷹會的人觸犯本地法律不會在會內被制裁是明文規定。」

幽坐下來，想著有這隊長有時真的很不錯。

蔡永鋒微笑說：「沒錯。我們真正想控告的是你，玲。」

幽有點失望，沒想到在聆訊中也沒法得知玲的全名呢。

玲漫不經心地回答：「來呀。」

「我們明白為何溫紫幽要開槍，有追求者能力的他戰鬥訓練還未足夠，面對十多人，對方更有西瓜刀和弩箭作為武器，出於自衛使用槍械也是合情合理的事。但玲你呢？你能輕鬆帶著幽逃走，或者輕鬆地把敵人都關進牢子，但你完全沒有，你狠狠地把人都殺清光。」

「為什麼我不能是自衛？」

「就算是對立的我也清楚知道你的能力的，你會被十多個拿著刀的人打敗嗎？順帶一提，我們檢查過黑社會份子的刀具，完全沒有沾到你或溫紫幽的血跡。還有，就算混混拿著刀衝向你，那只能揣測成意圖傷人，不一定是意圖謀殺，在任何一個國家意圖傷人都不會被判死刑的。」

看來對方的確有詳細調查過現場呢，在面對同樣擁有止書的會友，閉路電視的存在挺麻煩的。

為什麼玲這次沒有清理現場，懶惰嗎？還是有別的原因。

「哈哈。」

幽瞪大雙眼看著在冷笑的隊長，好像有點不尊重聆訊的感覺。

玲站起來，走到台中央，蔡永鋒的旁邊。

「你們真的覺得一群拿刀威脅想將我強姦的禽獸罪不至死？」

「我們在軍火庫的同事看到你穿著一件白色的背心執行任務，有沒有錯？」

「哈哈哈，那身為女人的我要特意披上一件較保守的衣物去拯救已經中箭的隊員？閉嘴吧庸才，你不知道自己在說什麼。」

蔡永鋒憤怒地喊：「你！」

可是台下的噓聲也在呼和，他明白自己失言了。

台上另一位女性站起來了。她上身穿是綠色襯衫配上黑色的背心褸，下身穿的則是一條深綠色的軍用褲，很多個袋子的那種，不知怎的幽看到身材中等的她有點緊張。

阿一細聲道：「那就是郭佩君，交給玲應付吧。」

蔡永鋒回到座位坐下。

佩君開口道：「玲你能瞄準混混的手腳再送他們進囚牢吧，然而犯人都是被俐落地割掉了喉嚨。以你的能力，甚至能監測著龍葉，待他犯罪時才逮捕他。」

玲答道：「也許我能呢，也許我不想吧。」

「我想問的問題是，你能百份之百肯定自己殺掉混混們是替天行道嗎？還是你自己有點享受虐殺罪犯的過程，是的，我們也詳細檢驗了龍葉的屍體。」

「我能百份之百肯定我很享受清理垃圾。但是，我還是有正當理由，頭鷹會還是不能處罰我。」

拳也忍不住咳了一聲，台下的討論聲音更是直線提高，整個廳堂變了市集似的。

佩君用右手示意台下的人安靜一點，然後再拿出殺手鐧。

「你要我在這裡告訴大家你最近進行的實驗嗎？」

幽想：實驗？是指我這陣子不時變給她的藥劑嗎？

玲答道：「足夠了，我們比火焰吧。」

43

沒有五弟的家其實是還可以的，至少在母親不在旁說些難堪的話時還可以吧。

弦靜靜地躺在自己的床上，沒有打電動，沒有閱讀小說。

才第一天工作呢，沒想過跟陌生人聊天也可以如此大壓力。

「曾浩弦！」是母親的聲意呢。

弦細聲投訴道：「真是的，一定要來煩我嗎。」

「家庭會議！來客廳吧。」

有件事情弦偶而覺得挺可笑，就是他家總共有七個人，卻只有兩張三人的沙發，有一人註定沒地方坐，幸運的是，五弟還在警校，剩下六人剛剛好。

那是父親、母親、大哥、二姐和三哥都在。

人齊了母親便拍拍手，說道：「大哥下個月會搬出旺角住。」

大哥站起來笑說：「雖然跟家人一起生活也很愉快，但我是時候去開創新的天地了。」

噢，弦最喜歡的家人呢，他不禁露出半點傷心的表情。

大哥露出陽光般燦爛的笑容對弦說：「我有空還是會回來跟你跑步啦，我會時常回家的。」

母親說：「好了好了，接著是二姐！」

二姐說：「哈哈，沒想到大哥也會搬呢，我下個月也會搬出去銅鑼灣，和朋友一起住。」

母親再說：「接著是三哥！」

三哥苦笑道：「沒想到我們仨人會一起搬出去呢，我會搬到沙田的警察宿舍住。」

父親罕有地開口：「哦，家庭成員從七個大幅下降到四個呢。」

母親拍打他一下，說：「說什麼鬼話，家庭成員數目沒有變，只是有三人搬出去。」

弦感到高興，他本在煩惱怎開口說自己想搬出去。

弦只求找到一個平價單位，讓他有一張床及寧靜的環境睡覺就足夠，傢具可以遲些再購買。

母親再宣布道：「那麼會議結束了，曾浩弦你留下。」

剩下的四人都立刻返回自己的房間。

弦問道：「怎樣了？」

「我今早留意到你穿得著上班一樣似的，是去哪了。」

「我上班。」

「什麼工？你找到工作不用跟家人交待嗎？」

「調查工作吧，抱歉，我忘了說，那是我的錯。」

明顯地，弦只想儘早結束對話回到自己的房間，他還有半點希望今晚能夠和紅通上電話。

「你有要事忙嗎？明天還要上班對不對？」

「嗯。」

「那我就長話短說了，我和你父親很早之前就決定好，我們老年時會跟你一起生活。」

「嗯。」
等下，什麼？
「什麼？」
「你聽不懂嗎？」
「為什麼是我？」
「我們老了時可能會有老人痴呆症或其它疾病，需要你照顧我們。」
「需要人照顧是沒錯，為什麼是我？」
母親把左手放在自己耳邊，說：「聽。」
弦又就快按捺不住情緒了：「我有在聽。」
「還在家裡的就只有你和五弟，五弟多吵，你多靜。」
「或者你應該用方法使他變安靜吧！我早決定會搬出去了。」
「為什麼？」
「五弟呀！」
「就是呢，那麼五弟走了便可以留下了，別當個忤逆的壞孩子。」
「ＯＫ，我可以回房了嗎？」
「嗯。」
弦冷靜地回到房間，心裡想著：才不會聽。我一定會自己搬出去的。
鈴鈴鈴。弦沒看來電顯示就接聽：「是。」
「我聽說了今天的意外，你沒打算辭職吧。」是紅的聲音。
「終於能聽見你的聲音了。」
紅笑說：「你還好嗎？這是紅，不是你的女朋友。」
「我沒有女朋友呢。」
「真的？那我明天安排一個女生給你，前提當然是你不要辭職。」
「才不會呢。」
「很好，還有，今天我在網上看到一個挺有意思的謎語，要猜猜看嗎？」
「今天的你很健談呢。」
弦再次躺在床上。
「哪一個褒詞最害人不淺。」
「正常。」
「這麼快就能答到，你看過嗎？」
「沒有，我跟好朋友討論過類似的話題。」
「看！我就說你非常適合這份工作呢！」

「我能問你一些事情嗎？我在網上找不到答案。」

「嗯。」

弦想起大衛。

「讓我先問這個。為什麼指導我的人會受奇蹟影響？」

「除了不受奇蹟影響的人十分難找外，也讓你看看習以為常有多可怕。習以為常是無知的一種，像以前藍色和綠色都叫做綠色一樣。對顏色的無知無傷大雅，對生活的無知卻是份外可怕。」

「押韻呢。」

「謝謝你稱讚我，我也想說你的天賦沒名字不代表你沒天份，只代表社會不懂欣賞你。」

「我覺得你中文很好呢，尤其在說服人方面上。」

「我只是有一個會說大話的好教授。」

弦離開床，坐到電腦面前說：「我要問的問題是關於車臣戰爭的。」

「嘩，你這麼快就查到這裡，要獎勵嗎？」

「獎勵可以遲一點再給我，拜託我真的很想知道那場戰爭的結果。」

「等我一下，你不會在網上找到相關資訊的，讓我去拿報告書。」

弦只好不停用拇指彈起硬幣等待。

「抱歉，我回來了。你現在知道什麼？」

弦挺喜歡紅認真的語氣的，比奸詐好多了。

「我知道起因是車臣想脫離俄羅斯獨立，俄羅斯就派軍前往鎮壓。過程也知道一點點的，俄軍很快就剷除了車臣的軍備，車臣繼而採取打遊擊戰的策略，然後奇蹟發生後的資料就找不到了。」

「那是因為當時互聯網未普及，而且沒有人在這被逼愛和平的世界當中報導疑似戰爭新聞。」

「我這一代是完全沒法想像互聯網未普及化的時代是怎樣過的呢。」

「那時戰爭呢，是完全停止了。無論是總統或軍人，誰都不能生出戰爭的念頭。可是呢，缺陷多得很。車臣共和國還是組織了臨時政府頒佈多項政策，俄國就當然非常不高興。不能以戰爭解決，取而代之是無組織的暗殺或爭奪資源的突發事件。俄軍是真的會走進他們的領土拿走資源。第一屆的車臣臨時政府成員是全都死了，無一倖免，平民亦經常被個別俄軍搶劫，反抗可能會被活生生打死，生靈塗炭。」

「結果呢？衝突是怎樣結束的？」

「直至當地沒有人敢提獨立二字。」

弦想追問一共死了多少人，但他需要幾秒時間接受殘酷的現實。

是的，在香港土生土長的他不明白原來地球另一端的生活可以有多水深火熱。

「一共死了多少人？」

「不知道。最恐怖的地方是我們不知道。誰能分清楚哪些死亡是由奇蹟引起的。你會以為總有方法統計吧，對不起，真的沒有，除非你願意到亂葬崗數清楚。」

「但是有誰能夠斷定能發生戰爭的話死傷就會比較少呢？」

「你家今夜有點安靜，音樂呢？」

弦開心地答道：「五弟不在。」

「想像一下你一星期七天每天二十四小時都要聽他的音樂，你會想反抗嗎？」

「當然。」

「那你已經得到答案了。正式開戰的話無疑會死更多人的，但是受百般欺凌的一方有時只有名為開戰的出路，當那條路被堵住了還能怎樣，投河自盡嗎？」

噢。

健山。

「謝謝你，別擔心，我明天還會上班的！但是我現在要休息了，抱歉，再見。」

沒等到對方回應弦就掛線了。

44

佩君凌厲的眼神充份表達了她不希望聆訊以比火焰作結。

沒想到的是台下的人表現非常安靜。

阿一說道：「如果有一天你被郭佩君小姐追捕，千萬不要逃，乖乖束手就擒就好。」

幽好奇地問道：「為什麼？」

「不要問，只要信。」

「真嚇人呢，話說你或拳隊長能去比火焰嗎？」

「我不是追求者，我只是一位老將，拳呢，也不可以，畢竟他當天不在場。」

拳答道：「放心吧，我們沒有八成的信心是不會採取這計劃的。」

還以為這裡全部人都是追求者呢，那麼比火焰是追求者的特享權利嗎？

　　辯方能隨時使用比火焰作為最後手段，控方則能隨意派追求者比試，好像挺公平的。

　　仁德大聲地說：「讓我解釋一次比火焰。火焰較旺的為之獲勝，若火焰的大小一模一樣則判被告無罪。選擇並願意比火焰的人可以繼續辯論，追求者可以選擇保持沉默或者用言語強化自己的自信心並使對方動搖，身體接觸是絕不容許的。當我展露你們的火焰時，若火焰的大小不停變動，將以最小的時候計算。」

　　幽問道：「要比多久？」

　　「我會觀察你的火焰五秒。」

　　台下有一位觀眾開始打擊幽了：「哈哈，連規則也不會！」

　　幽看看首領，看來台下的人是做任何事情也可以呢。

　　仁德宣佈道：「那麼，控方的代表是？」

　　佩君。

　　「那麼，誰會與佩君比？」

　　玲囂張地說：「只有我能吧。」

　　蔡永鋒於座位上開口：「溫紫幽，在畫面變漆黑前讓我先說幾句話。我知道你最想實現的是阻止自殺潮。與其群在濫用暴力的玲一方，倒不如依賴我們去實現夢想。答應的話，我們會立刻撤回退對你的控訴。」

　　「我很好奇，你有哪種資源讓我可以趕到有人意圖自殺的現場？」

　　「不用趕來趕去，我們之中有人是立法會議員，你能幫我們制定新政策。」

　　「噢，那倒是挺不錯。我很好奇，現在擁有權力的你計劃了什麼阻止人自殺？」

　　「我們將於全部火車站月台增設幕門，防止有人自私地跳軌擔誤列車服務。」

　　幽皺起眉頭，問道：「是不是我的中文不夠好，你能解釋一下嗎？」

　　「我們還會在自殺黑點例如公屋的走廊加上欄杆防止人跳樓自殺。」

　　「你覺得欄杆能阻止想死人的自殺？還有燒炭、跳海、吊頸，任你選擇。」

　　「那些方法對社會的影響較少。跳軌的人是最自私，影響社會最深的。」

　　「哈哈哈！人家辛苦得想要自殺還要為你這種人著想啊？對呀，跳軌會令列車服務受阻，可是減少想自殺的人數才是金底抽薪的做法，像你那樣冷言冷語只會令更多有自殺想法的人付諸實

施。就算讓你成功起好了幕門，下次他們就到旅遊景點自殺呀！用你的做法能阻止什麼？」

台下的討論聲音開始大了。

蔡永鋒借此機會再說：「看看台下，有一半人都是隸屬『藥』的，多年對社會的貢獻是無容置疑的，看看你的小組有多小？你敢說道理會在你方嗎？」

「拜託人數多又代表什麼？我告訴你吧，我的隊友都是支持我的，真正一條心的人，屈指可數亦足夠。你呢？二百多人，有多少人希望取替你？我也希望他們當中有一人能成功，像你這種庸才高高在位浪費權力才是社會最大的害群之馬。」

蔡先生的臉開始通紅，說：「好，我不跟你談自殺，我跟你談謀殺。以暴易暴會是最佳的解決方法嗎？」

「絕對不是。我也明白。可是啊，我至少在嘗試。請問閣下帶領二百多人在黑社會的議題上做了什麼？」

「若果沒有我們和黑社會談判，黑社會的活動會比現在活躍幾倍，受害的人數都會提升。」

「那就是現在沒問題嗎？黑社會還是叫黑社會呀，販賣毒品、逼良為娼的活動不是還在做嗎？妥協？那麼正在受害的人就不屬於你需要保護的人當中嗎？」

「你這個孩子是不明白的，世上永遠會有黑暗面存在的。」

「那你就說清楚一點啊，成人就愛妥協，怕事嗎？」

「你─」

幽握緊拳頭喊道：「我什麼？要我跟你比火焰嗎？我跟你這種無可救藥的人沒什麼好談的。比火焰也絕不會輸給你這種沒火的人！」

蔡永鋒大喊：「我會怕你嗎！連夢伴都未有的小孩子，我輸給你的話我就辭職！上次頭領展現我火焰的時候我的火焰包住了我整個身軀，你呢？停留在包著自己的心臟嗎？」

一名男人突然從觀眾席中大喊：「停下來！我們收到消息，雷教授死了。」

這次台下討論的聲音比較清楚，「什麼？」「怎樣死的？」

蔡永鋒則是滿臉疑惑。

郭佩君聽完後立刻跑到台上，說：「玲，就我們比吧，快點。」

幽對玲的信心其實是百分之一百，玲一直以來展示的效率是舉世無雙的，可是郭佩君像有霸氣纏繞在她身上，也是一位大人物吧。

雙方都保持沉默，能聽到台下的竊竊私語。

一分鐘過去了，還是沒有人說話。

玲決定給對方打一個眼色，對方沒理會她。

幽忍不住細聲問拳：「這是怎回事？」

拳只是作出手勢叫幽別說話。

幽覺得壓迫感比剛才更大。

佩君再次說同樣的說話：「快點。」

仁德平淡地問道：「雙方是否都準備好了。」

玲和佩君二人齊聲答道：「是！」

仁德把雙手舉起再對二人揮下來。

幽嚇得差點從椅上掉下來。

郭佩君的蒼藍色火焰直達有五米高，火焰大得不止包住了她本人，亦包圍了她周遭的人。

玲的粉紫色火焰也有五米高，包住了她本人及幽等人。

被其它人的火焰包圍著的感覺很奇怪，還有一點非常美麗的是，雙方的火焰在台中央重疊了，並產生了紫藍色的火焰區域。

佩君掩面，她知道行動派的組成要被批准了。

仁德滿意地說：「我宣佈玲和幽在本年四月二十日的行動對社會的影響是利多於弊，不會被追究，今天的聆訊正式結束。然後，玲等八人將正式成立執，本人將會在稍後劃出本會的設施給他們。」

45

「早安呀大衛。」

「早安。早了五分鐘呢，客人還沒到達。」

「我習慣早到的。對了，我想在房間增加兩張按摩椅和飲水機。」

大衛仔細打量眼前的青年，看來沒被昨天的事影響呢。

「看你精神奕奕，是我擔心太多了。你要的東西明天就給你，還有什麼嗎？要不要咖啡機？」

「不用了，我不喝咖啡。那麼，待會直接把客人送到我房間就好。」

「明白。」

弦回到自己的房間拿出智能電話，翻閱昨天自己寫的筆記，今天要和對象說什麼，他有全盤計劃。

最後一分鐘，他確保攝錄機已經開始運作。

「咚咚」

弦站起來，說：「進來。」

進來的是一位女生，棕色的秀髮，配戴棕色的粗框眼鏡，相貌平平的她穿得很好看，上身穿著粉色襯衫，下半身是短裙。

弦這才想起昨天晚上紅說會安排一個女生給他。

弦不經意衝口而出問道：「你不怕冷嗎？額，抱歉，我想說你好。」

女生發出嘻嘻的笑聲，答道：「你 ... 好。哈哈。」

弦想著：必須要表面得冷靜和體面一點。

該怎樣做呢？

要是小楓在就好。

不要再想，快開口呀。

弦緊張地說：「我是曾浩弦。你能介紹一下自己嗎？」

「梁嘉欣，大學生。」

感覺對方很年輕呢，她真的被奇蹟影響了嗎？

「年紀呢？哎，別回答。」

女生的年齡好像是秘密呢。

「你有透過奇蹟會中英文嗎？」

「有。」

不擅長跟陌生女生溝通的弦腦袋轉得非常慢。

女生好奇問道：「你不是要問我問題嗎？」

弦的腦袋一片空白，隨口說說：「你愛和平嗎？」

「當然。」

「為什麼？」

「其實你認得我嗎？」

弦仔細打量一下眼前的女生，他覺得他能記住她吧。

「應該沒有吧？」

「那沒事了。有誰不愛和平，你想打仗嗎？」

儘管弦覺得事有蹺蹊，但他還是知道自己要專注在工作上。

「當然不想一」

「我覺得你不想正眼望我。」

弦的臉無法脫離通紅的狀態，但仍能平靜地說：「沒有。」

「我的身體不值錢吧。」

「那是什麼話呢？當然不會。」

「我很抱歉，我一般不說這些的，只是很難找到一個天真的孩子說這些話。」

「等我一下。」

弦關掉攝錄機。

「這是違反規定的，希望我不會被解僱。」

嘉欣驚訝地問：「你想做什麼？」

「聊天而己。」

「聊什麼？」

「看妳吧。」

「這是你追求女生的方式嗎？」

「不要再纏繞在這個話題好嗎？」

「你這麼年輕就找到這份工，人脈很好嗎？」

「沒有，就這一個。」

「以為你能介紹好工作給我呢。」

「那我要讓你失望了。」

「你看呀，自然地聊天不就夠好嗎？你太在意我怎樣看你才會面紅。」

弦摸摸自己的臉，確實沒那麼熱了，但仍說：「有誰不會在意別人怎樣看自己？」

「幾年後你就會明白了。」

「不明白是否能打給你請教你？」

「那是在索取我電話號碼嗎？」

「可能吧。」

「我被親父性侵多次。」

「什 ... 麼？」

「我跟你說過呀，我的身體不值錢。」

「梁嘉欣，去年新聞報導過的那個。」

「沒錯，你挺留意新聞的。」

弦不知道怎開口才能使眼前的女生好過一點。

去年有人揭發親父從自己十二歲開始多次性侵犯她，受害人當時年幼不敢違抗，長大後怕別人歧視，結果到十九歲才決定報警。

父親被重判的其中一個原因就是因為受害者的自尊心嚴重受損，不停覺得自己的身體不值錢。

那就是梁嘉欣。

嘉欣撒嬌說：「所以我不太介意別人怎樣看我。」

「真的嗎？」

弦非常懷疑眼前的女生不在意別人怎看她。

「沒有了父親的我，我要賺錢交學費，請別停止說話。」

「大學的學費大約多少？」

「二萬，半年。」

「我替你繳交吧。」

「什麼？」

「我有錢呀。」

「換來什麼？」

「沒有。」

「你別拿這種事開懷笑啦。」

弦還是一本正經地說：「月尾就給你。」

「為什麼？」

「那二萬對我來說半個月就能賺到。我除了交租外沒太大的支出，二萬元能使一個人愉快半年，多划算。」

女生還是半信半疑，問道：「你要什麼做回報？」

「沒有，感謝二字就好。」

「真的？」

「嗯，比珍珠更真。」

女生故意露出不信任的眼神。

看到此的弦再開口：「別再說自己的身體不值錢了，根本不要緊。還有，我才不天真。」

46

對上一次來到這宏偉的大門前已經是數個月前的事了，幽不知道自己因何事被單獨召見。

在他想叩門的一刻大門就自動打開了。

「進來吧。」

仁德沒站在辦公桌後，而是在房裡的另一道門的門口。

幽一直很好奇首領的房間還會通往哪裡，二話不說就跟著仁德走進去。

門後房間的面積比想像中小，幾排書架，中央有兩張沙發。房間的左端有一台電腦。

「不知為什麼我奢想過門後會是一個花園呢，沒想過又是一個小型圖書館呢。八排書架嗎？」

「嗯。你愛這天花嗎？」

幽這才注意到美麗的天花，看到海洋的底部，有魚游來游去。

眼前一亮的幽問道：「真漂亮，怎樣建造的？」

「哈哈，是假的。」

「被騙了呢。」

「我們總不能讓潛水的人看到這裡吧。」

「說的也是。」

「你有游過來嗎？」

「沒有，因為一」

「你不會游泳。」

「你能從我的火焰看出來嗎？」

仁德笑說：「我能從你慚愧的眼神看出來。坐下吧。你支持

環保嗎？」

「支持。」

「很好，不過那是第二件事。」

雖然幽知道大概進來這裡是莫大的榮幸，可是他想早點返回綠袍子的基地，他想阻止人自殺。

「其實，今天是？」

「改正我，如果我說錯的話。」

「是？」

「你故意穿得奇怪而成為城市的焦點是有原因的。你想人們都看著你，支持你。」

是玲把計劃分享給首領聽嗎？

不知怎的，幽還是不太信任首領，畢竟眼前的人間接令他要變出藥劑。

「你還是不太信任我吧。」

幽還是保持沉默。

「看到那台電腦吧，我就是利用那台電腦替你開設綠袍子專頁的。」

「什麼？」

「嗯，你以為為什麼那專頁會把所有有你的影片刪掉了，你被認出來就麻煩了。」

「那我要誠心答謝你呢，我起初完全沒想過開設專頁。但現在該專頁除了增加了我們的知名度外，更成為了其中一項情報來源，讓我們找到更多想自殺的人。」

「謝謝，然後呢，我今天叫你來，是希望你親手接管該專頁。」

「為什麼？」

「因為我很忙。」

「噢，我不肯定由綠袍子管理自己的專頁會是一件正確的事情。」

「我料到你會這樣說的，如果有一天你改變主意就回來找我吧。」

幽想著不可能的，但還是禮貌地道謝。

親手管理專頁的好處無疑是有的，能夠管理大眾看到哪些關於綠袍子的資訊能更準確地建立理想的形象，可是這感覺有點虛偽就是了，畢竟他們能選擇刪掉所有綠袍子失敗的個案。

失敗，幽暫時嘗過一次。

他知道他繼續下去會遇到第二次的，他也很害怕。

「還有，」仁德開口後等幽望著他才繼續說。

　　「麻煩你轉告給玲，捉拿夜燈會幹部的申請被駁回，因為無證據顯示偽惡魔於戲院的恐怖襲擊是夜燈會的活動。可是任何有罪的人你們都可以處理，我知道你們不會合作，但『藥』和『鞋』也想找到偽惡魔，想合作的話也是可以的。」

　　「那已經非常足夠了。謝謝。」

　　「那麼，今天就這樣吧。」

　　幽起身就走，回到深紅色的門前又被叫停。

　　「小心一點，所有名稱擁有『偽』字的人都是夜燈會中首屈一指的追求者。」

　　「越天呢？」

　　「越天是他的本名，他的稱號是『偽淨』。」

47

　　「跟我吃飯吧。」

　　「可以嗎？」

　　「我去問問大衛，你在這裡等一下。」

　　「OK。」

　　弦從走廊的盡頭走到升降機門前。

　　「大衛，你好。」

　　大衛把臉轉過來，順道把電話交給弦，說：「是紅。」

　　弦接過後問道：「紅？為什麼這天這麼空閒呢。」

　　「大衛告訴我你關掉了攝錄機。為什麼？」

　　「我要取得她信任呢。」

　　「沒忘掉工作吧？」

　　「不是你安排女生給我的嗎？這是我人生向上走的時間呢，請別破壞啦。」

　　久違的「哈嘻哈」奸詐聲在電話的另一邊傳來。

　　「沒問題，和她一起吃飯也沒事，我相信你有機會打破奇蹟的，只要你記得自己怎樣令她不再重複『絕不容許戰爭』就可。」

　　「一言為定，」

　　「把電話交回大衛。」

　　弦把電話遞回給大衛後就回去找嘉欣。

　　他們到了附近一間西餐廳，二人都很快挑選到自己想吃什麼。

　　嘉欣開心地說：「這焗海鮮意粉很好吃呢，材料又足夠。你的薄餅呢？」

　　「看我這吃得津津有味的樣子就知道同樣很好吃！你要一片嗎？」

「不行呢，我不想變肥胖。」

「可惜呢。」

「其實你是富二代嗎？」

弦差點噴出來，連忙搖頭，說：「當然不是，我是富二代就不用出來工作啦。」

「也是。那麼，告訴我一些關於你的事情吧。」

「我不喜歡自己的家人。」

弦這才覺得自己失言，明明對方的家人比他的家人更差。

察覺到弦的樣子有點不好意思的嘉欣卻完全不介意地說：「不要緊。我常常覺得因為世上的人經常說父母都是最親近的家人，才令那麼壞父母的兒女加倍受苦。」

「不是說我恨我自己的父母，可是我也這樣覺得呢。明明就不是所有父母都關懷自己的子女。」

「就是就是！」嘉欣可愛地豎起一根指頭。

弦覺得自己完全中毒了，會能追到這個比自己年長的女生嗎？

嘉欣問道：「那麼，你尋找到解決方法了嗎？」

「解決什麼？」

「有不為你著想的父母一定很難受吧。你怎樣面對他們？」

「嗯，我不知道呢，早點搬出來吧。」

「那是第一步呢！你想知道第二步嗎？」

「願聞其詳。」

嘉欣再次豎起指頭，像說教似的：「人呢，永遠都是群居動物。再獨立的人也需要幾個親密的人。你既然放棄了家人，就要尋找喜歡的朋友或女朋友！建立關係後就能享受幸福了！」

朋友嗎？一個走了，一個是富二代，一個忙得從不回覆訊息。

「有幾個知己的，只是他們很忙，不會每星期都能見，應該是每月見一次都不行呢。」

「那必須再找新的了，先從一段友誼中離去的永遠沒傷得那麼重。」

「確實有些許覺得自己被冷落，但一定沒到要斷絕來往吧。」

這次嘉欣沒有豎起指頭，而是眨一下左眼，說：「慢慢撐吧，撐不下去時你要記住我的話啊！」

「你完成了以上的步驟嗎？」

「嗯。所以我很快樂。」

「你有男朋友嗎？」

　　這次是嘉欣第一次迴避眼神，答道：「沒有啦。」

　　「很好。」

　　這次大約是弦第十次發覺自己說錯話而臉紅透。

　　嘉欣笑說道：「哈哈，你很可愛。」

　　弦模仿嘉欣眨一下左眼，可是不習慣這動作的他連右眼也不小心跟著眨了。

　　嘉欣客氣地勉強忍著笑，弦卻決定自嘲笑出來，引得對方一起恥笑他。

　　「再告訴我一件關於你的事。」

　　「我單身。」

　　「你給我的感覺像是從未拍過拖，可是非常進取呢。」

　　「在法庭重判你父親的時候，你有什麼感覺？抱歉，會否太突然？」

　　「不要緊，我偶而也想分享一下。倒是你如果覺得我說太長可以叫我停呢哈哈。」

　　弦沒有回應，只是靜靜地喝自己的咖啡，他還在怕對方生氣。

　　「記者其中一條問題是我有否感到正義的伸張，我的答案是完全沒有。他被重判當然比當庭釋放好，可是那真的很重要嗎？法庭重判是為了起阻嚇作用，但有幾多個獸父在行事前會去研究自己被抓到時要坐多少年牢呢？大概是零。法庭重判或輕判對我有分別嗎？我怎樣也不會回去跟所謂的家人生活。除了失去了第一次，我的身體沒留下永久傷痕，但心靈恐怕是要永遠刻著『年幼時被親父強姦』的瘡疤。司法制度下判刑後事件就能結束，說實話他坐五年十年或二十年對我的影響真的不那麼大，我不用也不能再採取任何行動報復罪犯。對我來說，案件完結那一刻的重點不是正義，是我能展開下一段生活。

　　說實話，我真的很有衝動跟每一個人說這段話。我可能分享太多呢。」

　　沒說口的是，嘉欣知道自己是想說服自己能展下人生新篇章。

　　弦極度認真地答道：「很高興你願意跟我分享，你隨時也可以跟我聊這些。」

48

　　「準備好了沒？」

　　「嗯，謝謝你。」

　　幽還未完全在習慣在會議室活動，雖然他認識在場的每一位

隊友，可是他覺得不知怎的總是感受到龐大壓力，也許是因為他知道其他人都忙著對抗夜燈會，只有他的工作不會接觸到敵人。

自上次失敗後，幽又成功說服了八個人不自殺。

他絕對不覺得綠袍子的工作很輕鬆，只是最少他不會有生命危險，而且他要依賴玲做交通公員，玲真的很忙呢。

「轉右。」

玲又在幽還未回過神來時經已離去，幽每次出動只會看到隊長一至兩秒，就是在隊長問她準備好沒有的時候。

幽看看周圍，確認自己是在一幢還在施工的大廈裡。

不熟悉工地的他要戴個安全帽嗎？

好，就來一個，回去時讓它消失就好，別加重隊長的負擔。

幽變出一個安全帽後就跑往右邊。

有中年男子危坐的情境幽真的見過很多次，可是他還是不能習慣這場面，太灰暗。

「是綠袍子嗎？」

「嗯。」

「傳言說你的聲音很年輕，看來是真的呢。你別以為你能拯救我，在你成名後有許多傻子只想被你們關心才危坐，我跟他們不一樣呢。」

「為什麼這麼肯定呢，有人告訴過我，在這城市裡誰不會想要半點關心。」

男子轉過身來看幽時右手完全沒動。

「告訴我，在你說服過的人當中，哪個人擁有最慘痛的經歷。」

「人不是機器。悲劇是無法用客觀標準測量的，一個人有幾多分的絕望和悲痛，皆由他對事物有幾多分的珍重。」

「我真的很好奇，你到底幾歲呢？年輕是好事，可是年輕的人卻不懂得把握青春。」

「告訴我吧，你的故事。」

「好吧，讓我測量一下你有多天真。」

幽小心地坐到陰暗處，他不想讓男子以外的人看到自己，一般人是不會懂怎樣上來還在施工的大廈中的，他不想讓外界知道他的移動手段是非自然。

「我是公司的老臣子，我完成了百多個項目，從來都沒問題，直至半年前。」

幽點點頭。

「我被降級了，為什麼呢？就是因為公司有新策略，沒有大學畢業的人的職級不會超過管理層。我本身已經超過了，就唯有

降級，薪金也下降。這不是最不爽的事情，公司因為聘請不到一個有經驗又有學歷的人，我的上司是位像你這樣年輕的小子。對，他用三年考到的畢業證書勝過我數十年的經驗。」

「那很慘呢。你說這發生在半年前吧，所以他在這半年內證明了自己有多爛嗎？」

「紙上談兵的傢伙，完全沒用。公司也知道，就要我教導他，可是你這代人根本不會聽沒學歷的人的話。他靠自己闖禍了，就要我去補救，真是一個廢物。」

「到別的公司吧，這公司不懂得珍惜你，別的公司會的。香港不是都靠轉公司來提升薪金嗎？」

「這個嘛，你應該還未會明白。在你這年紀時我也很想打拼，可是我年紀不小了，追求的是穩定。不過呢，我還未說到最悲哀的地方：你知道這裡的工作暫緩了嗎？月初時當工程進行到大半的時候，我才發覺很多安全設備都過期了，包括大家戴著的安全帽。

「安全帽也有期限的？」

男子不耐煩地答道：「沒錯，過了期的就不安全。」

「抱歉，請繼續。」

「那時我立刻稟報給上司，上司卻不以為然，覺得我們只要小心就沒問題。不用我說，結果當然是出意外了。」

「是。」

「長話短說，有一位工人在這個位置，即十九樓差點跌下去，幸運的是他的安全扣成功防止他墮到地上，他掉到十五樓就停下來。不幸運的是，他的安全帽從他的頭甩掉，擊中當時在地上的我的右手，若不夠明顯的話，我的右手已經沒知覺了。」

「然後呢？」

「嗯，沒錯，那不是全部。失去掉慣用手的我當然向公司索償，然而公司卻說我自己走避不及，不會補償我的損失，一怒之下，我指責公司使用過期安全設備。上司就跟我說他們要幾天去調查事件，他們會再主動聯絡我。然後過了十天還是音訊全無，電話訊息沒人回覆，我唯有親自上公司問個清楚。」

「他們說還沒查完嗎？」

「他們說證實了是我人為失誤，一元也不會賠給我，也不再想與我有任何關係。我馬上大喊我會把真相告知報社。你能笑我愚蠢，一介平民又怎能跟大公司對抗。當公司叫我回家等，就是為了爭取時間收買所有在該項目有份工作的員工，讓全部都表示公司有遵循所有安全規則，是我自己失誤才會弄傷。」

「這樣也行？為什麼要這樣？花費不會更大嗎？」

「因為他們不想賠給我，也不想公司的形象被破壞。我嘗試說服一些較親近的舊下屬說出事實真相，他們卻暗示知道道理在我方，可是不願意拿自己的事業作賭注。他們不明白，今天發生在我身上的事，明天可以發生在他們身上，真是一群蠢材。」

男子用左手拍打地面，卻沒拍出多大的聲音，能看出他很不習慣使用左手。

「真的沒辦法討回公道嗎？」

「相信我吧，能做的我都做了，但我已經正式成為一個廢人。我也不知道怎樣供讀女兒就讀大學。」

「有女兒嗎？」

「嗯，是一位很漂亮的女兒，我不用擔心她，我知道她一定會嫁給好的男生。」

「說什麼呢，就是漂亮才需要擔心她被人騙。」

男子冷笑一聲。

「乍聽之下會以為你的話正確，實際卻不是如此。不漂亮的女生不代表不會被人騙，只是你從不在意而己。你的年少無知開始浮現了。」

說些關於人情世故的話是幽常用的技巧，用以增強說服力，但風險非常高。

萬一對方不認同，就更難說服對方不跳下去。

幽的腦袋不停地轉，眼前的人會為家人心軟嗎？

但幽很不喜歡叫人為家人著想，因為想自殺的人一定早就想過身邊的人這個問題。

怎麼辦，想不到別的出路。

眼前的人先開口道：「順帶一提，從經濟角度來說，家中少了我會更好。」

「在說什麼鬼話呢？你的存在跟青春一樣，我們常聽到要把握今天，或者珍惜眼前人，到最後還是要等到失去了才真的明白箇中意義。」

「少了我，剩下的就叫做單親家庭，申請資助容易多了。我看你從沒看過資助計劃等東西吧，年青人。讓我告訴你吧，傷殘人士也有特別資助的，可是絕對蓋不上我生存的開支。我分享完了，你敢分享你在工作中遇上一件最令你沮喪的事情嗎？」

幽心知不妙：糟糕，這人的經歷比他多，知道的也比他多。

「還是想說，任何的不快終有一天會減退的。求你別放棄。」

「我知道，我捱過許多難關了，可是今次真的很疲累，就算能捱過去也未必值得呢。」

「活著就是可能，你怎知道最後值不值得呢。」

「那是你目前為止最有見地的說話呢，真可惜未足夠。我倒是要問你，你忍心叫撐不下的人撐下去嗎？」

「那問題的前設是對方撐不下去，可是我不相信有人是真的完全無法撐下去。」

「你知道嗎？我也不贊同自殺潮的，有很多年輕人應該還有力氣去拼。我呢，老了，慣用手也廢了，桌球也不能打。」

「可是你的死會被歸入自殺潮。」

「那也無妨。大多都市人的工作忙碌，福利差，薪金低。每天工作得疲勞的他們只想著怎樣可以做少一點，怎會有時間關心人。加上你剛才迴避了一條問題，我看你不是上班族吧，那麼空閒，你不會明白的。」

「難道我要讓我的女朋友死去才能說服喪偶的人不能自殺嗎？才不是。我相信同理心的。」

「嗯，或者吧。無論如何，我祝願你阻止自殺潮成功，但你真的要加把勁進步。」

「想想你的女兒呀！別那麼自私！」

說話的是誰？不是幽或眼前想自殺的男人。

幽回頭望去，身後有另一個頭髮灰白的男子在說話。

真礙事呢。

危坐的男人怨憤說：「我會沒想過嗎？智障。」

幽把頭再轉回來，問道：「你認識他嗎一」

他已經跳下去了。

為什麼。我說服人的技巧還不夠嗎？

還是是我身後的男人的錯。

幽憤然望向後方。

還活著的男人嘆氣後便離去。

幽想著：算吧，眼前的人也許只想幫忙，就算他沒有出現，我還是不能說服他吧。

幽坐下來，淚流滿面。

讓安全帽消失後想著能否襄悲傷也消失。

不只他的悲傷，所有人的悲傷。

他昏倒了。

49

「那麼，我要開始攝錄接下來的對話了。」

「嗯。」

弦和嘉欣二人用膳後愉快地回到辦公室。

「呸」

弦這次沒被女色誘惑，心裡已經有全盤計劃。

「你說天下間的父母親不一定對子女一樣好吧。」

「沒錯。」

「那麼，你會否認同正因為有不為子女著想的父母，才顯得和藹可親的雙親更偉大？」

「那是自然。嗯，我認同。」

「那麼，你會否認為其子女更應孝順他們？」

「嗯。我認同。」

弦雙手一合，看到此狀的嘉欣有點迷茫。

「正因為不是所有事物都很好，才使大家要珍惜好的事物。」

「我不太明白呢，所以不能說我認同。」

「你有沒有宗教信仰？」

「沒有。」

「那麼，你相信奇蹟嗎？」

「不能不相信吧？事實是奇蹟出現了。我在香港未必能感受到戰事的停止，但仍能判斷出地球的人類不可能突然學會中英文的。你知道嗎？學習一種語言是很困難的呢。」

「你那樣不叫相信奇蹟。奇蹟一定是指好的，你只是相信有事情發生了。」

「可是你不覺得戰火停止了是好事嗎？」

「當然，但那是強加的意志，不是自由的選擇。你知道嗎？你對戰火二字不會有異常反應，但如果我說戰爭一」

「絕不容許戰爭。」

弦攤開雙手表達自己的不解。

嘉欣也開始明白弦的方向，解說道：「以前的和平是不能保證的，才更需要大家努力去爭取及珍惜，你是這樣的意思嗎？」

「嗯！」

「我不明白，你的工作是什麼？」

「什麼？」

「我以為這是人口普查之類的工作呢。」

弦合上雙眼想：這裡該怎樣解釋呢，我認為長期接觸同一個人使他脫離奇蹟影響的機會較高，為此我必須要說服嘉欣繼續來這裡和我聊天。所以一

弦答道：「我這種有意思的人才不會從事沒意思的人口普查工作呢！我是來打破奇蹟的，應該是說，我是來打破洗腦的！」

嘉欣的口開著卻沒說話，她很高興弦不是無聊的男人，可是一

「為什麼你會想要打破和平呢？」

「我不是想打破和平，我想我們的和平有意義，我不想你要像錄音機似的重複絕不容許戰什麼，我想人們能選擇。難道人類不是最高等、最配得上自由意志的生物嗎？」

「我想，我可以明白的，但我還是有些害怕後果。」

「怕世界末日嗎？雖然人人都說是奇蹟，但你有看到神嗎？」

「那倒是沒有。」

是乘勝追擊的時候。

「還有，我的上司怕下次奇蹟可能會強加本質壞的思想枷鎖在人身上。所以我們才決意要找出解除奇蹟的方法。」

「嗯…」

「雖然我只認識你一天，但我覺得我懂你，你是善良的，沒有了奇蹟的枷鎖，你也不會希望打破現在的和平的，不是嗎？」

「那當然是。但該怎樣說呢。」

「怎樣？」

嘉欣走到窗邊看風景，弦也走到窗邊。

「我不介意你嘗試，但你問我會不會很想擺脫奇蹟，我只能答不想。和平始終是好的事情，我不介意自己偶而會像錄音機。」

這確實是個問題呢。

「暫時那就夠了，謝謝你相信我。」

「嘻。」

嘉欣因為曾揭露自己以前被性侵而當上傳媒的目標，她對被跟蹤或鏡頭比其它人敏感。

因此她看到對面大廈有人正用望遠鏡觀察她所在的房間。

對方的目標是她還是弦呢？

家事過了這麼久大概沒人會再跟蹤她吧。

「這所到底是什麼公司？」

「怎樣了？」

「我能相信你嗎？」

「能。」

「證明。」

該怎樣證明自己可信呢？這不是為了工作，傻傻的弦很想取得女孩的青睞，但他不是一個懂女人心的少年，他沒什麼偷心技倆。

「讓我分享我的夢想。我畢業後想跟朋友一起住，不過已經失敗了。我有位朋友殺死了自己。他有他的理由，可是下手的是他。抱歉，說是要令你相信我，但我只是在訴苦吧。」

「你朋友為什麼要自殺？」

「他家境本來就很差，愚蠢的我時常想一起住的房子一定會比他以前住的更好。你知知愚蠢的地方是什麼嗎？我的家雖然不和諧，可是每人都有自己的房間，完全沒迫切性問題。我當然能等待到畢業以後，住劏房的他能等嗎？每多等一天就是受多一天苦。我真是短視，我知道他會恨我，我只希望他不要太恨我。」

嘉欣把手放在弦的胳膊上。

「雖然我不認識你的朋友，但我肯定他並不恨你。」

嘉欣繼續說：「他恨你的話，他會刻意傷害你。可是他沒有。如果你的朋友有我以前那樣壞心眼的話，說不定他跟你混熟的原因就是他知道你不會察覺他的苦況。那是我的個人經歷，沒糖吃會扁嘴，沒人一起吃晚飯會跟朋友說，但太慘的事是不想被人發現的。如果我覺得某人能察覺到我有異樣，我會避開他。

就算你的朋友沒我的壞心眼，他也一定沒有生氣。你真的要相信我，我們這種人習慣把無法中和的負能量堆積在心裡，直到爆炸為止。當我要爆炸的時候，有人跟我說了這一句話"Be mad. Don't be sad. So you could hurt others instead of yourself.."長期抑鬱是會耗盡你的能量的，你的朋友已經不想作戰了。如果他恨你的話，他早就傷害你了。作為其中一個全香港最恨自己父親的子女，我想說真正的恨是一種很耐久的燃料，它不單讓你走下去，它能讓你飛起來。」

弦很感觸。

50

這雜音有點奇怪呢。

銳麟監聽著談判專家的電話，不過先別管了。

「隊長你快接幽回來吧，他坐著不動，談判專家及警察又就快到達地點，我想只有現在較安全。」

「為什麼是現在，他怎動也不動，又失敗了？」

玲的嘴巴在埋怨，身體卻行動很快，在銳麟回頭時已經看到幽出現在會議室內。

阿一沒留意到幽有多不妥，只叫道：「把他送回家吧，我們這邊隨時要行動。」

玲想起幽上次能自己重新振作，就照阿一說的，把幽送回家，再回來監察目標的行動。

拳說道：「快點走進那巷子吧。」

玲、拳、阿一及銳麟四人目不轉睛地看著螢光幕上的紅點。

「去！」

玲孤身一人閃到目標的面前。

「找你很久了，李文達。」

「你不會是頭鷹會的女武神吧？」

「你知道我是誰呢。在空氣中游泳的鯉魚呢，挺有趣的夢伴。」

李文達嚇得不停向後退。

轉眼間他已經在會議室中間。

拳首先問口道：「告訴我，你覺得世界欠了什麼才成為了追求者？」

李文達驚慌地四周張望，叫道：「這裡是哪裡？我什麼也沒做呀，為什麼要抓我？」

銳麟問道：「他的能力是什麼？變出鑽石對吧？怕不怕他變出鑽石造的小刀？不如把他綁起來吧。」

阿一呼應道：「同感。」

「我只能把炭變成鑽石，我沒戰鬥能力的，我不反抗，你們不傷害我，好嗎？」

銳麟答道：「以科學作為基準的能力呢。」

拳說：「先回答我吧。」

「免…免費午餐。對，就此而已。我純粹是一個貪心的人，貪心不是罪吧。大姊，你怎不說話？」

「你剛叫我什麼？」

「小姐，對，小姐！」

「嗯。」

阿一問道：「隊長，所以我們要綁起他的雙手嗎？」

「不必了，這很快會結束的。」

「別別別，別殺我，我又沒做傷天害理的事。」

拳站起來俯視著坐在地上的李文達問道：「貪生怕死的你是怎樣當上夜燈會的幹部的？」

「我會賺錢！僅此而已，真的。」

「告訴我們夜燈會在計劃什麼，我就讓你走。」

「什麼？我們沒一沒在計劃什麼呀，玲小姐。」

阿一拿起木棍說：「你是我們千挑萬選選中的目標，我們會選你是因為你的樣子像會告密，別讓我們失望，我也不想經常要揮棍。」

「別用暴力呀，真的不要。」

玲竟然冷冷地說道：「嗯，別打他。」

「謝謝，謝謝！」

「送他到實驗室，我們要測試是否追求者就會從藥劑醒過

來。」

「藥劑？你是指 H12 ？別別別，才不會醒過來，我們也想知道你們的人是怎樣醒過來的，真的，那是真話。」

「H12 嗎，不錯，以後不用叫那嘔心的液體作藥劑。」

「對對對，還想知道什麼就問，有事好好商量。」

拳重複道：「從 H12 到偽惡魔，你們在計劃什麼？」

「沒沒沒。有我也不知道，我只負責賺錢的。」

阿一放下木棍說道：「嗯，看來是呢，送他到實驗室吧。」

李文達的淚水開始湧出來了，說道：「別這樣啦大哥，我只想活下去。」

玲和拳對望，在猜想李文達是否在說真話，不過二人都不敢肯定。

銳麟說道：「我們的確沒證據證明他有做過壞事呢。」

「對對對！那是因為我真的沒有，頭鷹會講求正義吧。」

「嗯，一般來說是的，但我真的很想拿你去當實驗品呢，追求者太難找了。」

「別這樣啦。嗚嗚。」

阿一興奮地說：「不如這樣，你告訴我們有誰是夜燈會的追求者，又做過壞事。我們去抓他就好。」

玲想著：這會奏效嗎，不妨試試的，可是若夜燈會沒別的追求者那怎辦。頭鷹會也是全靠首領的能力才能集合到約二十位追求者。

「我真的不知道他們在做什麼，我只是個掛名的幹部。這麼多的追求者，我哪會知道誰有做過壞事。沒有戲院的爆炸事件我都不知道偽惡魔原來那樣暴力。」

「你是說除了越天外，夜燈會還有很多追求者嗎？」

「就我認識的可能有百多位吧？」

銳麟放聲大笑後卻發現只有自己在笑，就問道：「你們不會當為真吧？」

拳答道：「他好像沒理由說謊呢。」

「對呀。」

阿一問道：「你們是怎樣集結到這麼多追求者的？」

「...」

阿一拿起木棍。

李文達仍然不答話。

「送他到刑房。」

「我沒做壞事，你們怎麼能這樣對待我？」

「我記得你好像說過你知道我是誰呢，夜燈會能招攬到百多

個追求者的情報太重要了，抱歉喇，李先生，我要知道你知道的所有。」

「等等，不如這樣，我告訴你我們是怎樣集結到百多位追求者，你讓我走，好嗎？這個會議室沒特別的風景，我不知道這裡是哪裡，讓我離去也沒關係吧。」

玲把拳叫到會議室的角落商討。

「拳你覺得怎樣？」

「不讓他走比較好，H12跟偽惡魔已經夠壞了，還擁有這部製錢機器及百多個追求者，我覺得夜燈會的資源真的比頭鷹會多好幾倍。他肯主動提供情報不是不好，只是我們還需要更多的情報。」

「那麼你覺得嚴刑逼供較好嗎？」

「嗯，你看他那膽小的模樣，感受痛楚後一定會告訴我們更多的。」

「對手是越天時絕對不能鬆懈。」

「嗯。」

玲帶著微笑回頭走向李文達，並伸出右手說：「握手吧，我接受你的提議。」

拳嘆一口氣。

李文達口吃地說：「真...真的？好。」

二人握手後李文達站起來說：「我們不是招攬追求者，而是培訓。」

銳麟說：「不可能吧，一個人知道成為追求者的條件後就不可能覺醒。」

「所以我們不能告訴他們。」

「什麼意思？」

「我們先培訓出色的老師，讓他們到名校裡工作，並不時鼓勵學生去想想覺得世界欠缺了什麼，又灌輸『必須要為世界付出』等理念，大大提升他們覺醒的機會。」

拳說道：「看啊！就說不能小看越天。」

「你們有幾多個這樣做的教師？」

「直屬夜燈會的？可能一千多個吧，我也不知道，這是教育部的工作。」

玲等四人都答不出話。

玲想著：夜燈會這個組織比她想像中厲害，難怪會內其它人不想招惹他們。

「怎麼？送我走吧。」

「嗯，謝謝你自願告訴我們這個情報，現在我帶你去拷問

室。」

「什麼？我們說好的，握過手的。」

玲殘酷地：「嗯，抱歉，我從來都沒想過就這樣讓你走。」

銳麟說道：「這樣不太好吧？」

玲完全沒理會，直接把阿一和李文達閃走。

51

「你今天經常查看手提電話呢，在等待女生回覆嗎？」

「才不是呢，我最要好的朋友沒回覆我的訊息。」

「不是經常發生嗎？」

弦皺起眉頭說：「通常我跟他說我不開心的時候他都會回覆的，他每次都會聽我訴說我的不快。這次他兩天沒回覆了，我怕他發生了什麼事。」

嘉欣答道：「更有可能的是他有更重要的事情要做所以沒空理會你呢。」

「你不了解他呢。」

「嗯，我只了解九成中學的友誼都會終結。」

「很好！有一成機會。」

「不是啦，剩下的一成是我不了解而已。不過你真的很在乎這位好友呢，昨天分享沉悶的歷史給我聽時也很集中，不像今天。」

「很沉悶嗎？我覺得挺有意義的。」

「你不說我都不知道有一個地方叫車臣呢。」

弦雙手一合，說：「我為自己今天不夠專心致歉。」

「不用那麼認真啦，不過你應該聽我說，早點離去這段友誼去尋找其它人填補你內心的缺憾。」

「是我要改變你，不是你要改變我呢。」

「改變一定是雙向的。」

「這又是比我年長少許的你的人生經驗？」

嘉欣也查看自己的手提電話後說：「不如我們聊別的。」

「想聊什麼？」

「你！」

「我的什麼？」

「你自己為什麼想消除奇蹟？」

「不是早就告訴過你嗎？」

「沒有呢，你只是解釋了為什麼有需要消除奇蹟，可是你沒有解釋自己為何會這麼認真地想消除奇蹟。」

弦其實期待能夠分享自己的看法的機會很久了，只是他一直

希望是跟幽談論這話題。

「我想要成就，而碰巧遇到這份工作的薪金理想，工作的內容又有意義，當然要全力去做，我很想很想成功呢。」

「薪金理想和有意義的工作若只能選其一，你的選擇會是？」

「我說過了，我不需要這麼多金錢的。只是薪金象徵著地位，我想我的家人認同我，甚至社會認同我，然後我能做有意義的事。你的問題我好像不會回答。」

「你之前做過什麼有意義的工作因為沒被認同而失敗了嗎？」

弦一言不發。嘉欣向他走過來並把手放在弦的手上，問道：「發生過坎坷的事嗎？」

「也不是呢。我試過說服人別自殺，失敗了。」

「噢。」「嗯。」

「知道綠袍子吧，就算是他們也會失敗呢。」

「嗯，我起初對他們的成就半信半疑，但他們的確對社會的負面情緒起了作用呢。我個人是非常感激他們。」

「那如果他們沒薪金的話，你會加入他們嗎？」

「有能力的話當然想啊！不過現實不容許我這樣做，因為我知道沒那種能看穿別人思諸的敏感，我是不能輕意說服人活下去的。」

「是嗎？是我的話一定不會加入呢。」

「為什麼？你不認同他們嗎？」

「不是，只是我知道自己受不了失敗。看著別人在自己眼前選擇自殺是多痛苦的事。」

弦想著健山，差點流出眼淚。他此時緊握著嘉欣的手，令嘉欣有點面紅。

「嗯，的確很痛苦呢。」

「抱歉。」

「你知道健山嗎？」

「叫得很親密呢。」

「嗯，對。」「噢。」

二人的沉默再次由嘉欣打破：「你比我想像中複雜呢。」

弦感恩能結束尷尬場面說：「謝謝，哈哈。好，讓我們回到工作吧！」

嘉欣微笑點頭，同時收回手並返回自己的座位。

「那麼，現在我達成了兩個目標。一：你知道奇蹟的壞處，會把你變成錄音機；二：你希望我成功，那就是成功解除奇蹟對

你的影響。那我們開始第三：就是要你知道你不需要奇蹟。」

「原來有系統的呢。」

「謝謝！首先我想請問，你公開試中英文的成績是？」

「中英文兩次考試都是Ｂ。」

「Ｂ也去重考嗎？」

「會考及高考。」

「啊，對，我忘記了以前要考兩次公開試。那麼既然你的成績那麼好，你是絕對不需要奇蹟賜予你的中英文知識，對不對？」

「對。」

「你現時是大學生，畢業後有何打算？」

「可以的話想當一名設計師，不可以的話就找一份穩定的工作就足夠。」

「那就是不會從政也不會參軍，對吧？」

「嗯，絕對是。」

「那麼即使你有一天性情大變想大開殺戒，也不會有能力打開戰爭吧。」

「我知道你的用意何在，但還是覺得有點奇怪呢，就算我現在了解車臣的事，身在香港的我有需要特意解除奇蹟嗎？」

「戰爭。」

「絕不容許戰爭。」

「習以為常是很可怕的，假如有天我在你面前不停重複絕不容許當設計師我怕你會被嚇得大叫。」

「這個嘛，也許吧。」

「你知道嗎？其實我很想發動戰爭。」

「絕不容許戰爭。」

「除非你把自己的錢包給我，不然我就會去做。」

一如所料，嘉欣乖乖地把錢包交出來。

弦接過後不停把錢包往上拋再接，得逞地說：「看呀。」

「不是吧，先把錢包還給我。」

「當然。」

嘉欣接過錢包後猶豫了一會，嘴巴不停開合好像想說話但又沒發出聲音。

「這是我某次發現的，我能索取更貴重的物件，因為你們會花上一切阻止戰事發生。」

「這個 ... 不會吧，我之前都沒遇過這情況。」

「那只是因為地球百份之九十九點九的人都跟你一樣受到奇蹟的影響，我呢，出生在奇蹟之後，所以可以對你做這種事情。」

「你應該早點告訴我這件事呢，多危險。」

「抱歉，如非必要我都不想用這招的，因為實在太嚇人了。」

弦只是慶幸嘉欣沒有像麥先生動武。

「我明白了，我會全力擺脫奇蹟的。」

52

「你終於肯接聽電話了嗎？」

詩月隔著電話傳遞了一個諷刺的笑聲給幽。

「對不起，但我身體有大毛病。」

「噢，是怎樣的毛病？」

「我很不舒服，好像有什麼東西在我的手臂內，可能是情緒，它們提醒著我世界充滿著受難及折磨。我出盡全力打向牆壁，想把它們逼出來，它們卻不願離去，一直纏繞著我。我很辛苦，我覺得自己隨時都會失去意識暈倒。我求它們一」

「你在說什麼話？」

聽到這樣的回應幽很想掛線回到床上躺下，這兩天他做的差不多就只有躺下。

「抱歉，我真的很不適，我能下次再找你嗎？」

「你最近有看新聞嗎？」

「就是常看著負面新聞才令我現在那麼痛苦，為什麼我要看到那麼多痛苦，我回想到小學時我最怕的事情就只是體適能測試，不像現在，身體已被摧殘，隨時能倒下。」

「溫紫幽你關心著整個世界，卻沒空關心我。」

「什麼，我每天都有想起你的！」

「你以後都不用找我了。我們分手吧。」

「什一麼？」，對方卻已掛線。

什麼？

本身勉強坐在床上的幽跪到地上，想著：什麼。這不是很愛我的詩月嗎。她不是曾經把我從藥劑中帶回來的愛人嗎？

對了，現在這麼辛苦是否藥劑的後遺症，不對，後遺症會這麼久才浮現的嗎？

白癡，別管了，快想怎樣哄詩月。不行，很亂，想昏迷了。

幽就在自己的床上作勢嘔出來，他不怕弄髒自己的床，因為他知道自己不會有任何物體被推出來，他只是不停地作嘔。

不知道是作勢太多次還是面對突如其來的分手，幽發覺自己的眼睛充滿了淚水。

「沒事的，女生經常是這樣的。還是這就是成人恥笑的中學愛情嗎？」

幽明白自己在試著欺騙自己。

「你的樣子很難看呢。」

被嚇到的幽喊道：「快，快離去。」

「以為自己是誰，斗膽命令我，你的隊長？」

「快點離去吧，我很不舒服，我不想當綠袍子了，快離去。」

幽摸著自己的頭顱，感覺自己在發熱，他不想有人看到他這個樣子。

玲消失一秒後回來，把一桶冷水淋在幽身上。

「別！呀！」

忽冷忽熱的感覺令本跪在地上的幽變成趴在地上。

「發生什麼事情了，明明第一次失敗時你能照顧自己，這次呢？」

「帶我去醫院，求你，我很辛苦。」

「想去醫院就自己去啊！」

「我自己去不了，救你了，我很辛苦，很想嘔吐，很想暈倒。」

「你是生病了嗎？不過生病不會哭吧。」

幽勉強抹去淚水，再打個噴嚏，慢慢爬往客廳拿紙巾。

「你是誰，你真的是幽嗎？」

幽沒答話，倚著牆，嘗試冷靜自己：「冷靜點，冷靜點，但很冷，又很熱。」

玲再消失一秒後回來，這次把暖水淋在幽身上。

「好點了沒有？」

「你是不是想我死，我很辛苦呀！！」

「那是暖水，是想幫助你啦。」

幽跪在地上，懇求說：「帶我去醫院，我求你。我姊姊不在家。」

「如果頭領在的話，他展現了你的火焰我也不會看到吧，一定小得不能再小。」

「人偶而會崩潰一次，沒錯吧。」

「你不是需要崩潰，你只是想要崩潰。進度明明就很明顯，自殺人數由每周一百次下降至三十多次，那三十多次還是主要以燒炭或吊頸等難被他人發現的手法自殺。誰料到你只看到兩次失敗，還要就變成這副德性，我看自殺潮是要繼續了。」

「隊長你來幹什麼，為什麼不肯帶我去醫院。」

「今天有二十多人自殺死了，你知道為什麼今天特別多嗎？那是因為最龐大的同性交友 APP 的使用者名單被公開了，那些人受不一」

「別告訴我，我求你了，我很辛苦，我不想再聽到不高興的

事情了。」

玲再次消失一秒，這次帶回來的是木棍。

「別別別，不帶我去醫院就算了，快離去。」

玲想要一棍揮下去，但最後還是打消了念頭，留下一句：「廢物。」

「怎麼我會變成這樣呢。」

幽深思一下：多虧詩月和玲逼我說出我不想看到更多悲劇，我的痛苦並不只限於身體上。很熱又很冷，會隨時猝死嗎？要先去拿毛巾抹乾自己嗎？拜託請集中一點。

幽變出毛巾抹乾自己，再變出白花油塗在太陽穴上，坐在地上。

幽這次算是比較集中了：我是因為失敗才變成這副樣子嗎？是心理導致生理出現問題吧。那麼我開心就會沒事嗎？不是那麼容易吧。情緒壞了不是說能開心就開心，就像你不會叫一個腿部骨折的人立刻跑步，要經過漫長的治療。我現在有的是創傷後遺症嗎？不對，說到底我應該不會說出「我不想再聽到不高興的事情」這種話才對。我從來沒有想過要拯救所有人，那是不可能的。那麼我應該不會為兩次失敗變成這樣，不可能的。我要站起來！

幽用盡全身的氣力想要站起來。

他昏掉了。

53

「戰！」

弦故意等候數秒再說：「爭！」

「絕不容許戰爭。」

「唉！難怪大衛跟我說有人花數年也不能解除奇蹟。」

「幾年也不行，這會不會是神經反射呀？」

「你真的知道什麼是神經反射嗎？」

嘉欣撒嬌說：「我可是文科生呢。」

「你的腳不要接觸到地面。」

「好，」嘉欣聽弦的話去做。

弦輕輕敲嘉欣的右腳膝蓋一下，嘉欣的小腿自然地踢向前。

「很神奇啊！」

「這是每個人都會有的神經反射，如果我沒記錯的話，生物科老師說過這反射效應是不會經過大腦的，所以我們沒法阻止它。」

「你不會要放棄吧？」

「我認為你每聽到那兩個字就能立刻重複那六個字很像反

射，卻不可能是反射的一種。」

「為什麼？」

「反射是與生俱來的，而那二字的意思是要學習才懂的，你耳朵不能解讀那二字的意思，一定要經過大腦思考才明白。所以我敢肯定奇蹟是能解除的。」

嘉欣咬著自己的手指說：「可是我好像聽過人不能完全控制自己的大腦。」

「嗯，那是對的。」

「那你為什麼覺得能成功？我覺得自己不能逃脫奇蹟呢。」

弦走向嘉欣並右手一揮假裝要摑嘉欣的臉龐，嘉欣嚇到用手擋著。

「這次能用避的嗎？」

未等待回覆弦又再假裝要掌摑嘉欣。

嘉欣又想擋。

「避呀！」說完後弦又作勢要摑嘉欣。

嘉欣唯有向左閃。

弦好像沒有再繼續了，轉身走向自己的座位上。

「突然想打我是怎麼了？」

弦突擊！他轉個身想摑嘉欣。

嘉欣這次向右閃：「幹什麼啦。」

弦拍手後終於坐回自己的座位。

「在我第一次行動時你有看到我的動作，腦海中意識到我想打你，而做出格擋的防禦姿勢。那不是反射，是自然反應。自然反應跟反射最大的分部就是你能改變自然反應的。你第一次的自然反應是格擋，如果往後我不停做出想打你的動作，而你刻意每次都選擇迴避的話，終有一次你不用刻意選擇也會改成迴避。」

「很像很深奧呢，這是你生物科學到的知識嗎？」

「反射是，自然反應是我昨天在網上學的。我每天都在家裡忍受著家人的滋擾為明天的工作做好準備的。」

「你真的不太喜歡自己的家人呢。」

「沒錯，不過如果我每次都刻意過濾多餘噪音的話我相信自己終有一天會完全隔絕他們的。返回正題，我發覺我們遺漏了一個重要的步驟呢。」

嘉欣返回座位問道：「嗯？」

「一直以來我間中都會提那兩個字一次，每次你都即時回應令我覺得有點失望就沒細心思考。若我要你不再重複那六個字，第一部不應該是不讓你有反應，而是讓你刻意作出第二個反應呢。因為不受奇蹟影響的我聽見那兩個字根本不會有反應，就一

直忘了這一步。」

「哈哈也對，那麼我該作出什麼反應呢？」

「這由你自己決定吧！這個反應必須要符合你自己的人物性格，沒有人比你更了解你自己了！」

「你怕自己不夠了解我嗎？」

弦睜大雙眼，說：「看啊，我故意睜大雙眼來避免自己臉紅。」

「哈哈，我準備好了。」

「那麼，戰爭。」

「絕不容許戰爭！呀！真無聊！」

「戰爭！」

「絕不容許戰爭！無聊！」

「戰 … 爭！」

「絕不容許戰爭！無聊！」

「發動戰事。」

「無聊！成功了，額，你玩弄我。」

「哈哈，這是提升自信心。戰爭！」

「絕不容許戰爭！無聊呀！終有一次會成功的！」

「嗯，在我想到其它對策時我是不會停下的。戰爭！」

「絕不容許戰爭！無聊！」

經過無數次失敗後。

「你有沒有覺得我還是錄音機？只是收錄多了無聊二字。」

「沒有，你會說『無聊』、『真無聊』、『很無聊』等。雖然是很少的變化，但能看出是由個人意志表達出來的，和『絕不容許戰爭』一」

「絕不容許戰爭！無聊！」

「相差多了！」

「我剛沒有故意說出無聊的，好像開始奏效了！我很興奮。」

看到嘉欣歡喜的心情弦也是非常雀躍：「繼續吧！會成功的！不過難度也要提升了。我覺得你能預計到我在五句話內必會說一次禁語。再不停重複的話就變了你主動地說無聊，而不是反應了。」

「真可惜呢，未破關就要提升難度。不過我明白的。」

54

「水的溫度如何？會否太熱？」靖細心問候道。

「這樣就好了，謝謝。」

　　坐在自己床上幽是真心覺得水的溫度剛剛好，也感激姊姊這天放假留在家中照顧他，可是他偏向想自己獨處，他不想別人看到他這副模樣。

　　可是他也知道現在的他不能要求什麼。

　　忽冷忽熱的「忽冷」來襲了，幽連忙拿被子包著自己。

　　「叮噹」

　　幽口震震地說「誰？是誰？」

　　「不知道，我去開門，你先坐著吧。」

　　會是詩月嗎，不可能吧。

　　靖沒看是誰就把門打開，是弦呢。

　　「怎麼穿著襯衫過來，差點不認得你呢。」

　　「幽的姊姊你好，請問幽在嗎？」

　　靖轉身往幽的房間大喊：「弦來了。你要可樂嗎？橙汁？」

　　「水就可以了，謝謝。」

　　幽細聲說道：「是弦嗎，糟了，要讓他看到我這副模樣呢。」

　　弦走進幽的房間，看到一堆藥物、盒裝紙巾、卷裝紙巾、幾支薄荷油包圍著幽，幽的臉色非常蒼白。

　　「嗯，看到你副模樣我原諒你沒回覆我的訊息了。」

　　「謝謝，」幽勉強露出笑容。

　　「這次是什麼病？」

　　「發燒、發冷、作嘔、頭暈、頭痛。」

　　「那些是病徵，不是病名呢。」

　　「我不知道。」

　　「看過醫生沒有？」

　　「沒有，你看我這副德性，出不了門。」

　　「那你打算怎樣康復？這些藥物是怎麼一回事？」

　　「就普通的止暈止嘔藥和胃藥呀。」

　　「下週就放榜了。」

　　「不重要。別提那些事情了，我必須要保持冷靜才能好過一點。」

　　弦坐到地上，看著眼前虛弱的好朋友，等待幽開口問他為什麼來了。

　　「你是來幹什麼的？」

　　「真沒禮節呢。」

　　幽舉高右手，說：「看啊。」

　　弦清楚看到幽的手不停地震動，是發軟嗎。

　　「好像真的很辛苦呢。」

　　「嗯。」

「真可惜，我專程來到是要跟你談論不快的事的。」

「那能不能別談？」

「那是別人的不快，關心別人的你肯定會想聽的。」

「抱歉，此刻不想。」

「如果是詩月的呢？」

「更加不想。」

弦眨眨眼，確認他眼前的是他的好朋友。

這次輪到發熱了，幽連忙把被子踢開，並不停把薄荷油塗在鼻與口之間。

「薄荷油的用意是？」

「分散我的注意力，讓我冷靜一點。」

「身體健康的我不明白呢。」

幽沒趣地回應：「嗯。」

「冷靜好了嗎？我要說你女朋友的事了。」

幽再把薄荷油搽到兩邊的太陽穴上，說：「我沒有女朋友。」

「分開了嗎？」

幽點頭。

「是誰提出分手的？」

「她。」

幽把收藏在枕頭下的冰袋拿出來，放在臉旁。

「在這種情況下她提出分手也是情有可原吧，你有去哄她吧。」

「這種情況？」

「你是真的不知道？」

「嗯？」

幽閉上眼並把冰袋放在雙眼上，遮掩淚水。

沒察覺到這點的弦有點憤怒，問道：「你是誰呀，我的好朋友到哪裡了。」

「只有姊姊看過我這副模樣呢，其他人都要問我是誰。」

此刻靖拿著一杯水進來遞給弦，說：「謝謝你來探我弟弟呢。」

弦沒細想就拿水淋到弦上。

靖喊道「喂！他不舒服呀！」

「是幽的話應該難捱過吧。他有次跟我說一時的不適不是很可怕，恐怖的是長年不適呢。」

幽對於被淋已經習慣了，被淋水發冷就拿被子包著自己，刻意不想任何事情。

「那麼，你有看新聞嗎？」

「沒有。」

等一下，怎麼每人都是說這些，問這些。

「怎了？」

「我想我們班裡應該有不少人能猜到。」

「猜到 ... 什麼？抱歉，我現在的智商可能只有五十左右。」

「我被告知不能告訴你，你要自己去猜。」

靖笑說：「真的嗎？你們畢業了還要在玩友誼遊戲嗎？想說就說，不能說倒不如隻字不提呀。」

不知道是否襯衫的關係，弦非常沉重地說：「這跟友誼遊戲沒關係。」

幽苦惱地說：「我好一點的時候再去想。」

「好吧，我要走了，我今天要早點回家休息。我明天會跟女朋友約會。」

姊弟異口同聲地說：「女朋友？！」

「對，這是我第二件想告訴你的事情，下次再聊吧。」

「把小楓也叫上。」

「嗯，再見。」

55

「沒想到你會跟我看愛情片呢。」

「不好看嗎？」

「不是，我很喜歡。」

「那就好。」

今天是星期六，是弦和嘉欣的第一次正式約會。

嘉欣特意穿上自己最喜歡的配搭：黑色背心、粉紅色短袖外套及短裙。

「嗯，但還是很奇怪呢，我以前約會過的男生都不會跟我到戲院看愛情片。」

「那看什麼？」

「一次是那套關於海盜的科幻片，其餘多是看恐怖片。」

「科幻片也很不錯，我不看恐怖片的。」

「為什麼？男生都愛先自己一個看恐怖片，讓自己第二次看時不那麼害怕，再帶女朋友看時表現得冷靜，讓女生覺得可靠。而且，女生害怕時會抓緊男生的手。」

弦發笑回應：「那只是個別男生才會做吧。我也不知道我為什麼不愛看恐怖片呢，就是不感興趣。而且，看愛情片也能讓我牽到你的手吧。」

弦做出一個西式鞠躬後把手遞給嘉欣，嘉欣也把手交出來。

弦問道：「我們一星期要見六天會不會太誇張？」

「只有這陣子而已，我相信你很快就會為我解除奇蹟的，不過我們這天不要說公事！」

「嗯，聽你的。那麼想去哪？」

「海旁吹海風！」

「去！」

二人從尖沙咀車站漫步至海旁。

嘉欣邊拿出電話自拍邊說道：「很久沒有來呢，我可是非常愛這裡！」

「為什麼？」

「因為海風很舒服！你不愛這裡嗎？」

「我好像沒什麼特別喜愛的地方。」

「真的？那麼我很難跟你慶祝生日呢。」

「你可以跟我去旅行呀！我想到外國遊玩！」

「這麼快就想跟我入住酒店了！」

「哎—」

「說笑而已。」嘉欣嘿嘿的笑個不停。

弦也跟著嘿嘿的笑，想起一個手指的玩意。

「你試著用右手的食指和拇指構成一個圓圈。」

「然後呢？」

「試著不靠左手把右手的尾指放進圓圈內。」

嘉欣照著做，卻比想像中困難，她的尾指不停碰到食指和拇指的交接位，卻無法放進圓圈內。

「現在試試用左手把右手的尾指放進圓圈來。」

「會拉傷的嗎？」

「不會啦。」

嘉欣照做，原來挺簡單的。

「為什麼不靠別的手就辦不到呢？」

「還有一個方法可以輕鬆進入圓圈的！就是先把尾指放到食指及拇指之間才用食指和拇指構成圓圈！」

「真的那！很神奇！」

「故事的寓意是想進入圈子必須要一開始就衝入去，或者要靠別人介紹呢。哈哈！」

「手指也被你說得那麼殘酷呢。」

「沒法子呀，手指隸屬於現實的一部份。」

「有沒有其它玩意？」

弦絞盡腦汁，可是想不到。

嘉欣笑說：「沒關係，我們之間沉默也很好。沉默是金對

吧？」

「那句話好像很玄奧。」

「沒法子呀，我隸屬於有深度的一群。」

聽到嘉欣仿傚他，弦只好不停點頭回應。

「下次想去哪裡？」

「我有說過我們會有下次約會嗎？」

「也對，不過我喜歡未雨綢繆。」

「那麼，先再看一套電影吧。」

「這次要看什麼？」

「懸疑片好嗎？動動腦筋。」

「可以呀。」

「還再看愛情片？」

「可以呀。」

「恐怖片？」

「可以呀。」

弦故意用女聲說：「可以呀。」

嘉欣卻都是撒嬌回答：「可以呀。」

「那要看戰爭片？」

「絕不，無聊。而且，那個片種早就絕跡了吧，你愛看 90年代的電影嗎？」

「跟年代無關，好看的我就會看，那麼災難片呢？」

「災難片也可以。」

弦的臉紅得像紅包，他覺得自己有點抖不過氣來。

嘉欣還是察覺不到問題，不解地問：「怎樣了？」

「經過一星期不停地重複，我們成功了。」

「你別嚇我，什麼成功了？」

他們身後傳來男人的呼叫：「別跑呀！」

弦回頭望去，有兩名警察在追捕一名穿著純黃色風衣的男人，極度搶眼。

警員跑得不太快，是否他們已經跑了一段時間呢？

弦立刻起勢跑往前追捕疑犯，這次花了大約十秒鐘。

還是跟上次一樣，他把右腳放在疑犯腳前，讓他摔倒在地上。

弦仔細打量眼前的男人，好像不是小偷呢，沒有袋子，還是他已經贓物轉移走了？

「謝謝你，」警察也追上了他們。

「別客氣。」

警員用手銬鎖住嫌犯後對他說：「你真是倒霉呢。」

「是嗎？我犯事了嗎？」

嫌犯的表情不是冤枉也不是在囂張。嫌犯知道警察覺得他有錯，可是嫌犯覺得自己不會被起訴。

警察答道：「回去再說。」

弦看到後面竟然還有人在跑過來，而在他們看到嫌犯被押走後便轉身離去。

嘉欣問道：「你覺得他做了什麼？」

「我不知道，但好像不太安全呢。」

「是嗎？可是我未想回家。」

「到別區吧，香港十八區任選。」

「好！」嘉欣滿意地笑說。

56

在頭鷹會首領的房間仁德和玲正在對話。

玲問道：「什麼？我有沒有聽錯？」

「沒有，我要你現在帶我去探望幽。」

「你終於肯離開基地了？」

「沒有比幫助追求者更重要的事情。」

「哼，我不覺得幽值得被探望呢，不過如果你願意離開這裡我非常樂意幫忙。」

「謝謝你，事不宜遲。」

玲帶著仁德直接閃到幽的床邊。

「哇哇！」躺在床上幽看到二人大叫。

靖趕進來問道：「怎麼了？首領？」

「你好，能給我們三人一些時間嗎？」

靖看到玲感到些許不滿，但還是願意服從指令：「遵命。」

房間裡的衣櫃儲物櫃全是打開的，電腦的螢光幕上顯示的是多幅來自世界各地的風景相片，還有兩幅卡通的拼圖，桌上和天花都各有一盞沒開著的電燈。房內還再次充滿著藥油的氣味，當然還有紙巾。

「你搽了多少白花油？」

幽一邊再次把白花油塗到太陽穴上，一邊答說：「我不知道，半小時搽一次才能使我冷靜。」

「感覺是五分鐘搽一次呢。」

仁德拿出一包藥丸，說：「服用這個萬能藥，看看有沒有成效。」

幽快速吞下藥丸後就閉上眼，沒打算招呼客人。

仁德問道：「幽你覺得你不夠聰明嗎？」

「我是不夠愚蠢，一直不停思考，都是想起讓我不適的不快事情。」

「你以為愚蠢的人就沒有煩惱嗎？他們會怕天塌下來，只是靠著聰明的人告訴他們天是不會塌下來的才不用再杞人憂天。你有煩惱，依靠別人替你解決就好。」

「首領你能展現他的火焰嗎？我純粹想知道他是否還配當行動派的成員。」

仁德面向幽閉上眼，說：「和我想的一樣呢。」

「怎麼了？」

「先不管火焰，先不管幽自身的情緒病，幽中越天的毒了。」

幽打開雙眼跟玲異口同聲說：「什麼？」

「這火焰殘渣的顏色太特別了，我不會忘記這有黑色斑點的墨綠色。若不是越天的，就是他的兒子的。」

「越天有兒子？」

「不知道，也可以是女兒。越天都快九十歲了，應該不會親自出馬吧？」

「你能解除幽身上的毒嗎？」

「我？不能，只能用『藥』的解毒藥醫治，他剛才已經服過了。」

幽站起來，感覺身體較放鬆，答道：「我覺得 ... 我回來了！你是一早料到我中了毒？」

「我該早點察覺到異樣的，只是沒想到你會是夜燈會第一個對付的目標。」

「難道夜燈會得知了我們正搜捕他們，才有心毒害我們行動派的成員的？」

「大概是吧，你該不會以為他們不會反擊吧。」

幽坐回床上，問道：「我要多久才能完全康復？」

「大約半年吧。」

「什麼？半年那麼久？」搶答的是玲。

「能不能快點？」這次是幽追問。

「半年是完全康復的時間，但想正常生活就很快，定時服用我剛才給你的藥，數天內就可以吧。不過我還是不建議你再次投身綠袍子的工作，起碼直至我們找出你是在何時何地被下毒。」

「對，你到基地學習使用止書吧，也讓其他人幫忙尋找越天的子女，到時讓他們
哭著替你解毒。」

「不行，好不容易才使自殺人數下降了一點，但還不夠。我絕對要儘快返回工作。」

「噢，一粒藥丸就能讓你回復正常了，早知我就塞十粒進你口中。還有，你剛才有聽到嗎？你這弱者有精神病。」

「我是說情緒病。」

「只是中了毒吧？」

幽摸摸頭。

「我勸阻了那麼多企跳的人，怎會有情緒病呢？」

仁德的表情變得非常難過，說：「其實我知道很久了，你的姊姊也知道。」

「更 .. 不可能吧？」

「最適合形容你的字是 on edge，中文譯為緊張及警剔吧？你很聰明是對的，可是讓你出類拔萃的是你時刻都在觀察又思考。有人在你面前說謊你不會立刻指責他，你會細想他說謊的原因，你該怎樣做。你在出面披著綠袍子時，某個人在你面前流淚，你就能猜到他是想跳下去還是不跳了。這些都很出息，可是問題是你會病發。玲第一次帶你來基地的時候你就暈倒了。」

「不 ... 對吧？是玲把我擊昏了吧？」

「你展現了你的追求者能力去幫助我，我為什麼要襲擊你？」

仁德繼續說：「你看這裡，各大牌子及包裝的紙巾證明了什麼？」

「我流鼻涕是因為中毒吧？」

「嗯那是沒錯，可是你需要不同的牌子嗎？我告訴你是怎樣回事吧。你在使用能力時根本沒能完全專注，你不能把注意力集中在一款紙巾上，才變出了這麼多款不同的。」

「這 ...」

「你不相信嗎？要試試看嗎？」

幽不敢。

「讓他消化一下吧，我回去拿藥過來。」

「沒有藥能一天解決情緒病，你必須接受長期治療，我會叫你姊姊安排。」

「返回正題吧，我想重新開始綠袍子的工作，綠袍子的工作就是我的藥，看到更多人自殺我才會變得更糟吧。」

「最後那一句我同意，綠袍子的工作必須要繼續，可是我也必須要讓你休息數天。」

玲已經回來，把藥拋到幽的床上，說道：「首領你究竟是哪邊的？」

「我有個更好的提議。」

「嗯？」

「我會暫代綠袍子的工作。你們專心追擊夜燈會，我會去勸阻自殺行為。」

57

在頭鷹會的某間拷問室裡坐著的是李文達。

多天以來他看到的就只有四面純白色的牆，自己坐著的椅子，以及白飯。

他該感激頭上有一盞電燈嗎？至少讓他能看到這三樣東西。

因為連紙筆都沒有，文達搞不清自己到底被困了多天，但他相信是時候了。

用盡全身力氣叫道：「我願意說出夜燈會的計劃了！快來！」

聲音傳到走廊，走廊的回音再傳回來。

有人在他身後說：「你好。」

被鎖著的文達卻沒法轉身，說：「今天是不是十四號？」

「十五。」

「那我必須致歉，我本來想昨天就和盤托出的。」

「看來不是浪費我們的時間呢。」

玲搭著李文達的肩膀閃到行動派的會議室裡。

拳、偉及銳麟都在。

李文達問：「首領在哪？」

拳反問道：「有他你才願意說嗎？」

「不是。哈哈哈！本人可是把碳變成鑽石的李文達，你們真的以為一個只貪財的人能當上夜燈會的幹部嗎？我是被選中要被抓的，你們都中計了。」

眾人只是坐著或站著，平淡地看著他，等待他繼續。

「告訴我，今天最大的新聞是什麼？」

「才不會告訴你。」

「我才不用你告訴我。多處街頭巷尾有人以一百元販賣一種特殊藥物，讓人無痛地離去這世界，此外有明星自殺，有假冒的綠袍子自殺，導致單天有二百或更多人自殺，預計將會發現更多獨居的人的屍體，對吧？」

眾人依然保持冷靜，除了銳麟外，他的表情出賣了他。

「看啊！嘿嘿！」

偉決定先贈一個右勾拳給李文達，再怒吼道：「是偽惡魔所為嗎？」

「聽著，你再碰我一條頭髮我就不再張開嘴。」

拳把偉拉後幾步，偉只好坐下，背對著李文達。

李文達繼續說：「偽惡魔才沒有這麼聰明。不過回歸正題，

這藥是手段而己，目標是讓更多人自殺。」

銳麟問道：「我不明白，讓更多人自殺對你們來說有什麼好處？」

「讓世界變得更美好啊！」

玲說：「你別引誘我們打你了，有人自殺跟世界會變得更美好有何關係？」

「如果你跟傳聞一樣一定能理解的。人嗎？就是脆弱的動物，而有些人比其他人更低等。」

玲望著李文達造作地不停點頭。

「嘿，就像孱弱的孩子要被疾病淘汰，以防將劣質基因傳給下一代，怯弱的人經不住現實生活的考驗就只能被淘汰。你看啊，你們當中有誰試過自殺嗎？沒有，因為你們都是人才。只有意志軟弱的嬌小人類才會選擇自行了斷這個選項。如果人類社會要進步，先把廢物清理乾淨是必須的。」

銳麟說：「所以幽成為了你們的目標。」

「噢，我不明白，我在夜燈會的傳聞中是怎樣的？為什麼會覺得我能理解你剛才的演說？」

「你現在還把我敵人看才聽不進耳朵而已，終有一天你會醒覺，並加入夜燈會的。」

拳怒罵道：「加入越天？你會否想多了。」

「等下，」隊長說道：「別跟我說你們做這麼多只為使更多的人自殺，我知道夜燈會一定有更大的陰謀的。」

警覺性較低的銳麟竟然當著敵人說：「隊長，首領說隨時都可以了。」

玲再次用一秒鐘的時間把首領帶過來。

仁德卸下綠袍子，把面具摘下，慢條斯理地問：「這是誰？」

銳麟答道：「報告首領，這人是李文達，夜燈會的幹部。」

「他在這裡幹什麼？」

玲把布拿走，李文達隨即叫好：「你好呀！終於能看見你了，出現得及時，你的得力手下正問我夜燈會的最終目標是什麼。」

「很好，他到目前為止交代了什麼？」

「大約就是夜燈會有心促成自殺潮。」

仁德聽到後的臉色非常難看。

「想達到什麼？」

「當然是想取得神的玩具。」

除了仁德外其它人都非常驚訝。

偉再次轉過身面向著文達，問：「距離上次神的玩具的出現還不到二十年，怎可能會這麼快出現第二塊。」

銳麟同意道：「對，根據我們的歷史資料，神的玩具出現的間隔最少也有一百年。」

玲的眼睛卻定在首領上，她知道首領一定知道些什麼才如此沉默。

文達說道：「頭鷹會的首領，你要解釋給他們聽還是讓我來。」

仁德的臉由難看轉成焦躁，說：「我們知道你取得了那所謂的『神』的自傳，可是那古老的文字就只有我能看懂。」

「凡事也有可能的，全賴上次奇蹟直接令多種語言沒落，導致有人奢想能精通所有語言並成為追求者。讓我告訴你們吧，頭鷹會的精英們，全世上只有一件事情可以喚醒神器的玩具—盡力讓更多的人的意志低沉。」

拳大力拍在桌上，叫道：「越天想得到神的玩具幹什麼？」

「這我就不知道了。」

玲看看仁德的反應，知道李文達沒有在說謊。

「我們只需要盡力減少自殺人數就可以了。『藥』會是你們的盟友，我會通知佩君。」

「已經太遲了。自殺藥已經滲透了整個城市。就算有人找不到渠道去購買這藥物，他們也會去找代表品，酒和過量安眠藥這些誰也能找到。」

隊長命令道：「行動派將用一切方法杜絕人低價售賣非法藥物，還有，拳去通知幽要起床工作了。我現在先帶李文達回去囚室。」

玲沒等其它人的同意就迅速地把李文達閃走，卻不是閃到囚室內。

文達感到一絲微風，就知道這裡不是囚室。他張望四周沒有牆壁，沒有人影，沒有動植物，他是在沙漠裡。

「最後一件事，關於我們的首領，你知道什麼？」

58

「綠袍子，你為什麼要來呢。你為什麼不在我的傷口上灑鹽，而想要用針線把它縫好呢。」

碰巧有直升機飛過，暫時在這嘈雜聲下是沒法對話吧。

這次的場地遠離繁華鬧市，是人煙稀少的山崖邊。有人想在這裡自殺並被發現，是不幸中的大幸。眼前的少女絲毫不動，幽很明白，她不怕掉下去。

幽小心奕奕地避開碎石，想說服人別自殺，當然要自己不掉下去。

　　其實幽只有數天沒當綠袍子，他卻覺得已經有數年沒戴上這面具。他懷念這有意義的工作，他懷念別人對他的期望，他懷念自己是善意的象徵，他懷念有機會能救回別人的一切，而他的集中令他完全沒感到不適。

　　在這一刻，幽還知道首領在城市的另一個角落幫助另一個人，他從來沒感受過自己的靈魂如此活躍，希冀著能把活著的感覺分享給眼前背對自己的女生。

　　「怎麼了？不說話？」

　　幽回過神來，答：「誰知道呢，也許我不喜歡鹹。」

　　「你最喜歡的是酸還是苦？」

　　「誰知道呢，也許是苦盡甘來。」

　　「不是誰都能等到甘的到來。」

　　「告訴我吧。」

　　「我的名字叫吳景婷，叫我景婷就好。」

　　「你好，景婷。」

　　「真是溫柔的語氣呢，如果我身邊有像你般溫柔的人就好。我有點想問你家富有不，但還是算了，我有半分的體貼，不想你的真實身份敗露。」

　　「謝謝你，景婷。」

　　景婷轉過身來，說：「或許我該向你學習，帶上面具做人。」

　　少女不需要加以說明，她的左眼下有一條兩吋長的疤痕。

　　「我很難過一」

　　「這疤痕跟我一陣子了，是車禍送給我，你知道司機的辯解是什麼嗎？他愛開快車，這只是他的第一次意外，他還愛醉駕呢。我真希望某天他因車禍喪生。」

　　幽點頭。

　　「從小到大我都想當一個模特兒。我不是那些發白日夢的女孩子，我每天都非常勤勞地做運動，讓自己保持最佳身型，然後那車禍發生了。你告訴我，我可以做什麼？」

　　幽的腦袋開始轉動。

　　「還有，我公開試報考六科只有兩科合格。」

　　「我可以用官腔說工作還是有的，但你需要的是生命意義，不是職場出路吧。」

　　「可能吧。我能夠賺取金錢應付生活所需，但代價有多重。你知道侍應生的生活有多慘嗎？在工作地方受氣就算了，回到教會或跟舊朋友聚會也受到冷嘲熱諷，明明他們自己最下賤卻要笑我下賤。你也聽說過吧？月入不到二萬元千萬不要出席舊同學聚會。」

「家人呢？」

「家人是沒嘲諷我，只是他們從不支持我當模特兒，他們只想我找份穩定的工作，不過可能絕大部份的父母也是這樣吧。但他們怎看已經不重要了，他們已經不存在。」

又是孤兒嗎？

「是孤兒嗎？」幽省略了「又」字。

「我爸昨天在街上購買了讓我們一家三口無痛離去的藥，大家一起喝茶時我也不知情，我也不知道母親到底知不知道。不知道是幸運還是厄運，我鄰居即將去旅行想寄託她的狗給我們時發現我們三人倒在客廳。我被救回了，雙親就不存在了。為什麼我死不去呢？也許我家除了要稀釋洗髮精外，也要稀釋自殺的藥物。」

慘不忍睹，是幽想到的四字詞，方便的自殺藥物究竟是誰想出來的毒計，真的太狠了，幾乎把他一直以來的汗水化為零。

「你想再跟我說一點關於你家庭的事嗎？」

「就家境貧困四隻字，不過你是不會明白的。」

「我朋友住劏房呢。」

「那他比我更可憐，但是請問他還在世嗎？」

該死，該先想清楚才談健山的事的。

這天不是關於我，是關於景婷。冷靜一點。

為什麼眼前的小姐遭受如此遭遇也如此鎮定，一定是因為她已經不太在意任何事了。

景婷問道：「抱歉，好像勾起了你不愉快的回憶呢。關於我父親為何想自殺，其實沒有什麼好分享的。怎樣說呢？他們本想移民，卻意外地有了我，然後就是一直捱。生活一直壓迫著人，誰都終有一天撐不下去。話說，你跟這麼多想自殺的人對話，不怕自己會想自殺嗎？」

「我早就有想過自殺，我一向都跟自殺二字走得非常近，我正站在懸崖上努力不掉下去。我人生有一大段時間都認為自殺是沒有錯的行為，那是一個選擇。」

「那你一定要分享給我聽你為什麼最後沒實行。」

「因為你吧。」

「可是你今天才知道我是誰。」

「人嗎？就是可能。活著就是可能。我的可能就是盡力拯救你們，拯救可能。」

「沒趣的答案呢。」

「其實不是，那是我想完成的事。你有想完成的事嗎？」

「就是想當個出色的模特兒，不過已經是不可能發生的事。

活著，未必等於可能。」

「可能會找到全新想做的事，可能能當模特兒呢？世界正推行缺陷美。」

「或者在美好的世界裡有可能吧，真可惜，現實是殘酷的。」

還有哪個角度呢，快想。

「你信教的嗎？」

「天主教，你呢？」

「沒有。我並不確定，但天主教是不是反對自殺的？只是想問一下。」

「嗯，自殺是蓄意謀殺，而且浪費了天父賜的生命。我要到地獄去呢。」

幽把頭側一側，問道：「沒關係嗎？」

「怕什麼，你覺得現在的香港不是地獄嗎？信奉著金錢的這座城市，笑貧不笑娼。況且，我想到地獄裡看看那麼我憎恨的人，看著他們被永恆的火焰折衷也許能暖化我的心。」

「才不會暖化你的心呢。」

「別小看我的恨。」

「就是因為你太恨才使你看不清狀況。你知道為什麼你一直說這個世界有那麼差？那是因為你遇見太多自私的人，眼中只有私利，得勢者猖狂地露出惡意，有車就不顧途人；生活水平比你高的人知道你的苦況不但不給予鼓勵而是幸災樂禍。我是沒有親身到過地獄現場考察，可是那裡一定有很多這種賤人存在，甚至有更低等的生物，你以為你在地獄被這些人包圍著會感到暖意嗎？況且，想知道他們受到火焰摧殘，有第二個方法。」

景婷看著綠袍子的面具張開口了數秒卻無法說話，終於吞吞吐吐地說：「什 ... 麼？」

「好好珍惜你的生命，上到天國看不到你憎恨的人就知他們在地獄了。」

景婷的呼吸好像停止了，是好的那種，她停留在幸福中。

事實上，自殺從來不是她自己的主意，她還是想當模特兒的。

今天之前，她真的從沒得到半點鼓勵。

今天的一點鼓勵對她的影響已經足夠。

「我返回人間了，我沒事了。」

景婷流下眼淚。

「你快走吧，應該很多人在等你。」

幽滿意地說：「好。」

景婷跑來擁抱著幽，說：「抱歉，我需要這個擁抱。」

59

「你別騙我，星期天也要上班？」

「我不就說過了，我得到上司賞識所以今天去會見老闆。」

「裝夠了沒？像你這種低學歷的人又怎會有人賞識？」

「不說了，我到達了。」

弦掛線後想把電話關掉防止母親再煩擾他，卻怕嘉欣會找他，就算了。

「曾先生，請跟我來。」

沒想到會有專人接待呢。

接待員帶他穿過升降機大堂去乘坐頂樓專用的升降機。

此刻在天台的游泳池旁有二人在對話。

「關於偽惡魔……」

「明白，我會處理的。你要見一下曾浩弦嗎？」

「在這短時間打破奇蹟確實厲害，我希望不是因為神的玩具的效力隨時間變淡了。不過不了，我還有約會。」

「明白。」

其中一人就此離去，他乘搭的是一般的客用升降機，所以沒跟弦碰面。

弦面前的升降機打開了。

眼前的男人有約一米六高，頭髮快貼肩，穿的是黑色西褲配上酒紅色的襯衣。

他奸狡地說：「能認出我嗎？弦同學。」

弦輕聲說道：「這絕對錯不了，一定是紅。」

「聰明！」紅揮手示意接待員離去，親自帶弦到泳池旁。

這高大的男子的短頭髮有點灰白，不過身材仍健碩，身上披住了黑色的大褸。

「來！我跟你介紹，這是我的上司，姓越，名單字天。」

「越先生。」

「願我永遠記得這一天，能遇見成就了偉大功績的曾浩弦先生。」

雖然被讚美著，可是對方是個陌生人，弦勉強露出僵硬的笑容說：「過獎了！」

「不是很懂社交的人呢，沒關係，告訴我，你是真的喜歡那個女生嗎？」

沒想到對方會問這些一針見血的問題呢。

弦笑著點頭，這次的笑容比較真摯，因為他想起了自己喜歡的人。

　　紅答道：「沒問題，相信你的愛意不會是解除奇蹟效果的重要契機。」

　　「原來是想知道這件事呢，下週派遣第二個人給我，讓我重施故技便知道了。」

　　「可是你不會再回到那裡呢。」

　　「什麼？」

　　不會被解聘了吧？

　　越天說：「你升職了，詳情由紅交待。現在我還有話想說。告訴我，你有沒有覺得世界欠缺了什麼？」

　　「這 ... 是一條很複雜的問題呢。一時三刻我想不到答案，感覺世界欠缺很多東西呢。」

　　「不要緊，你有空去想想吧，我只想要一樣。那麼接下來就交給你了，紅。」

　　越天沒有等待紅及弦的回應就離去了。

　　弦傻傻的問道：「我剛剛是不是測驗不及格？」

　　「說起來，你好像還沒有告知我們你想自己考成如何呢。」

　　「物理科不用改，其它全部Ａ。」

　　「不要八優嗎？真是知足的孩子呢。」

　　「只是不想招惹不必要的懷疑，對你們來說也有好處吧。」

　　「真是體貼呢。」

　　「為什麼越先生說我不會再回到那裡呢？」

　　「我們不會要你獨自一人解除全世界的人的奇蹟啦。所有本身負責研究怎樣解除奇蹟的人的工作已經轉為學習你的方法去解除奇蹟。你會調去中環擔任我們的顧問，負責監察前線人員的工作及解答其疑難，那是如果你想繼續升職的話。如果你只想坐著領取薪金安穩地坐著也無妨，從此以後你都會得到六萬元的月薪。」

　　「六萬元？港幣？」

　　「嗯。」

　　弦從沒想過自己在二十歲以前就能安枕無憂，這是怎回事呢，這是造夢嗎？

　　紅笑說：「你的笑容很燦爛呢。」

　　「六萬元啊！你們真的很富有呢？」

　　「那是因為黃金是幾乎萬能的，所以我們囤積了很多。有想一起慶祝的人嗎？」

　　「嗯，嘉欣以及朋友，大概。」

　　「沒有家人呢，而且說朋友時有點猶豫。」

　　「家人只有一位值得相見。朋友呢？我現在的生活因為這份

工作及遇到了嘉欣所以非常精彩。可是在得到這兩樣祝福前，我經常也很憤怒。沒遇到嘉欣的話，我一定還會在生朋友的氣吧。在街上看到人插隊、打噴嚏時不掩著口鼻，或者站在路中央及於公眾場所大聲播音樂等此等小事都令我非常憤慨，令我非常痛恨他們，更別說在自修室親熱的人了。現在想來，其實他們的行為的確有錯，卻不是什麼大事，都不知道自己為什麼會那麼在意。現在我很希望能跟我的那位朋友分享我的喜悅的，只是不知道他還珍不珍視我。」

「你口裡說著不在意了，可是你仍堅決不想與家人重建關係呢。」

「是嗎。或者我每當望向家人時都想起自私二字，所以不願意把視線停留呢。」

「朋友是怎麼回事？」

「我跟最要好的朋友吵架了。」

紅從褲袋裡抽出一包煙，卻又馬上收回。

「吵架的原因是？」

「現在想來我覺得他真的病得很苦呢。」

「病也會吵架？」

「我那時只是覺得他沒好好照顧他自己的女朋友吧。」

「你是滿口仁義道德的那種人嗎？朋友沒照顧好他的女朋友也能成為吵架的原因，那根本不關你的事吧。」

「我覺得我不太算啦，他才是。」

「聽我說，弦同學。」

紅用手示意弦跟他一起到泳池旁的白色膠製椅子坐下。

地上不但有撲克牌及籌碼，還有易碎的玻璃酒杯，看來他們不太重視整潔呢。

「關於你的家庭，由它去吧，不想補救就別補救，我也不喜歡自己的家庭。關於朋友呢，就隨你喜歡，那不關我事。我最留意的是你的那一份恨意。聽著，我絕對不鼓勵無意義的恨，也許是因為恨才令你不知怎跟朋友吵架。可是你對自私的恨意跟我們組織所教的恨十分相似，那可能可以成為絕倫的動力，好好醞釀它。我失敗了，我不夠在乎別人的壞處，你可能有潛質，也許一天你能成為我們公司的骨幹。但請你記住這一點：不受控制的恨是螻蟻之輩之物，真正的強者能控制自己的恨。」

60

完成任務的幽沒叫隊長接他回去，而是在休息並欣賞這大自然景色。

　　耳機傳來銳麟的聲音：「太好了，首領那邊跟你一樣報捷，成功挽救生命，他還沒用有失敗過呢。」

　　「謝謝你銳麟，能把我接駁到首領的耳機嗎？」

　　「是。」

　　「謝謝你，首領。我早有想過尋找更多人一起當綠袍子的先鋒，沒想到是會由你來擔任，還如此成功，真的謝謝你！」

　　「別道謝，想出這美麗的計劃的人是你，我只是利用自己的人生經驗參與了數天。」

　　「我希望可以接管綠袍子的專頁，我準備好了，也想到要做什麼了。」

　　「是對抗廉價過量鎮靜劑的策略嗎？」

　　「嗯，我要勝利。」

　　「很好，我一早把帳戶名稱及密碼告知玲了，你只需要問她便可。」

　　「噢！真好一」

　　「抱歉，暫時要到此為止了，下次再聊吧！」

　　每次覺得首領其實也不錯的時候他總會表現得奇奇怪怪讓幽想起他曾經出賣過他們呢。

　　「你好。」

　　幽回過頭來，看到一名穿著黑色襯衫配上淡黃色領帶的男人。

　　「在這郊外穿得如此整齊。」

　　「我只想結識朋友，就此簡單。」

　　「朋友嗎，怎樣稱呼呢？」

　　「此刻我是一位無名的市民，姓陳吧。」

　　「你好，陳先生。」

　　「你覺得自殺要下地獄嗎？」

　　不知怎的幽有點懼怕眼前的人，他聽到剛才的對話嗎？幽沒有刻意留意附近有沒有旁觀者，但有人在監聽的話多少會有一點感覺才對吧。

　　「不覺得。」

　　「可是只有人才會自殺呢，動物不會。你有留意國際新聞嗎？有人這樣寫：Hong Kong is flooded with suicide.」

　　「八爪魚會的。」

　　「真的？八爪魚自殺的方式是怎樣？」

　　「受壓時會吃太多自己的觸手。人類的腦袋較發達，受到的壓力更重，選擇自殺的方式也不意外。」

　　「你是生物學學家嗎？」

「怎可能，就一介平民。別你找我想幹什麼？」

「就五至十分鐘的對話，你以為你能理解對方的痛楚嗎？」

「可能吧。」

「真是自大呢。」

「我想做的是觸碰到對方的心靈。對方的眼神、衣著、話語及語氣都不停給提示我，我不帶半分鬆懈把每個訊息都仔細分析數篇，你怎能說如此勤奮的我是自大呢？」

「假若有一位清潔工想自殺，你安慰他時，他叫你先當兩個月清潔工再回來跟他對話，你會怎樣做呢？」

「我覺得他不能等兩個月呢。而且就算我去當兩個月清潔工，我也許能感受到辛酸換來的有多少，或者工作環境有多糟糕，但始終我不是他。我沒有背上他的重擔，我只是去體驗兩個月而已，和他本人能感受到的絕對不會相同，他那樣說也只是想表達我不會理解他的苦況吧。你提供的背景太少了，我沒找到太有利的情報開解他，若果是現實發生的話我覺得我會知道怎樣處理。」

「如果有一個殺人犯打算畏罪自殺，你會幫助他嗎？為什麼？」

「不會，因為他很大機會會再傷害人。」

「那很簡單吧？讓我再問問吧，假若有個剛失業的中年男人覺得人生糟透了，此刻他非常恨自己的誕生。在他糾結應否跳軌的時候，他看到一位孕婦。絕望蒙蔽了他的雙眼，他覺得那胎兒死了會更幸福。他衝上前不停踢那婦人的肚，踢了十多腳後，他才驚覺那孩子的生活未必會像他的一樣悲慘。他逃離了火車站，跑到海旁打算了結自己的生命。你會幫助他嗎？」

這很困難呢。

幽非常肯定眼前的人並不想自殺，但他不知道對方的目的是什麼。

「不容易答吧？救了他他日後可能又會踢其它人。可是他本性是善良的，不應該見死不救吧。你是個聰明人，聰明人都懂世界沒有非黑即白，可是要是你想幫助世界的話，你還是需要更清晰的立場呢。你會幫助什麼人，善是什麼。我期待你的答案。」

幽覺得對方是想要合作？

「綠袍子，是時候回家了。」

傳來的是玲的聲音呢。

男子嘆氣後用雙手掩著臉，說：「那只是我的意見而已。那麼，再見了。」

「再見。」

待男子離去後玲才來到幽的身邊再一齊閃。

幽再次張開眼睛時發覺自己不是在頭鷹會的總部，而是在家裡。

他問道：「這天這麼早結束了嗎？」

「嗯，有點事。密碼在這裡。」

玲把一張紙條塞進幽的手裡便獨自離去。

61

幽坐在電腦面前，跟平時不同的是這天他的坐姿非常正確。

深呼吸幾次後他決定登入綠袍子專頁的帳戶。

當然，專頁沒有官方認證，可是這是首領親手經營的專頁，已經有二十多萬個用戶在追蹤。

這裡的話，能行。

他開始利用鍵盤輸入想說的話。

「大家好，我是那個想阻止自殺潮的年青人。起初蠻成功的，直至失敗。

我年紀尚輕，人生經驗不足夠，想要趕到失意的人前，想要明瞭大家的困苦，想要讓大家看到一絲希望，猶如癡人說夢。我想了很久，怎樣對抗流行的自殺藥物。

果然單靠我是不行的，幸好我有幫助。

在這個離譜的世界，你可以有比悲傷更悲傷的遭遇。我，未必能夠體會，未必能夠找到觸動你心靈的話語。但你知道誰能夠嗎？你們。七十億人當中，總有另一個靈魂能安撫你的，你也總能夠安撫誰的。

豪宅、名車、金錶等物質從來不是生活的必需品。

人是群居動物，靈魂間的互動才是一切。我們的靈魂由出生開始追求，開始被現實改寫。當兩個不同的靈魂相遇，產生的化學反應無人能夠預料，再厲害的心理學家也不行。這化學反應可以給你無法想像的喜悅或滿足。

那你怎麼能夠認定你此生是時候結束呢。追求。別殺了自己。

Hey. I am the guy who tries to stop the whole suicide phenomenon. It started well until it did not.

I am young. I do not have enough life experience. I cannot reach all the desperate people. I cannot understand all their pain. I cannot make all of us see hope.

I am not enough. Good thing I have help.

In this messed up world, you could have a sadder story than the saddest story. I may not be able to find the words to touch your heart. But someone always can. Among the billions of people, there must be another soul that could ease your pain. And you can always ease someone's pain as well.

Houses, cars, watches are never necessities.

Human beings are born social. The interaction between souls is everything. Our souls are born to dream and shaped by reality. When two different souls meet, the chemical reaction is unforeseeable, not even by the best psychologist. It could give you a tremendous amount of joy.

So how could you be so sure that your life should end here and now.」

重複閱讀數次，確認過沒有錯誤後幽按下 enter 鍵發佈。

他不停按重新整理，除了希望網民願意按下分享外，更希望閱讀各人的留言。

咦？

眼前的電腦消失了，變成了「執」的各人。

「突然帶我回來是怎麼回事？」

62

「先別這麼慌張，慢慢地告訴我到底發生了什麼事。」

拳輕輕握緊銳麟的肩膀，希望令對方冷靜。

「抱歉。」銳麟不停深呼吸。

「剛剛首領在東區成功說服一名市民放棄自殺後跟我們聯絡說他需要一點時間。我就通知隊長說可以休息一會。」

「我是去了休息沒錯，可是我沒有說過不能叫醒我。」

「對，是我的錯。」

阿一開口道：「繼續吧。」

「過了三十分鐘後，首領的耳機在寶文街失去了訊號。當時我沒為意，直至五分鐘後訊號恢復後無線電傳來的聲音是一把陌生的聲音，留下『想我們夜燈會交還你們親愛的首領的話明天十二時準備好用溫紫幽交換，地點會再聯絡。』的訊息，然後訊號就消失了，在那時我才通知隊長。」

幽驚訝地問道：「首領被捉拿了？」

只有阿偉對幽點頭，其他人都在低頭。

「戒指呢？從首領的綠袍子戒指能看到什麼？」

拳答道：「首領因為不想顯得自己偏袒我們，他沒有佩帶綠

袍子的戒指。他都用手提電話拍攝照片讓玲把他接回來的。現在他的手提電話訊號消失了，事發地點附近的攝影機鏡頭我們大致都看過了，隊長都立刻趕到現場調查並搜尋首領的蹤影，不過沒有發現，應該是找不到了。」

「這話的用意是指要利用我去交換嗎。」

玲答道：「那是由我決定的。」

銳麟說：「不問問『藥』或『鞋』的意見嗎？」

「完全沒必要讓他們知道首領被抓了。」

幽問道：「這樣好嗎？他們除了剛在反廉價安眠藥的問題幫助我們外，人手也較多，也許可以協助找出首領的位置。」

「嗯，那是沒錯，可是我不想依賴他們的幫助。讓我說說這次計劃。」

玲站起來並等待眾人的目光。

「首先，我們要明白他們為什麼想要幽。」

幽本身在想著，用一名成員換取一位領袖絕對是划算的，可是他還有想做的事情呢。

拳答：「我們知道他們想促使更多人自殺，幽卻多次干擾自殺潮。」

玲說：「沒錯，那是我想到的第一個原因，可是既然幽曾被下毒，就證明他們曾經有機會毒死幽，為什麼他們沒這樣做呢？」

偉答道：「是因為 H12 吧。」

「正是！我們知道越天年紀老邁，很有可能他製造不了太多藥劑，所以要幽的追求者能力變出來。」

阿一說：「那麼我們更萬萬不能把幽交給他們。」

幽說：「或者我情願死也不給他們製造藥劑。」

玲冷笑說：「死？他們可能會虐待你，直至你願意為他們製造大量藥劑為止。在抵抗虐待上，首領比你優勝幾百倍了。那麼，了解原因後，我們就可以設想明天的情況了。距離明天十二時還有十多個小時，對方知道我是誰，地點可以是香港以外的地方，大概我們不可能猜到到底會定在哪裡。人煙稀少的地方我們就重裝出發，人多就只帶短槍這些基本配置就不詳細說了。」

「然後就像我剛說的，夜燈會早有機會殺了幽，為什麼沒有？我想起了那些被藥劑轉化了的人們的話。」

「人們？除了我還有人被藥劑灑到了嗎？」

「嗯，不過我們還是找不到解藥，但你別再打斷我了。他們經常招攬我們加入夜燈會，明天我們也會收到對方提出的機遇吧。」

拳點頭說：「的確如此呢。」

「嗯，第一步是我會先獨自一人去到現場。若我看到首領的話，我會再把拳、偉、幽帶去。若看不到的或者看到對方手持機關槍的話就果斷離開。」

銳麟問：「不直接把首領帶回來嗎？」

「能直接帶回來當然好但應該不可能吧。把它關在我觸不到的地方我就沒戲了，而且他們不喜歡首領，很難說他會不會被裝上遙控炸彈，在搞清楚狀況前還是假裝進行交換較好。」

看著玲——秒速解答部下的問題幽終於多少有點察覺到隊長的智慧和風範了，而且計劃還未完。

「若我們不能於安全情況下奪回首領，就必須假裝進行交換了。可是對方一定會懷疑我們會反悔吧，他們了解我的作風，所以應該怎樣辦呢。我都幾肯定他們會搜個清楚幽身上有沒有追蹤裝置。我暫時想到讓幽過去後等待沒有人留意時就變出追蹤器，有人時就把它變走。」

拳說：「我們可以利用你的名聲來誤導他們。」

「嗯？」

「我們把幽綁起來交給他們，讓他們以為你是殘忍地用幽的性命換取首領，這樣他們可能會放下些少戒心。」

「好主意！幽，看你的演技了。」

「沒有問題。」

「最後要說的是，如果演變成槍戰我們該怎辦。若我判斷我們佔優，當然就用武力解決問題，若我覺得我們處於下風，我會盡力把大家帶回這裡，頭鷹會的基地，最安全的地方。雖然可能性較低，但若果我不能那樣做的話，大家儘量找掩護，以存活為首要目標，奪回首領為第二目標，擊殺越天為第三目標。」

拳叫道：「好！」

幽問：「可是，我不知道越天長什麼樣子。」

「銳麟，找一張越天的照片給他。」

銳麟把手提電話遞給幽，說：「這裡，這是我們資料庫裡最新的照片了，可是已有二十多年歷史，現在應該老一點吧。其他人嘗試利用此書找出首領的位置。」

這長方型臉，粗眉毛和八字鬍鬚，幽一眼就能認出他。

「這是...。」

「怎樣了？」

是嗎。

那句叫他想想自己的女兒原來是有心刺激那父親讓他跳下去的。

無法原諒。

63

十多年來仁德除了幫助幽外從來沒離開頭鷹會的基地，他沒有家，也沒有別的地方想待。

會內有人覺得他很宅，有人覺得他怕外面的世界。

他們都是錯的，真相是仁德非常多疑。

仁德除了是頭鷹會的首領外，他知道這世界的歷史，他知道所有關於追求者、神的玩具的事，他更知道「神」的事情。

掌握著這麼重要的知識，仁德覺得自己終有一天會被抓。

他知道自己沒戰鬥能力，他也不喜歡戰鬥，但他知道自己有的是什麼。

十多年來的每一天他不停練習醒來時要閉著眼。

這很重要，因為他的能力在閉著眼時也能使用，裝作還沒有醒過來可以提供一些時間。

頭鷹會的人都以為仁德的能力是辨認追求者，展示追求者的火焰。

可是事實並不如此。

玲的追求者能力如此純熟除了因為她的鬥志及天份，也因為她有仁德的指導。

仁德真正的能力是閱讀追求者，條件是看到靈魂依附著的身體，也就是這能力無法透視衣物，被蒙著雙眼也會變沒用了。

他看到一名追求者時，那名追求者的火焰會有文字顯現在他的眼中，詳細描述該名追求者的能力。

每當仁德看到一名新的追求者，他都裝作不了解對方的能力。

仁德知道自己非常小心，不會有人能猜到他真正的能力。

厄運在笑，因為綁匪沒有蒙著他的雙眼。

厄運是仁德的夢伴的名字。

眼前的男人的能力是讓軟弱的靈魂變得驚慌。

有些追求者的能力都是有主觀條件的，誰能定義一個人是否軟弱，這能力是用誰的準則呢？

仁德曾以為自己是唯一一個知道真相的人，可是能閱讀所有語言的追求者出現了，夜燈會可能也知道。

仁德知道自己並不軟弱，特別是在「神」的眼中。

這能力對他絕對不管用。

準備時間結束了，男人把一桶冷水淋過來。

仁德裝作剛醒過來並嘗試掙脫手銬。

眼前的男人戴著魔鬼的面具，頸以下披著黑色的長斗篷，仁

德只能看到頸的部份。

「初次見面，我是偽惡魔，殺了雷尹的人，你可能是下一個呢，頭鷹會的首領。」

「為什麼要殺了他？」

房外傳來另一把男人的聲音：「因為我們知道他在研究什麼。我真的想問一下，為什麼你會招攬那種人。」

這男人沒有走過來，仁德無法閱讀他。

「雷尹先生的研究是百份百安全的。我們不打算讓人工智能在文明扮演重要的角色，不會有什麼 AI 摧毀人類文明的事情發生。」

「如果你讓電腦設計人類的餐單，大概為了健康我們都要吃素了。不懂快樂等感情的人工智能沒有任何存在價值。」

「我接受你不同意。所以你要殺了他？」

偽惡魔一邊把手放在仁德的肩膀上，一邊說道：「是我殺的。」

這就是偽惡魔能力的發動條件，要裝作中招嗎？

偽惡魔想用能力，說明房外的人都知道追求者的事，那他應該也是夜燈會的人。

仁德很了解階級高低的職責，房外的人一定比在盤問他的偽惡魔高級。

夜燈會會做很多事情，但為了一個電腦程式開發員濫殺整間戲院的人？那太過份了。

仁德知道夜燈會對會內的人也非常嚴謹，要是越天知道偽惡魔的罪行，大概會處理掉他。

還是說那間戲院的人都被判定為該死的？不可能吧，購買戲票時不用實名登記的，雷尹是在事發前兩天用信用卡預訂戲票才被預料到會到場。

他思考太久了，偽惡魔知道他的能力不管用。

「不軟弱嗎？想不到呢。你有這麼多權力卻沒好好利用，為什麼是不軟弱呢？難道你只是笨而已？也許我不應該殺你呢。」

「為什麼這麼痛恨軟弱的人？軟弱的人應該不會曾對你做過什麼吧？」

「對，就是什麼也沒有做。」

偽惡魔從斗蓬中拿出一把有血紅色河流圖案的短刀。

「我小時候十分愛貓，但家裡不讓我養，我放學後都會跟流浪貓玩耍。貓真的非常可愛，我特別喜歡常喵喵叫的那些，會主動用身軀來摩擦你小腿的那些也非常可愛。」

偽惡魔的語氣不帶他平時的那種冷嘲熱諷，反而像是快要崩

潰了。

「可是有一天我的社區裡出現了虐貓事件。一隻我沒有見過的流浪貓被打斷了四條腳，送去了動物機構後被人道毀滅。我沒有見過那隻貓，所以並沒有太傷心，可是我非常害怕，就開始不停地遊說雙親讓我接流浪貓回家。父親是一言不發，母親就說她也覺得貓很可愛，可是流浪貓不是家貓，不會習慣在住宅中生活而拒絕了我的要求。」

「我跟當時最要好的朋友分享這件事，有養貓的他告訴我他是怎樣說服家人的：他直接把貓帶回了家中自己的房間，承諾不會讓它離開房間，不會阻礙到家人。不到兩天，他的家人抵擋不到小貓的魅力而接受了這件家中的新成員，還不停買玩具或貓罐頭食品回來進貢主子。」

「那時軟弱的我初時不敢仿傚，直至有天天文台預報颱風的來襲，我替流浪貓擔心，就用食物引了它們回家。」

「回到家時，父親說帶了回家就算了，沒有責怪我，母親則是一言不發。」

偽惡魔停了下來數秒。

「那一晚是我一輩子最幸福的一晚，有貓貓陪伴我睡覺。接下來的數天它們好像不是很習慣，有時會在門不停叫，我們開門時它們會想衝出去，可是我也覺得很快樂，颱風過後我的家人也沒把貓咪趕走。」

「然後有天放學後我用自己的零用錢買了一枝逗貓棒雀躍地回家，回到家時卻沒有貓咪想衝出來，也沒有喵喵叫。母親哭著跟我說貓咪跑光了。我立刻放下書包並趕到街上不停搜索，到十一時還未吃晚餐。因為那時我太小了，有警察來問我為什麼這麼晚還自己一個在街四圍跑，我便告訴他我在找貓貓們。警察說他會幫助我，就叫我帶他去我的家尋找線索。」

「回到家時，警員就把我的雙親拘捕了。我還在傻傻地求情說是我自己要尋找走失貓，不是父母疏忽照顧我。母親的哭泣終於停了下來，並把真相告訴我。」

「我母親一早就知道，社區內虐貓的賤人就是我父親，虐貓就是我父親失業後的發洩途徑。警員在那天九時左右就在垃圾房發現了在我家中度過了數天快樂日子的貓咪的屍體，其中一隻被捅了二十多刀。」

偽惡魔握緊手中的刀。

仁德知道這種技倆，他在頭鷹會的法庭內看得多了，就說道：「從此以後你就瘋了。」

「拜託，人類都是瘋的。我母親一早知道，為什麼她沒有

早點揭發事件？因為她害怕我父親。為什麼她現在肯說？因為警察來到了，她更怕坐牢吧？更多的貓受害了，父親固然是主犯，她就是幫凶，笨拙的我還把貓咪帶回來，也是個幫凶。別跟我說什麼她會照顧我起居飲食，我出門前她會親吻我的額頭。她的軟弱一。告訴我，你為什麼不控制社會，而要做旁觀者？」

「因為我知道我只會幫一」

偽惡魔突然捉緊仁德的頸。

「以為你聽完後會變軟弱呢。」

「如果你告訴我那在戲院裡逃跑的男人沒有受到你影響的話，也許我會顯得軟弱一些呢。」

「沒有，我不知道他是誰。根本不用做任何手腳，你覺得那戲院內的四十人會全部安安份份不逃跑嗎？不可能的。」

「失敗了就讓我來吧，」房走的人走進來了。

那正是越天本人。

這一刻仁德感到害怕了，他看過很多將追求者能力鍛鍊得淋漓盡致的人，可是他們的能力描述也沒有這麼長。

不只是「毒」，越天能複製 ...

仁德還未看清越天的能力就被越天麻醉了。

64

弦正愉快地躺在床上通電話：「週末你想去哪裡？主題公園嗎？」

「週末好像會下雨吧？」

「那你想去哪裡？」

「不 ...... 去 .... 場？你 .... 吵。」

然後他聽不清楚了。

這不是第一次了，弦答應了嘉欣他會處理這問題。

弦大聲地跟女友說明情況後便掛線，他走到五弟的房間前沒有叩門就直接把門打開，怒罵道：「降低音量呀！」

五弟把音樂暫停了。

這麼合作？不可能的。

五弟拿起鋁製的保溫壺，問道：「你就不能給點尊重嗎？」

搞不清情況的弦第一次看到五弟想動手，問道：「不是你不尊重別人嗎？太吵了！」

「這樂隊全體自殺了。你要讓我繼續聽嗎？」

五弟已經舉起他的保溫壺。

弦心想：五弟真的瘋了嗎？為這點事情想打架？

看來要早點阻止他呢，可是能贏嗎？我沒有武器呢。

弦被拉到別的房間了，說實話他不知道二姊在家。

二姊的房間非常粉紅。

「你很幸運我正要找你呢。這是給你的，一定要來呀！」

二姊遞上兩張戲票。

「為什麼拉走我？你也會被這音樂影響吧？別太縱容五弟呀。」

「你知道你不會打贏吧？你不會打贏受過訓練的準警察。把門關上，我的房間有隔音屏障呢，我想只是你沒有。」

二姊把手揮一揮示意弦快點接受她的禮物。

弦接過後問道：「這是什麼？」

「下星期我有份投資的戲院要開張了。你有看過報導吧？電影會中途暫停，讓大家享受戲中出現的美食。我給你的票是首映禮，會有主角到場和觀眾一起吃午餐。但是他們會繼續飾演自己的角色，可不要上前跟他們合照啊！也不要不停拍照！呀，戲票背後有詳細規則，一定要看啊！」

「我有看這報導。這 ... 很貴吧？為什麼給我？」

二姊嬉嬉笑說：「我聽說你現在能賺錢呢！你知道嗎？母親完全不相信你，可是你回來前我看過你的衣櫃就知你賺錢了！我想知道你這年齡的人對這種戲院模式有什麼意見，你到時一定要告訴我呀！還有，你知道嗎？我很高興你跟我一樣不是做家族生意。真是的，要是我知道你這樣棒，我一早找你替我工作。」

弦想問二姊為什麼擅自進入自己的房間，不過還是算了，他今天不在乎。

「你給了我兩張戲票呢，看來我能跟女朋友來，我能問一下這場會有什麼吃嗎？」

「這可不能，這是商業秘密呢！但請你放心，很好吃的，絕對不會令你女朋友生悶氣，我不會叫你和女朋友來看戰爭片或吃乾糧的。對了，留意因為有午餐時段，請預留三至四小時，不要提早離場。對了，到場後不要說你認識我，我不想員工特別款待你呢！要是有員工的表現真的很差你才告訴，我會開除他！你也不要親自來告訴我，即時短訊就好。」

「謝謝你。等下，你剛說什麼？你不會讓我去看什麼電影？」

二姊是不是說了戰爭二字。

「忘記了呢！我要私人空間，請你從這美麗的少女房間離去。」

話多的她突然是怎樣了？

姊姊應該曾受到奇蹟影響的，難道公司已經開始大規模解除

奇蹟了？

可能只是測試而已，二姊又不是什麼將軍，沒關係。

弦嘗試說服自己，但他甩不掉他的不安。

65

玲自己一人霸佔著一張深紅色三人沙發，不耐煩地問道：「已經十二時五分了，夜燈會還未有聯絡我們嗎？」

銳麟說：「沒有，有聯絡時我會立刻大叫的！」

還坐在電腦前的就只有銳麟一個，幽、拳及偉已經穿好最基本的防彈衣。他們三人坐在會議室角落的三人沙發，這裡的沙發全是幽變出來的。

幽問道：「會不會是我們記錯時間了？」

玲答：「不會錯的，銳麟有錄下夜燈會給我們的訊息，不相信的話自己再去聽一次。」

阿一說：「他們是否在準備著什麼超時了所以才未有通知我們？還是只想讓我們等得焦躁，不管怎樣，別急。」

也對呢，應該要保持冷靜。阿一雖然還需要坐輪椅，但單憑他的智慧已經足夠幫助隊員。

「有了！地點是柴灣體育館的室內籃球場。他們叫我們要立即現身，不然他們就會離去。」

幽、拳及偉立刻彈起來望著隊長，唯玲慢條斯理地按多幾下電話才站起來。

「那麼，按照昨天說的，綁好幽的手，不要綁手掌。」

玲火速閃向柴灣公園遠距望入柴灣體育館的窗，卻都被壁板擋住了。

玲立刻閃回頭鷹會的軍火庫拿一換個熱能探測器回來看一看，籃球場內只有五人，相信站著的四人是夜燈會的人，有一個人坐著手被綁到後面，一定是仁德了。

玲再用零點五秒的時間把熱能探測器放回軍火庫，再閃到籃球場的正中間。

「Yo!」

「你好。」

答話的是越天本人，他還禮貌地對玲行禮。

「老人家就別彎太多腰了，想不到你會親自來呢。」

「所以這就是那個什麼玲嗎？」

這次答話的不是越天，而是他身旁依舊戴著魔鬼面具的男人一偽惡魔。

「未請教，你是？」

「綽號『偽惡魔』，幸會幸會，不過傳聞中的你是惡魔級殺手呢。」

「嗯。」

不知怎的玲對偽惡魔完全不感興趣，她此刻最留意的是仁德，嘴巴被黑膠帶封著和手被綁著就算了，這些是預料中事，問題有兩個，第一是他沒有意識，不能叫他自己逃，第二是最麻煩的，他被激光包圍著。

又是那個該死的激光裝置，這下不可能以光速搶走首領了。

偽惡魔奸笑說：「喜歡那個裝置吧？裡面夠細小，不足夠你閃進去。」

激光裝置旁的白色眼鏡蛇是越天的夢伴，光形成的輪廓但沒有實體，就是夢伴的特徵。偽惡魔好像沒有夢伴呢。

玲閃回頭鷹會把拳、偉及雙手被綁好的帶過來。

拳剛到就瞪著越天。

越天客氣地說：「我們不用喜歡對方，只需要老實地進行交易便可。」

拳說：「噢！這天不試著招攬我們嗎？」

「你看看你自己的金獅子啊，那兇惡的樣子會有可能想加入我們嗎？改天吧，改天再招攬你們。」

「抱歉，我的夢伴和我一樣對你恨之入骨，才會露出那樣的表情。」

偽惡魔說：「真可惜呢溫紫幽。這麼強的追求者能力卻被綁著，能分享一下感受嗎？」

怎樣才能演得最逼真呢，就是設想自己真的遇上該情況。我是被逼來交換的。以我對自己的理解，我不會害怕，而是會恨頭鷹會，那就是憤怒。

「你是誰？誰都好了，快幫我解開這繩子，然後你就可以見識到我的能力了。」

「偽惡魔。」

「炸死了一群只是想去看電影的無辜市民的那個？」

「無辜？」

「他們犯什麼罪了？」

「你有沒有調查過？」

幽暗想：又真的沒有，不會吧？全是罪有應得的嗎？

偽惡魔立刻追問：「能告訴我嗎？為什麼覺得那些人是無辜的？」

拳看到情況好像不太妙就回應道：「那他們做了什麼你要殺死他們？」

「什麼也沒有。」

幽露出疑惑的表情，他被這對話吸引著，忘了演戲。

偽惡魔再說：「『什麼都沒有做』就是罪行。綠袍子不是主動關心別人的代表嗎？重點在於主動對吧？當天我告訴他們規則了，只要沒有人犯規，炸彈絕對不會被引爆。在你想跟我說只有一人犯錯之前，我又想問你其他人為什麼沒一早阻止，如果阻止不了的話他們不正正是『什麼也沒有做』嗎？還是你覺得不是。」

越天也開口說：「想像一下如果在繁華市段彌敦道發生了一宗連環撞車交通意外，情況是沒有油缸洩漏所以沒有爆炸的風險，可是有多位司機及乘客被困。路過的市民會做什麼？我相信百份之四十的人會離開，另外百份之四十的人會拍影片，而剩下的百份之二十的人會報警，這 20% 的人其中有一半打 999 是因為未有嘗試過報警而想試一下。挺身而出救人的是零。你覺得這些人是無辜的嗎？」

幽沒有去懷疑這個數據的準確性，他同意這些人的確能做得更好，但絕對不會是該死，可惜愚蠢的他選擇了最弱的反駁：「所以他們遇過交通意外了？」

越天怒罵道：「看清楚這世界！還不夠恐怖嗎？貧富懸殊有解決過嗎？強姦偷盜殺人有停止過嗎？有很多沒能力逃走的人被困火場在哭，而每餐溫飽的人就把水倒在街道上也不願意去救火。」

玲深感不妙，知道幽在動搖。

拳吼道：「夠了！」

越天冷靜回應：「讓我們商討交換的步驟吧。」

玲說道：「一手交一手。」

「想得美，我沒那麼笨，大家都知道你的能力。」

偉說：「說什麼呢？你們有四人，我們只有三人。」

「看看追求者的能力啊！我們只有一條蛇，你們擁有兩隻神獸。」

玲說：「那你想怎樣？」

「你們先交溫紫幽出來，我們會帶他乘上直升機，起飛前我就會把喚醒你們首領的藥物及解除激光裝置的密碼給你們。偽惡魔會留在這裡一直看著玲，不讓你亂來。」

「你們打算撇下他嗎？」

偽惡魔舉起手說：「我可是自願留下的，為了首領我願意冒丁點生命危險。」

玲答道：「看來你擁有逃跑的能力呢。」

拳激動地說：「這位首領在哪？」

越天並不打算回應，說：「本來打算為表誠意，我願意先解除溫紫幽身上的毒，不過好像已經沒事一」

幽粗暴地打斷說：「你把我害慘了，但告訴我你為什麼要人自殺。」

偽惡魔嘲笑說：「Fun?」

越天說：「以後再告訴你。」

偉說：「所以呢，解除幽的毒不太有意義呢，你們能從其它途徑顯示你們想和平進行交易嗎？」

越天坐在地上，對玲說：「你知道夜燈會跟你的作風很像吧，除了不擇手段外，我們都明白生命是不寶貴的，廿一世紀有太多生命了。」

玲輕聲笑道：「你的命不值錢就對了。」

偽惡魔示意兩個守衛們拿出手槍對著仁德的頭，並說：「把溫紫幽留下來。你們可以走了，你們的首領也不會還給你們。」

只有幽懷疑這是一個陷阱，其他隊員都看過玲的表演太多次了，沒想過玲會失手。

玲迅速地用刀解決無名無姓的兩名夜燈會成員後，再閃到越天後。

越天轉身一拳打得玲飛出幾米外，撞到牆壁上。

偉驚嚇地說：「怎麼可能？」

只聽到偽惡魔大聲地奸笑，說：「真是的，因為怕玲會搶他們的手槍轟掉我的腦袋而沒入子彈，沒想到偽淨真的那麼可靠。」

越天輕掃一下頭髮，說道：「話說這頭白髮是染回來的。我的能力使我不受毒的影響。從古至今人們有意無意吸收的食物中帶毒的雜質，或者環境污染等，我可是完全免疫。我的反應速度比你們高多了，把我當成一般人類？可笑。我是最健康的人類，人類的潛能。」

玲一句都沒有聽到，因為她已經昏過去了。

偽惡魔說道：「可以的話我真是會把你們都殺掉免除後顧之憂，感謝我們的首領吧。」

拳和偉把手放在腰間的槍柄上，但心想著連隊長都倒下了，他們面對著越天有勝算嗎？

看到這情況的越天一言不發，拿出裝有滅聲器的手槍對準拳和偉合共四隻手掌各開一槍，越天的拔槍及瞄準速度實在太快了，一般人根本沒有勝算。

直升機來到了。

越天已經關掉激光裝置並正在把仁德押回直升機。

偽惡魔則還在體育館跟幽玩遊戲。

「要是你肯跟我們回去，製造更多的 H12，我們就會停止鼓吹自殺。說真的，我不想使用武力。」

「不是很愛喜歡運用炸彈嗎？」

「那是兩碼事，我不喜歡用自己的拳頭去打人呢。」

「越天還是很年輕，那為什麼他不自己製造呢？」

「你在說笑吧？你們擁有無窮無盡的 H12，卻還未知道為什麼我們不能量產？不過說來好像也合理，反正你們不怕缺貨。」

「執」的三人都不明白這是怎麼回事，看起來二萬分精神的越天為什麼不能製造更多藥劑呢？

幽的腦袋高速轉動，不過也是想不到。

而偽惡魔不知道的是，幽在兩分鐘前已經變出了一把小刀為自己鬆綁。

越天回來了，問道：「怎樣？他願意自己來嗎？」

幽把鬆綁了的雙手舉起，說：「很好。」

整個籃球場充滿了獅子。這是執的後備計劃。

一陣陣的咆哮聲卻很快變成陣陣的悲鳴。

越天和偽惡魔毫髮無傷，依然站著。

拳不明白，強得可怕的越天就別說了，偽惡魔的能力是什麼呢？

事實上，拳變來的動物沒有靈魂，在「神」的眼中它們是最「軟弱」的。

偽惡魔笑道：「全靠上級一早提醒我要小心動物的出現，不然會被嚇倒呢。」

越天知道對方還在反抗，就先麻醉玲。

拳和偉站了起來。

偽惡魔發出像瘋子一樣的笑聲：「我知道你們剛才在等玲醒來所以才只躺著不反抗，可是現在玲被麻醉了，偽淨也在，你們還想怎樣？」

拳說道：「就算無法使用這雙手，我們還是不會讓你把幽給帶走的。」

偽惡魔無情地向偉的身開了數槍，偉中槍倒地。

在偽惡魔把槍指向拳時四肢卻變得軟弱無力地整個人倒了下來。

偽惡魔驚慌地問道：「怎麼了？」

越天低聲說道：「誰讓你開槍打他了？」

「他們想 ... 妨礙我們。」

「他們想拯救同伴。」

「怎 ... 麼了？」

「戲院那次已經太過份了，你在夜燈會再沒有立足之地，不，你在社會已經沒有立足之地。」

「不是說要讓人自殺嗎？那事件讓人意志更消沉呀！你剛不是也贊同我的說法嗎？」

「敗類的生命不值錢，那是對的。可是在自殺潮下硬著頭皮捱下去的人就是第二回事了。我們想製造的意志消沉能讓極少數的人進步，那極少數人的生命是非常可貴。戲院裡的人除了目標外你一共殺了四十四人，擅自衝出去的那個廢物絕對是該死的，那麼你就是殺了四十三個可能性。你不會覺得蓄意製造交通意外的人不該死吧？」

越天甚至一腳踩著偽惡魔的頸讓他不能說話。

拳奮不顧身衝去想撞倒越天，被一腳踢到三米以外。

「喜歡嗎？我那一腳還麻醉了你。哎，你聽不到呢。接下來，看來你也要昏過去呢。」

越天慢慢地向幽走來時卻有人打開門進來了。

越天果斷拿出煙霧彈掉到地上並逃去。

幽依俙看到有鐵鍊從四周綁著偽惡魔，鐵鍊上還有藍色的火焰在燃燒著。

偽惡魔大聲叫道：「很痛！！！！很冷！！！救命！！！」

佩君並沒有停下來檢查執等人的傷勢，而是往越天逃離的方向跑去。

幽終於也抵抗不住毒而失去意識。

66

「那是怎麼了？」

「有什麼東西會被抓幾天才回來呢？它們逐漸失效了。我記得以前 ... 我很抗拒那些抗抑鬱藥。我總是覺得那些藥控制一呀，不對，那不是控制，只是淡化吧？對，淡化我的情緒。有時候失去了情緒也代表失去了很多想法。」

「但你還是服用了它們。」

「對，我也不想的。只是我無法承受那些情緒，我不想每看到刀就想起我那用刀自殺的前妻。」

「她當時割破了自己的喉嚨後還安然地躺著，她 ...」

「有點懷念這感覺。現在是什麼狀況？」

「你睡著的時候我也只能睡，我知道的不會比你多。」

「我當然知道，只是我不明白為什麼我沒被上手銬，我們還在夜燈會的手中吧？」

「嘟」套房的門打開了。

紅和兩位壯漢進來了。

「三個不是追求者的普通人呢，」厄運得戚地說，當然只有仁德聽到。

「早安，」紅禮貌地說。

「是早安嗎？我剛醒來，我也不知道現在是幾點鐘呢。請問你是？」

「紅。」

紅回答時同時遞上一疊文件。

「Oh no.」厄運說。

仁德心想這陣子厄運真活躍呢，然後閱讀文件，那是一份名單，頭鷹會的人嗎？可是好像不齊全呢，而且也有一些人是不認識的。

「從你的表情中我能看到你能認得不少名字呢。這是已經被越先生下毒的頭鷹會會員或者其親屬。要是你離開這裡，他們就會死。你以任何方式通知外界你在這裡，他們也會死。」

這可能嗎？毒能隨時發作嗎？不對，越天的能力不止毒。

為什麼不直接給我鎖上手銬呢？

仁德的思考被敲門聲打斷了。

「哎呀，又早到呢，真是乖巧的孩子。」

紅示意壯漢們把門打開。

「早安，紅先生。」

「早安，曾同學。」

～第二章完結～

作　　　　者	¦	李情悔
書　　　　名	¦	追求 別殺了自己
出　　　　版	¦	超媒體出版有限公司
地　　　　址	¦	荃灣柴灣角街 34-36 號萬達來工業中心 21 樓 02 室
出版計劃查詢	¦	（852）3596 4296
電　　　　郵	¦	info@easy-publish.org
網　　　　址	¦	http://www.easy-publish.org
香 港 總 經 銷	¦	聯合新零售（香港）有限公司
出 版 日 期	¦	2022 年 7 月
圖 書 分 類	¦	流行讀物
國 際 書 號	¦	978-988-8806-05-8
定　　　　價	¦	HK$78

Printed and Published in Hong Kong
版權所有 · 侵害必究